A Tulipa Negra

Título Original: La Tulipe Noire
Copyright © Editora Lafonte Ltda. 2022

Todos os direitos reservados.
Nenhuma parte deste livro pode ser reproduzida por quaisquer meios existentes sem autorização por escrito dos editores e detentores dos direitos.

Direção Editorial	**Ethel Santaella**
Tradução	**Ana Cristina Rodrigues**
Revisão	**Rita Del Monaco**
Textos de capa	**Dida Bessano**
Diagramação	**Jéssica Diniz**
Capa	**Marcos Sousa**
Imagens de capa	**Shutterstock**

Dados Internacionais de Catalogação na Publicação (CIP)
(Câmara Brasileira do Livro, SP, Brasil)

```
Dumas, Alexandre, 1802-1870
   A tulipa negra / Alexandre Dumas ; tradução Ana
Cristina Rodrigues. -- São Paulo : Lafonte, 2022.

   Título original: La tulipe noire
   ISBN 978-65-5870-297-9

   1. Ficção francesa I. Título.
```

22-120582   CDD-843

Índices para catálogo sistemático:

1. Ficção : Literatura francesa   843

Eliete Marques da Silva - Bibliotecária - CRB-8/9380

Editora Lafonte

Av. Profª Ida Kolb, 551, Casa Verde, CEP 02518-000, São Paulo-SP, Brasil – Tel.: (+55) 11 3855-2100
Atendimento ao leitor (+55) 11 3855-2216 / 11 3855-2213 – atendimento@editoralafonte.com.br
Venda de livros avulsos (+55) 11 3855-2216 – vendas@editoralafonte.com.br
Venda de livros no atacado (+55) 11 3855-2275 – atacado@escala.com.br

ALEXANDRE DUMAS

A Tulipa Negra

Tradução
Ana Cristina Rodrigues

Brasil, 2022

Lafonte

SUMÁRIO

I	Um povo agradecido	7
II	Os dois irmãos	19
III	O aluno de Jean de Witt	31
IV	Os assassinos	43
V	O amante de tulipas e seu vizinho	55
VI	O ódio de um amante de tulipas	65
VII	Um homem feliz conhece a infelicidade	75
VIII	Uma invasão	89
IX	O quarto da família	97
X	A filha do carcereiro	103
XI	O testemunho de Cornelius van Baerle	109
XII	Execução	123
XIII	O que estava acontecendo durante esse tempo na alma de um espectador	129
XIV	Os pombos de Dordrecht	135
XV	O balcão	141
XVI	Professor e aluna	149
XVII	Primeiro dente	159

XVIII	O admirador de Rosa	169
XIX	Mulher e flor	177
XX	O que tinha acontecido durante esses oito dias	185
XXI	O segundo dente	197
XXII	Florescimento	207
XXIII	Os invejosos	215
XXIV	Onde a tulipa negra troca de mestre	223
XXV	O presidente Van Herysen	229
XXVI	Um membro da Sociedade de Horticultura	239
XXVII	O terceiro dente	249
XXVIII	A canção das flores	259
XXIX	Onde Van Baerle, antes de deixar Loevestein, acerta as contas com Gryphus	269
XXX	Onde se começa a duvidar do castigo reservado a Cornelius van Baerle	277
XXXI	Harlem	283
XXXII	Uma última oração	291
XXXIII	Conclusão	297

I

Um povo agradecido

No dia 20 de agosto de 1672, a cidade de Haia, tão animada, tão branca e tão bonita que todos os dias parecem domingo, a cidade de Haia, com o parque cheio de sombras, as grandes árvores inclinadas sobre casas góticas, os grandes espelhos de seus canais onde se refletem os campanários de cúpulas quase orientais, a cidade de Haia, capital das Sete Províncias Unidas, viu todas as suas artérias se incharem com uma inundação negra e vermelha de cidadãos apressados, ofegantes e inquietos, que corriam com facas no cinto, mosquetes no ombro ou varas em punho, até a Buitenhof, uma grande prisão onde até hoje existem janelas gradeadas e onde, desde a acusação de assassinato feita pelo cirurgião Tyckelaer contra ele, definhava Corneille de Witt, irmão do ex-grande pensionário da Holanda.[1]

---

[1] Os Países Baixos, desde a Idade Média, são compostos de várias unidades administrativas diferentes. Para conseguirem debater entre si os assuntos de interesse comum, os estados provinciais elegiam pensionários que os representariam e, algumas províncias, como a da Holanda, chamavam esses funcionários de grandes pensionários. (N.T.)

Se a história daquele tempo, e especialmente do ano em que começamos a nossa história, não estivesse relacionada de forma tão intrínseca aos dois nomes que mencionamos, as poucas linhas de explicação que iremos dar poderiam parecer um aperitivo. Porém, advertimos logo ao leitor, este velho amigo, a quem sempre prometemos prazer na primeira página e para quem tentamos manter nossa palavra da melhor maneira possível nas páginas seguintes; mas, como dizíamos, avisamos ao nosso leitor que esta explicação é tão essencial para a clareza da história como para a compreensão do grande evento político em que está inserida.

Corneille ou Corneille de Witt, *ruward*[2] de Putten, ou seja, inspetor dos diques daquela região, ex-burgomestre de Dordrecht, sua cidade natal, e deputado nos Estados da Holanda, tinha 49 anos quando o povo holandês, cansado da república como a concebia Jean de Witt, grande pensionário da Holanda, foi tomado por um amor intenso pelo sistema de *stadhoud*,[3] que o edital perpétuo imposto por Jean de Witt às Províncias Unidas tinha abolido na Holanda.

Como é incomum que, em sua evolução caprichosa, o espírito público não veja um homem por trás do príncipe, por trás da

---

[2] A função do *ruward* era gerir a manutenção e o funcionamento dos diques de uma determinada região dos Países Baixos, função muito importante, já que a região tem grandes extensões de terra abaixo do nível do mar. (N.T.)

[3] Quando, no século XV, os duques da Borgonha, através de uma extensa estratégia de casamentos, guerras e negociações, estenderam seu poder pela região que hoje conhecemos por Países Baixos, colocaram pessoas da nobreza – local ou francesa – para serem seus representantes, com a função de *stadhouder*. Originalmente, então, o *stadhoud* esse sistema de representação de um poder distante, seria feito em conjunto com os pensionários e grandes pensionárias. Futuramente, o cargo mudou de apenas representante de um poder maior para o mais alto cargo na hierarquia em cada uma das províncias na recém estabelecida república. Com o tempo, uma única família começou a ocupar esses postos, os Orange, criando tensão e guerra entre as províncias. Jean de Witt, personagem histórico, extinguiu o cargo pela segunda vez, o que acabou causando a tensão entre ele e seu pupilo, Guilherme de Orange, que dá início à trama contada por Dumas. Apesar de haver tradução direta em português para esses termos – estatuder e estatuderado, respectivamente – e Dumas usar a tradução para o francês – *stadhouder* e *stadhouderát* – por motivos de sonoridade e consistência, optamos por colocar os nomes originais. (N.T.)

república, as pessoas viram as duas figuras severas dos irmãos De Witt, aqueles romanos da Holanda, desdenhosos de agradar o gosto nacional e inflexíveis amigos da liberdade sem licenciosidade da prosperidade sem supérfluo, assim como por trás do *stadhoud* viam a fronte inclinada, séria e pensativa do jovem Guilherme de Orange, apelidado por seus contemporâneos como o Taciturno, apelido adotado pela posteridade.

Os dois De Witt buscavam agradar a Luís XIV, pois sentiam aumentar sua ascendência moral sobre a Europa, e sabiam de sua superioridade material sobre a Holanda por causa do sucesso da maravilhosa campanha do Reno, representada por aquele herói de romance que chamamos conde de Guiche e cantada por Boileau, uma campanha que em três meses abateu o poderio das Províncias Unidas.

Luís XIV foi, durante muito tempo, inimigo dos holandeses, que o insultavam ou zombavam o melhor que conseguiam, embora quase sempre pela boca dos refugiados franceses na Holanda. O orgulho nacional fez dele o Mitrídates da república. Portanto, houve contra os De Witt a dupla excitação resultante de uma prolongada resistência a um poder contrário ao gosto da nação e do cansaço natural a todos os povos vencidos, quando acreditam que outro líder será capaz de lhes salvar da ruína e da vergonha.

Esse outro líder, sempre pronto para aparecer, sempre pronto para se bater contra Luís XIV, tão gigantesca parecia ser sua glória futura, era Guilherme, príncipe de Orange, filho de Guilherme II e neto, via Henriqueta Stuart, do rei Carlos I da Inglaterra, essa criança taciturna que já dissemos ser a sombra por trás do *stadhoud*.

Esse jovem tinha 22 anos em 1672. Jean de Witt fora seu tutor e o educara para que este antigo príncipe se tornasse um bom cidadão. Ele havia, pelo amor à pátria que prevalecera sobre o amor por seu aluno, removido a esperança de um *stadhoud* com seu decreto perpétuo. Mas Deus riu da pretensão dos homens, que fazem e desfazem os poderes da terra sem consultar o Rei do céu; e pelo capricho dos holandeses e do terror inspirado por Luís XIV, alteraria a política do grande pensionário, abolindo o édito perpétuo para restaurar o *stadhoud* a Guilherme de Orange para quem tinha planos, ainda escondidos nas misteriosas profundezas do futuro.

O grande pensionário curvou-se perante a vontade de seus concidadãos; mas Corneille de Witt foi mais recalcitrante e, apesar das ameaças de morte da plebe seguidora dos Orange que o sitiava em sua casa em Dordrecht, ele se recusou a assinar o ato que restabelecia o *stadhoud*.

Por causa das lágrimas de sua esposa, finalmente assinou, acrescentando ao seu nome somente duas letras: V. C. (*vi coactus*), que significava "*Constrangido pela força*".

Foi por um verdadeiro milagre que escapou naquele dia dos golpes de seus inimigos.

Quanto a Jean de Witt, a sua filiação mais rápida e fácil à vontade de seus cidadãos não lhe deu vantagem. Poucos dias depois, foi vítima de uma tentativa de assassinato. Perfurado a golpes de faca, seus ferimentos não foram mortais.

Isso não estava de acordo com a vontade dos seguidores dos Orange. A vida dos dois irmãos era um eterno obstáculo para seus projetos; portanto mudaram de tática momentaneamente, prontos a voltar atrás no momento certo, e tentaram consumar, com a ajuda de calúnia, o que não conseguiram executar com o punhal.

É muito raro que, no momento certo, encontre-se sob a mão de Deus um grande homem para executar uma grande ação, e é por isso que, quando por acaso acontece essa combinação providencial, a história registre no mesmo instante o nome desse eleito e o recomende para a admiração da posteridade.

Mas, quando o diabo se intromete nos negócios humanos para arruinar uma vida ou derrubar um império, é muito raro que não encontre imediatamente ao alcance algum desgraçado a quem sussurre uma palavra para colocá-lo em ação.

Esse desgraçado, que se encontrava a postos para ser o agente do mau espírito, era chamado de, como já dissemos, Tyckelaer, e era cirurgião.

Chegou a declarar que Corneille de Witt, desesperado pela revogação do édito, como demonstrado por sua assinatura, e inflamado de ódio por Guilherme de Orange, tinha contratado um assassino para livrar a república do novo *stadhouder*. Este assassino seria ele, Tyckelaer, que, atormentado por remorso só de pensar no ato encomendado, preferiu revelar o crime a cometê-lo.

Agora, analisemos a explosão que aconteceu entre os seguidores dos Orange com a notícia desse complô. O procurador fiscal fez com que Corneille fosse preso em sua casa em 16 de agosto de 1672. O *ruward* de Putten, o nobre irmão de Jean de Witt, sofreu, em uma sala do Buitenhof, a tortura destinada a arrancar dele, como dos mais vis criminosos, a confissão da suposta trama contra Guilherme.

Mas Corneille não era apenas um grande espírito, como também possuía um grande coração. Era de uma família de mártires que tinha a fé política, como seus ancestrais tiveram a fé religiosa, que sorriam para os desafios, e durante a tortura recitou com voz firme e bem distinta a primeira estrofe do *Justum et tenacem* de Horácio, nada confessou e cansou não só a força, mas também o fanatismo de seus algozes.

Mesmo assim, os juízes liberaram Tyckelaer de todas as acusações, e decretaram contra Corneille uma sentença que lhe retirava todos os cargos e as dignidades, condenando-o a pagar os custos da Justiça e o expulsando para sempre do território da república.

Isso satisfez um pouco ao povo ao qual Corneille de Witt se dedicara constantemente, um julgamento feito contra um homem que não apenas era inocente, mas também um grande cidadão. No entanto, como veremos, não foi o bastante.

Os atenienses, que deixaram uma bela reputação de ingratidão, perderam neste ponto para os holandeses. Aqueles se contentaram em banir Aristides.

Jean de Witt, nos primeiros rumores da acusação contra seu irmão, renunciou ao cargo de grande pensionário. Também foi dignamente recompensado por sua dedicação ao país. Levou para a vida privada seus problemas e suas lesões, os únicos lucros que, em geral, conseguem as pessoas honestas culpadas de terem trabalhado para a sua pátria, esquecendo de si mesmos.

Durante esse tempo, Guilherme de Orange esperou, mas não sem buscar apressar os eventos por todos os meios ao seu alcance, que o povo do qual era o ídolo, tivesse feito com o corpo dos dois irmãos os dois degraus necessários para que chegasse à sede do *stadhoud*.

Porém, em 20 de agosto de 1672, como já dissemos no início deste capítulo, a cidade inteira estava correndo até o Buitenhof para testemunhar a libertação de Corneille de Witt, de partida para o exílio, e ver as marcas que a tortura havia deixado no nobre corpo desse homem que conhecia seu Horácio tão bem.

Rapidamente, adicionamos que nem todos nessa multidão reunida no Buitenhof estavam lá na inocente intenção de assistir a um espetáculo. Muitos em suas fileiras estavam interpretando um papel, ou talvez buscando um que julgavam ter sido mal executado.

Falamos sobre o papel do carrasco.

Alguns, é verdade, correram com intenções menos hostis. Para eles, tratava-se unicamente daquele espetáculo sempre atraente para multidões, que agrada o orgulho instintivo de ver caído aquele que lhes fora superior.

Esse Corneille, um homem sem medo, disseram, não adoeceu, enfraquecido pela tortura? Não iriam vê-lo pálido, ensanguentado, envergonhado? Não seria um belo triunfo para a burguesia, muito mais invejosa do que o povo, no qual todos os bons burgueses de Haia deveriam tomar parte?

Então, disseram os agitadores de Orange habilmente misturados a essa multidão a quem tratavam como um instrumento por vezes afiado e em outras contundente, será que não teriam alguma chance no percurso de Buitenhof até o portão da cidade de jogar um pouco de lama, até algumas pedras, no *ruward* de Putten, que, além de só ter assinado para conceder o *stadhoud* ao Príncipe de Orange por *vi coactus*, ainda queria assassiná-lo?

Além disso, acrescentaram aqueles ferozes inimigos da França, se havia homens bons e corajosos em Haia não deixariam Corneille ir para o exílio, onde forjaria suas intrigas com a França e viveria do ouro do marquês de Louvois, junto daquele grande vilão, seu irmão Jean.

Em tais arranjos, é sabido que os espectadores correm em vez de caminhar. Por isso, o povo de Haia corria tão rápido até o Buitenhof.

No meio daqueles que aceleravam ao máximo, corria, com raiva no coração e sem objetivo em mente, o honesto Tyckelaer, considerado pelos homens de Orange um herói da probidade, da honra nacional e da caridade cristã.

Esse valente vilão contava, embelezando-as com todas as flores de sua mente e todos os recursos de sua imaginação, as tentativas que Corneille de Witt fizera contra sua virtude, as somas que prometera e todo o planejamento infernal feito com antecedência para diminuir as dificuldades que ele, Tyckelaer, teria com o assassinato.

E cada frase de seu discurso, avidamente recolhido pela multidão, levantava o grito de amor entusiasmado pelo príncipe Guilherme e urros de raiva cega contra os irmãos De Witt.

A população amaldiçoava os juízes iníquos cuja inação deixava sair ileso o criminoso abominável que era Corneille.

Alguns instigadores repetiam em voz baixa:

– Ele vai embora! Vai escapar de nós!

A que outro respondia:

– Um navio espera por ele em Scheveningen, um navio francês. Tyckelaer viu.

– Bravo Tyckelaer! Honesto Tyckelaer! – gritou a multidão em uníssono.

– Tem mais – disse uma voz. – Durante a fuga de Corneille, Jean, que não é menos traidor que seu irmão... Jean também irá se salvar.

– E os dois patifes vão comer nosso dinheiro na França, o dinheiro de nossos navios, nossos arsenais, nossos estaleiros vendidos a Luís XIV.

– Vamos impedi-los de partir! – gritou a voz de um patriota à frente dos demais.

– Para a prisão! Para a prisão! – repetiu o coro.

E com esses gritos, os cidadãos corriam mais, os mosquetes se armavam, os machados brilhavam e os olhos se inflamavam.

No entanto, nenhuma violência tinha sido cometida, e a linha de cavaleiros que guardava a passagem até Buitenhof permaneceu calma, impassível e silenciosa, mais ameaçadora em sua fleuma do que toda a multidão burguesa com seus gritos, sua agitação e sua ameaça. Imóveis sob o olhar de seu chefe, o capitão de cavalaria da Haia, que mantinha a espada fora da bainha, mas abaixada e apontada para seu estribo.

Essa tropa, única muralha que defendia a prisão, continha pela sua atitude não só as massas populares desordenadas e barulhentas, mas também o desprendimento da guarda burguesa que, postada na frente do Buitenhof para manter a ordem no meio da multidão, dava aos vândalos o exemplo de gritos sediciosos.

– Vida longas ao Orange! Abaixo os traidores!

A presença de Tilly e seus cavaleiros era, é verdade, um freio salutar para todos os soldados burgueses. Porém, aqueles logo ficaram exaltados pelos próprios gritos, e, como não entendiam coragem sem berros, culparam a timidez pelo silêncio dos cavaleiros e deram um passo para a prisão, conduzindo a turba atrás deles.

O conde de Tilly avançou sozinho na frente deles e apenas ergueu a espada, franzindo as sobrancelhas.

– Ei, senhores da guarda burguesa! Por que avançam e o que querem?

Os burgueses agitaram seus mosquetes, repetindo os gritos de:

– Vida longa aos Orange! Morte aos traidores!

– Vida longa aos Orange, sim – disse de Tilly. – Embora eu prefira rostos alegres a rostos taciturnos. Morte aos traidores! Isso vocês desejam tanto que precisam gritar. Gritem o quanto quiserem "Morte aos traidores!", mas quanto a realmente matá-los, estou aqui para impedir isso, e irei fazê-lo.

Em seguida, voltando-se para seus soldados:

– Às armas, soldados! – comandou.

Os soldados de Tilly obedeceram com uma precisão serena que fez recuar, na mesma hora, os burgueses e o povo de forma confusa, fazendo sorrir o oficial de cavalaria.

– Pronto, pronto! – disse em tom zombeteiro que só pertence à espada. – Acalmem-se, burgueses, meus soldados não irão atacar primeiro, desde que vocês não deem um passo em direção à prisão.

– O senhor oficial sabe que temos mosquetes? – exaltou-se, raivoso, o comandante da burguesia.

– Vejo muito bem que têm mosquetes – disse Tilly. – Vocês os sacudiram bem na minha frente, mas observe também que temos pistolas, e que a pistola acerta admiravelmente a cinquenta passos, e que você está apenas a vinte e cinco.

– Morte aos traidores! – gritou a companhia burguesa, exasperada.

– Bah! Sempre a mesma coisa – resmungou o oficial. – Cansativo!

Ele retomou seu posto à frente da tropa, enquanto o tumulto aumentava em torno do Buitenhof.

O povo, ainda inflamado, não sabia que, naquele instante em que farejava o sangue de uma de suas vítimas, a outra, como se estivesse ansiosa para ir ao encontro do destino, passava a cem passos atrás das pessoas e dos cavaleiros para chegar ao Buitenhof.

Jean de Witt tinha acabado de sair da carruagem com um criado e estava atravessando calmamente a pé o adro na frente da prisão.

Dirigiu-se ao porteiro, que, aliás, o conhecia.

– Olá, Gryphus, vim para levar meu irmão Corneille de Witt para fora da cidade, pois foi condenado, como você sabe, ao banimento.

O porteiro, uma espécie de urso treinado para abrir e fechar a porta da prisão, cumprimentou-o e o deixou entrar no edifício, fechando as portas atrás dele.

A dez passos de distância, encontrou uma bela jovem, de 17 ou 18 anos, em trajes frísios, que lhe fez uma encantadora reverência; e disse a ela, passando a mão sob seu queixo:

– Olá, linda e gentil Rosa. Como está meu irmão?

– Ah, senhor Jean! – respondeu a jovem. – Não é o mal que lhe fizeram que me dá medo. Esse mal já feito é passado.

– Do que você tem medo, minha bela jovem?

– Temo o mal que lhe querem fazer, sr. Jean.

– Ah, sim – disse De Witt – Fala dessas pessoas!

– Você também está ouvindo?

– Sim, de fato há muita agitação. Mas quando nos verem, como nunca lhes fizemos nada além do bem, talvez se acalmem.

– Infelizmente, esse não é um motivo suficiente – sussurrou a menina, afastando-se em obediência a um sinal imperativo que o pai lhe fizera.

– Não, minha criança, não. O que você diz é verdade.

Continuou seu caminho.

– Eis uma jovem – murmurou – que provavelmente não sabe ler e, portanto, não leu nada, e resume a história do mundo em uma única palavra.

E ainda calmo, mas mais melancólico do que ao entrar, o ex-grande pensionário seguiu em direção ao quarto do irmão.

II

Os dois irmãos

Como a bela Rosa havia dito, em uma dúvida cheia de pressentimentos, enquanto Jean de Witt subia os degraus de pedra que levavam à prisão de seu irmão Corneille, os burgueses fizeram o possível para ultrapassar a tropa de Tilly que os bloqueava.

Vendo isso, o povo, que apreciava as boas intenções de sua milícia, gritou alto:

– Viva os burgueses!

Quanto ao sr. de Tilly, cauteloso e firme, negociou com a companhia burguesa sob as pistolas prontas de seu esquadrão, explicando-lhes da melhor forma possível que as instruções dadas pelos Estados o obrigavam a guardar com três companhias a prisão e seus arredores.

– Por que isso? Por que proteger a prisão? – gritaram os seguidores dos Orange.

– Ah! – respondeu o sr. de Tilly – Agora você está me pedindo demais. Dizem-me "Proteja", eu protejo. Vocês, que são quase militares, devem saber que não se discutem ordens.

– Mas demos a vocês essa ordem para que os traidores possam sair da cidade.

– Pode ser, já que os traidores foram condenados ao banimento – respondeu Tilly.

– Mas quem deu essa ordem?

– Os Estados, por Deus!

– Os Estados são traidores.

– Quanto a isso, não sei.

– E você se trai.

– Eu?

– Sim, você.

– Ah, não! Ouçam, senhores burgueses, quem eu trairia? Os Estados! Não posso traí-los, visto que, estando a seu serviço, cumpro exatamente as suas instruções.

Como o conde tinha tanta razão que era impossível discutir sua resposta, os clamores e as ameaças redobraram; clamores e ameaças terríveis, aos quais o conde respondeu com toda a civilidade possível.

– Mas, senhores burgueses, pela graça, desarmem seus mosquetes; um pode disparar por acidente, e se o tiro machucar um dos meus cavaleiros, nós colocaríamos duzentos dos seus homens por terra, o que nos deixaria bem chateados. E vejam bem que essa não é a intenção deles nem a minha.

– Se você fizer isso, – gritaram os habitantes da cidade – nós atiraríamos em você.

– Sim, mas se atirar contra nós e nos matar, do primeiro ao último, aqueles a quem teríamos matado ainda estariam mortos.

– Então, nos dê passagem e agirá como um bom cidadão.

– Em primeiro lugar, não sou um cidadão. – disse Tilly – Sou um oficial, o que é bem diferente; também não sou holandês, sou francês, o que é ainda mais diferente. Portanto, só conheço os Estados, que me pagam. Traga-me a ordem vinda dos Estados para deixar o lugar e darei meia volta imediatamente, pois estou muito entediado aqui.

– Sim, sim! – gritou uma centena de vozes que se multiplicaram na mesma hora em cinco vezes. – Vamos para a Prefeitura! Vamos encontrar os deputados! Vamos, vamos!

– Isso mesmo – Tilly sussurrou, assistindo aos mais raivosos irem embora. – Vão à Prefeitura pedir para cometerem essa covardia e vejam se vão concordar, vão lá.

O digno oficial confiava na honra do judiciário, que por sua vez contava com sua honra de soldado.

– Diga, capitão! – falou o primeiro tenente no ouvido do conde – Creio que se os deputados se recusarem a atender o pedido desses raivosos, não seria nada mal nos enviarem um pequeno reforço.

Entretanto, Jean de Witt, que deixamos subindo a escada de pedra após seu encontro com o carcereiro Gryphus e sua filha Rosa, havia chegado à porta da sala onde seu irmão Corneille estava deitado sobre um colchão, depois de ter sofrido a tortura preparatória aplicada pelo fiscal.

O decreto de banimento tinha chegado, tornando inútil a aplicação da tortura extraordinária.

Corneille, estendido na cama, pulsos quebrados, dedos partidos, tendo nada confessado sobre um crime que não tinha cometido, finalmente respirou, após três dias de sofrimento, ao saber que os juízes, de quem esperava a sentença de morte, deram a condenação apenas ao banimento.

Corpo enérgico, alma invencível, ele teria desapontado seus inimigos se tivessem sido capazes, nas profundezas escuras da câmara de Buitenhof, de ver brilhar em seu pálido rosto o sorriso do mártir que esquece a lama da terra a partir do vislumbre as glórias do céu.

O *ruward* tinha, mais pelo poder de sua vontade do que por uma ajuda real, recuperado sua força, e calculava quanto tempo as formalidades da lei o manteriam na prisão.

Foi então que os clamores da milícia burguesa, misturados com os do povo, levantaram-se contra os dois irmãos e ameaçaram o capitão Tilly, que servia de baluarte. Esse ruído, que se arrebentava como uma onda da maré crescente ao pé das paredes da prisão, chegou ao prisioneiro.

Mesmo sendo um ruído tão ameaçador, Corneille sequer se interessou em perguntar sobre e nem se deu ao trabalho de se levantar para olhar através da janela estreita e gradeada de ferro que deixava entrar luz e murmúrios.

Estava tão entorpecido pelo prolongamento de seu sofrer que esse mal se tornou quase um hábito. Sentia sua alma tão cheia de encantos e sua razão tão perto de se livrar dos constrangimentos corporais que sentia como se alma e razão escapassem da matéria, pairando sobre ela como a fumaça acima de uma lareira quase apagada, deixando-a para subir aos céus.

Ele também estava pensando em seu irmão.

Sem dúvida, foi a sua aproximação que, pelos mistérios desconhecidos que o magnetismo tem descoberto, fez com que sentisse isso. No momento em que Jean estava tão presente no pensamento de Corneille que ele quase murmurou seu nome, a porta se abriu;

Jean entrou, e apressado foi até o leito do prisioneiro, que estendeu os braços machucados e as mãos envoltas em linho para este glorioso irmão que ele tinha superado, não no serviço prestado ao país, mas no ódio causado aos holandeses.

Jean ternamente beijou seu irmão na testa e descansou suas mãos feridas sobre o colchão.

– Corneille, meu pobre irmão, – ele disse – você está sofrendo muito, não é?

– Já não sofro, meu irmão, pois lhe vejo.

– Oh, pobre querido Corneille, sou eu que sofro por vê-lo assim, eu lhe digo.

– Além disso, mais pensei em você do que em mim mesmo. Enquanto me torturavam, só houve uma vez que reclamei "Pobre irmão!" Mas aí está você, vamos esquecer tudo. Você veio me buscar, não é?

– Sim.

– Estou curado; ajude-me a levantar, irmão, e verá como eu ando bem.

– Você não terá de caminhar muito, meu amigo, porque estou com minha carruagem perto do lago, atrás dos pistoleiros de Tilly.

– Os pistoleiros de Tilly? Por que estão ali?

– Ah, até onde sei – disse o grande pensionário com um sorriso no rosto normalmente triste – as pessoas de Haia querem ver você partir, e tememos um pequeno tumulto.

– Tumulto? – respondeu Corneille, fixando o olhar em seu envergonhado irmão. – Tumulto?

– Sim, Corneille.

– Então é isso que escuto – disse o prisioneiro como se falasse consigo mesmo.

Em seguida, voltou-se para o irmão:

– Todo mundo está em Buitenhof, não?

– Sim, meu irmão.

– Mas para vir aqui...

– Então?

– Como deixaram você passar?

– Você sabe muito bem que somos pouco amados, Corneille – disse o grande pensionário com amargura. – Peguei as ruas isoladas.

– Você está se escondendo, Jean?

– Queria chegar até você sem perder tempo, e fiz o que fazemos na política e no mar quando o vento está contrário: eu bordejei.

Nesse momento, o barulho ficou mais intenso na praça da prisão. Tilly estava conversando com a guarda burguesa.

– Oh! Oh! – disse Corneille – Você é um excelente navegador, Jean, mas não sei se você vai tirar seu irmão do Buitenhof, com esta maré e estas ondas populares, tão afortunadamente como liderou a frota de Tromp para Antuérpia no meio das águas rasas do Escalda.

– Com a ajuda de Deus, Corneille; pelo menos irei tentar – respondeu Jean. – Antes, uma palavra.

– Diga.

Os gritos aumentaram novamente.

– Oh! Oh! – continuou Corneille – Essas pessoas estão com raiva! São contra você? Contra mim?

– Creio que são contra nós dois, Corneille. Como estava lhe dizendo, meu irmão, os homens dos Orange nos censuram em meio a suas estúpidas calúnias por termos negociado com a França.

– Sim, mas a culpa é deles.

– Os idiotas!

– Se as negociações tivessem sido bem-sucedidas, teriam sido poupados das derrotas de Rees, Orsay, de Vesel e de Rheinberg, evitado a passagem do Reno, e a Holanda ainda poderia se acreditar invencível no meio de seus pântanos e canais.

– Tudo isso é verdade, meu irmão, mas ainda mais verdade é que, se encontrarem a nossa correspondência com o sr. de Louvois, neste momento, por melhor piloto que eu seja, não salvaria o frágil esquife que transportará os De Witt e sua fortuna para fora da Holanda. Essa correspondência, que provaria a pessoas honestas o quanto amo meu país e que sacrifícios pessoalmente ofereci para a sua liberdade e a sua glória... essa correspondência iria arruinar-nos com os Orange, nossos vencedores. Assim, querido Corneille, quero acreditar que você a queimou antes de deixar Dordrecht para vir se juntar a mim em Haia.

– Meu irmão, – respondeu Corneille – sua correspondência com de Louvois prova que você foi nos últimos tempos o maior, mais generoso e o mais hábil cidadão das Sete Províncias Unidas. Eu amo a glória do meu país; amo sua glória acima de tudo, meu irmão, e não consegui queimar essa correspondência.

– Portanto, estamos perdidos para esta vida terrena – disse calmamente o ex-grande pensionário, aproximando-se da janela.

– Não, muito pelo contrário, Jean. Teremos a salvação do corpo e a ressurreição de popularidade.

– O que você fez com essas cartas?

– Eu as confiei a Cornelius van Baerle, meu afilhado, que você conhece e que mora em Dordrecht.

– Oh, pobre menino! Aquela criança ingênua! O cientista que, coisa rara, sabe tantas coisas e pensa apenas nas flores que saúdam a Deus, e em Deus que faz nascer as flores! Você o encarregou desse pacote mortal; então ele está perdido, meu irmão, esse querido Cornelius!

– Perdido?

– Sim, porque ele será forte ou fraco. Se for forte, por mais alheio que esteja ao que está nos acontecendo, pois embora isolado e distraído em Dordrecht, por milagre saberá o que nos aconteceu... se for forte, vai se gabar por nós; se for fraco, terá medo de nossa intimidade. Se for forte, anunciará o segredo; se for fraco, ele o entregará. Nos dois casos, Corneille, ele está perdido e nós também. Então, meu irmão, vamos fugir rápido, se ainda há tempo.

Corneille levantou-se da cama e pegou na mão do irmão, que estremeceu ao toque das bandagens.

– E não conheço meu afilhado? – ele disse – Não aprendi a ler cada pensamento na cabeça de Van Baerle, cada sentimento em sua alma? Você me pergunta se ele é fraco, se ele é forte? Ele não é nenhum dos dois, mas que seja! O principal é que vai guardar o segredo, mesmo que não o conheça.

Jean se virou, surpreso.

– Ah! – Corneille continuou com seu sorriso doce – O *ruward* de Putten foi um político criado na escola de Jean. Repito-lhe, meu irmão, Van Baerle não conhece a natureza e o valor da caução que lhe confiei.

– Rápido, então! – gritou Jean – Como ainda há tempo, mande-o queimar o pacote.

– E por quem irei passar essa mensagem?

– Por Craeke, meu servo, que iria nos acompanhar a cavalo e veio comigo até a prisão para ajudá-lo a descer as escadas.

– Pense antes de queimar esses documentos gloriosos, Jean.

— Eu acho que, antes de tudo, meu valente Corneille, os irmãos De Witt devem salvar suas vidas para salvar sua fama. Estando mortos, quem nos defenderá, Corneille? Quem irá nos compreender?

— Acha que eles nos matariam se encontrassem esses papéis?

Jean, sem responder a seu irmão, estendeu a mão em direção à praça de Buitenhof, onde rajadas de clamor feroz subiam nesse momento.

— Sim, sim — disse Corneille — Posso ouvir os clamores, mas o que eles dizem?

Jean abriu a janela.

— Morte aos traidores! — gritou a população.

— Ouviu agora, Corneille?

— E os traidores somos nós! — disse o prisioneiro, levantando os olhos ao céu e encolhendo os ombros.

— Somos nós — repetiu Jean de Witt.

— Onde está Craeke?

— Na porta do seu quarto, presumo.

— Traga-o então.

Jean abriu a porta. O fiel servo estava mesmo esperando no limiar.

— Venha, Craeke, e lembre-se do que meu irmão vai lhe dizer.

— Oh, não, não basta falar, Jean, precisamos que eu escreva, infelizmente.

— E por quê?

— Porque Van Baerle não irá devolver ou queimar o pacote sem um pedido específico.

— Mas você será capaz de escrever, meu caro? — perguntou Jean, vendo aquelas pobres mãos, queimadas e machucadas.

— Ah, se eu tivesse caneta e tinta, você veria! — disse Corneille.

– Tenho aqui um lápis, pelo menos.

– Você tem papel? Não me deixaram nada aqui.

– Esta Bíblia. Rasgue a primeira folha.

– Certo.

– Mas sua caligrafia ficará legível?

– Oras! – disse Corneille, olhando para o irmão. – Estes dedos que resistiram aos pavios do executor, esta vontade que domou a dor, vão se unir com um comum esforço, e, fique sossegado, meu irmão, a linha será traçada sem um único tremor.

E, de fato, Corneille pegou o lápis e escreveu.

Podia-se ver o linho branco deixar transparecer as gotas de sangue que a pressão dos dedos sobre o lápis causava na carne aberta.

O suor escorria das têmporas do grande pensionário.

Corneille escreveu:

> *"Caro afilhado,*
>
> *Queime o pacote que lhe dei, queime-o sem vê-lo, sem abri-lo, de modo que permaneça desconhecido para si mesmo. Os segredos que contém são do tipo que matam quem os guarda. Queime-o e você vai ter salvo Jean e Corneille.*
>
> *Adeus e me ame.*
>
> *20 de agosto de 1672.*
>
> CORNEILLE DE WITT"

Jean, lágrimas nos olhos, limpou uma gota do nobre sangue que tinha manchado a folha, entregou-a a Craeke com uma última recomendação e voltou para Corneille, empalidecido pela dor e parecendo prestes a desmaiar.

– Agora – disse ele – Quando este bravo Craeke fizer soar seu velho assovio de contramestre, será por estar longe dos grupos, do outro lado do lago... Então, será nossa vez de partir.

Cinco minutos não se passaram antes que um assovio longo e vigoroso perfurasse, com sua modulação marítima, as cúpulas da folhagem dos olmos negros, dominando o clamor do Buitenhof.

Jean ergueu os braços ao céu para agradecê-lo.

– E agora, vamos, Corneille – disse ele.

III

O ALUNO DE JEAN DE WITT

Enquanto os gritos da multidão reunida no Buitenhof, cada vez mais assustadores para os dois irmãos, dava mais determinação a Jean de Witt para apressar a partida de seu irmão Corneille, uma delegação de burgueses tinha ido, como dissemos, para a Prefeitura exigir a retirada do corpo de cavalaria de Tilly.

Não era muito distante do Buitenhof ao Hoogstraat; foi o que percebeu um estrangeiro, que desde que esta cena começara seguir seus detalhes com curiosidade, e se dirigiu com os demais, ou melhor, atrás dos demais, até a Prefeitura para saber mais rápido as novidades do que estava acontecendo.

Esse estrangeiro era um homem muito jovem, de 22 ou 23 anos, sem vigor aparente. Ele escondia, provavelmente por ter motivos para não ser reconhecido, o seu rosto pálido e longo com um fino lenço de pano da Frísia, com o qual não parava de limpar a testa molhada de suor e seus lábios ardidos.

Os olhos fixos como uma ave de rapina, o nariz aquilino e comprido, a boca fina e reta, fendida como os lábios de uma ferida, esse homem teria oferecido a Lavater, se Lavater tivesse vivido nessa época, um objeto para estudos fisiológicos que a princípio não lhe seriam vantajosos.

Entre a figura do conquistador e a do pirata, diziam os antigos, que diferença encontraremos? Aquela encontrada entre a águia e o abutre.

A serenidade ou ansiedade.

Assim, essa fisionomia lívida, esse corpo delgado e doente, aquela marcha ansiosa que ia do Buitenhof ao Hoogstraat atrás de todas aquelas pessoas gritando, ele era o tipo e a imagem de um mestre suspeito ou um ladrão preocupado; e um homem da polícia certamente teria optado por esta última, pelo cuidado com que esse homem começou a se esconder.

Além disso, ele estava vestido com simplicidade e sem armas visíveis; seus braços magros, mas musculosos, a mão seca, mas branca, fina, aristocrática, apoiada, não no braço, mas no ombro de um oficial que, mão na espada, tinha, até seu companheiro se pôr a caminho e o levar com ele, assistido a todas as cenas do Buitenhof com um interesse fácil de entender.

Chegando à praça de Hoogstraat, o homem de rosto pálido empurrou o outro sob o abrigo de um guarda-vento aberto e fixou os olhos na varanda da Prefeitura.

Com os gritos frenéticos das pessoas, a janela do Hoogstraat se abriu e um homem se adiantou para dialogar com a multidão.

– Quem apareceu na varanda? – perguntou o jovem para o oficial, exibindo unicamente o orador, que parecia muito agitado e se apoiava no corrimão sempre que não se inclinava sobre ele.

– É o delegado Bowelt – respondeu o oficial.

– Que homem é esse deputado Bowelt? O que você sabe?

– Um homem valente, pelo menos até onde sei, senhor.

O jovem, ao ouvir essa apreciação do caráter de Bowelt feita pelo oficial, deixou escapar um movimento de decepção tão estranho, de descontentamento tão visível, que o oficial percebeu e se apressou em acrescentar:

– Dizem isso, pelo menos, senhor. Quanto a mim, não posso dizer nada, não conhecendo o sr. Bowelt pessoalmente.

– Homem valente – repetiu o que fora chamado de senhor – Mas seria esse homem um valente ou um valentão?

– Ah, senhor vai me desculpar!; não ousaria fazer essa distinção sobre um homem que, repito a Sua Alteza, eu só conheço de rosto.

– Então – sussurrou o jovem – Vamos esperar e veremos.

O oficial curvou a cabeça em sinal de assentimento e silêncio.

– Se esse Bowelt for um valente – continuou a Alteza – Vai aceitar o pedido que esses loucos vieram fazer.

E o movimento nervoso em sua mão, que mexia involuntariamente sobre o ombro de seu companheiro, como os dedos de um músico sobre as teclas de um teclado, traiu sua ardente impaciência, tão mal disfarçada em determinados momentos, e, naquele em especial, sob o ar gelado e sombrio do rosto.

Ouviu-se, em seguida, o líder da delegação burguesa do interpelar o deputado para que dissesse onde estavam os seus colegas.

– Senhores, – repetiu pela segunda vez o sr. Bowelt – digo-lhes que neste momento estou sozinho com o sr. d'Asperen e que não posso tomar uma decisão sozinho.

– A ordem! A ordem! – gritaram milhares de vozes.

O sr. Bowelt tentou falar, mas nada foi ouvido de suas palavras, e se viu apenas seus braços acenando em vários gestos desesperados.

Vendo que não podia ser ouvido, voltou-se para a janela aberta e chamou d'Asperen.

O sr. d'Asperen apareceu por sua vez na varanda, onde foi saudado com gritos ainda mais enérgicos do que os que, dez minutos antes, haviam saudado o sr. Bowelt.

Ele pelo menos empreendeu a difícil tarefa de arengar à multidão; mas a multidão preferiu enfrentar a guarda dos Estados, que, aliás, não ofereceu resistência ao povo soberano, a ouvir a arenga do sr. d'Asperen.

– Venha! – disse friamente o jovem, enquanto as pessoas corriam pela porta principal – Parece que o debate vai ter lugar no interior, Coronel. Vamos ouvir a deliberação.

– Ah! Senhor, Senhor, tome cuidado!

– Para quê?

– Entre esses deputados, há vários que o conhecem e basta que apenas um reconheça Sua Alteza.

– Sim, para ser acusado de ser o instigador de tudo isso. Você está certo – disse o jovem, cujo rosto corou por um instante de arrependimento por ter mostrado tanto de precipitação em seus desejos. – Sim, você está certo, vamos ficar aqui, de onde poderemos ver se retornam com a permissão ou não e julgaremos se o sr. Bowelt é valente ou valentão, o que eu queria saber.

– Mas... – disse o oficial olhando com espanto aquele a quem deu o título de senhor – Mas Sua Alteza não achou, sequer por um momento, que os deputados ordenaram que os cavaleiros de Tilly se retirem, não?

– Por quê? – perguntou o jovem friamente.

– Porque se ordenar isso, teria apenas simplesmente assinado a sentença de morte de Corneille e Jean de Witt.

– Iremos ver – respondeu a Alteza com frieza. – Só Deus sabe o que acontece no coração dos homens.

O oficial olhou de relance o rosto impassível de seu companheiro e empalideceu.

Já fora um homem valente e corajoso, esse oficial.

De onde estavam, a Alteza e seu companheiro ouviam os rumores e o pisoteio das pessoas nas escadas da Prefeitura.

Em seguida, ouviram aquele ruído se propagar na praça pelas janelas abertas na varanda da sala onde tinham aparecido os srs. Bowelt e Asperen, que retornaram para o interior, por medo, sem dúvida, de serem empurrados pelas pessoas por cima da balaustrada.

Então, viram as sombras rodopiantes e tumultuosas passarem à frente dessas janelas.

O salão de deliberações estava enchendo.

De repente, o barulho parou; então, também de repente, redobrou de intensidade e atingiu um grau de explosão tal, que o antigo edifício estremeceu até o topo.

Então, por fim, a torrente começou a rolar de novo pelas galerias e pelas escadas que levavam à porta, emergindo sob esse arco como uma tromba d'água.

Liderando o primeiro grupo voava, mais do que corria, um homem terrivelmente desfigurado pela alegria.

Era o cirurgião Tyckelaer.

– Nós a temos! Nós a temos! – ele gritou, agitando um pedaço de papel no ar.

– Eles têm a ordem! – sussurrou o oficial atordoado.

— Então, agora já sei – disse a Alteza calmamente. Você não sabia, meu caro coronel, se o sr. Bowelt era um valente ou um valentão. Não é nem um nem outro.

Em seguida, continuou a acompanhar com os olhos, sem pestanejar, toda a multidão que fluía à sua frente.

— Agora – disse ele, – vamos para o Buitenhof, coronel; creio que iremos assistir a um estranho espetáculo.

O oficial curvou-se e seguiu seu mestre sem responder.

A multidão era enorme na praça e ao redor da prisão. Mas os cavaleiros de Tilly a continham com a mesma tranquilidade e, acima de tudo, com a mesma firmeza.

Logo o conde ouviu o rumor crescente do aproximar desse fluxo de homens, rapidamente avistando as primeiras ondas rolando com a rapidez das quedas de uma catarata.

Ao mesmo tempo, ele viu o papel que flutuava no ar acima dos punhos cerrados e das armas brilhantes.

— Ei! – disse, erguendo-se em seus estribos e em tocando seu tenente com o punho de sua espada – Acho que os miseráveis conseguiram a ordem.

— Patifes covardes! – gritou o tenente.

Era mesmo a ordem, que a companhia de burgueses recebeu com rugidos de alegria.

Ela se moveu imediatamente e marchou com os braços baixos e proferindo gritos altos contra os cavaleiros do conde de Tilly.

Mas o conde não era homem para deixá-los se aproximar mais do que deviam.

— Alto! – ele gritou – Alto! E fiquem longe dos cavalos ou irei ordenar que avancem!

— Aqui está a ordem! – respondeu uma centena de vozes insolentes.

Ele a pegou com espanto, lançou um olhar rápido e em voz alta, disse:

– Aqueles que assinaram essa ordem são os verdadeiros executores do sr. Corneille de Witt. Quanto a mim, eu não desejaria que minhas mãos tivessem escrito uma única letra dessa ordem infame.

Ao empurrar com o pomo de sua espada o homem que queria pegar o documento:

– Um momento – disse ele. – Um texto assim é importante e deve ser guardado.

Ele dobrou o papel e cuidadosamente o colocou no bolso de sua vestimenta.

Em seguida, voltou-se para sua tropa:

– Cavaleiros de Tilly – gritou ele, – fila à direita!

Em seguida, em meia-voz, mas forma que suas palavras não se perdessem para todos, disse:

– E agora, matadores, façam o seu trabalho!

Um grito furioso, composto do ódio ganancioso e das alegrias mais ferozes reunidos sobre o Buitenhof, saudou essa partida.

Os cavaleiros desfilaram lentamente.

O conde ficou para trás, encarando até o último momento a população bêbada que aos poucos foi ganhando terreno deixado pelo cavalo do capitão.

Como podemos ver, Jean de Witt não tinha exagerado o perigo quando, ajudando seu irmão a se erguer, pediu-lhe para se apressar.

Corneille desceu, portanto, apoiado no braço do antigo grande pensionário, a escada que conduzia ao pátio.

Ao pé da escada, ele encontrou a linda Rosa, toda trêmula.

– Oh! sr. Jean – disse esta – Que tristeza!

– O que foi, menina? – perguntou De Witt.

– Dizem que foram ao Hoogstraat para buscar a ordem que deve manter longe os cavaleiros do conde de Tilly.

– Oh! Oh! – disse Jean. – É verdade, minha jovem, se os cavaleiros forem embora, é uma tristeza.

– Se eu puder lhe dar um conselho... – disse a jovem trêmula.

– Fale, criança. Por que me surpreenderia se Deus falasse comigo pela sua boca?

– Então, sr. Jean, eu não sairia pela rua principal.

– E por que isso, já que os cavaleiros de Tilly ainda estão em seus postos?

– Sim, mas até que seja revogada, a ordem é para ficar na frente da prisão.

– Sem dúvida.

– E você tem uma para que eles os acompanhem fora da cidade?

– Não.

– Bem, no instante em que passarem pelos primeiros cavaleiros, irão cair nas mãos do povo.

– Mas a guarda burguesa?

– Ah, a guarda burguesa é a mais enfurecida.

– O que fazer, então?

– Em seu lugar, sr. Jean – continuou a jovem tímida – Eu sairia pela porta secundária, que dá para uma rua deserta, já que todo mundo está na outra rua, esperando na entrada principal, e dali tentaria chegar ao portão da cidade.

– Mas meu irmão não vai conseguir andar – disse Jean.

– Vou tentar – respondeu Corneille com uma expressão de firmeza sublime.

– Mas e a sua carruagem? – pergunta a jovem.

– Está lá, perto da porta principal.

– Não – respondeu a jovem. – Considerei que seu cocheiro fosse leal e disse-lhe que fosse esperar por vocês no cais.

Os dois irmãos se olharam com ternura, e voltaram esse duplo olhar, cheio de gratidão, para a jovem.

– Agora – disse o grande pensionário, – resta saber se Gryphus abrirá essa porta para nós.

– Oh, não! – disse Rosa – Ele não abriria.

– E então?

– Antecipei essa recusa e, há pouco, enquanto conversava pela janela da prisão com um artilheiro, peguei a chave do molho.

– E você está com essa chave?

– Aqui está, sr. Jean.

– Minha menina – disse Corneille – Não tenho nada para lhe dar em troca do serviço que você nos prestou, exceto a Bíblia que irá encontrar no meu quarto: é o último presente de um homem honesto. Espero que lhe traga sorte.

– Obrigada, sr. Corneille, irei guardá-la para sempre – respondeu a jovem.

Então, para si mesma e suspirando, disse:

– Que pena que não consigo ler!

– Eis que os clamores redobram, minha filha – disse Jean. – Acho que não há um momento a perder.

– Vamos – disse a bela frísia, e através de um corredor interior, levou os dois irmãos para o outro lado da prisão.

Sempre guiados por Rosa, desceram a escadaria de uma dúzia de degraus, atravessaram um pequeno pátio com muralhas com ameias, e como a porta estava aberta, estavam do outro lado da prisão na rua deserta, onde a carruagem os esperava na frente, já com o degrau abaixou.

– Ei! Rápido, rápido, rápido, meus mestres, estão ouvindo? – exclamou o cocheiro assustado.

Depois de ter feito Corneille subir primeiro, o grande pensionário virou-se para a jovem.

– Adeus, minha menina – disse ele – Qualquer coisa que pudéssemos dizer a você seria pouco para expressar nossa gratidão. Recomendamos você a Deus, que se lembrará, pois espero que você tenha salvado a vida de dois homens.

Rosa pegou a mão que lhe estendia o grande pensionário e a beijou respeitosamente.

– Vão – ela disse – Vão, pois parece que estão quebrando a porta.

John de Witt subiu rapidamente, sentou-se perto de seu irmão, e fechou o manto do carro gritando:

– Para o Tol-Hek!

O Tol-Hek era o portão que levava ao pequeno porto de Scheveningen, no qual um pequeno barco aguardava os dois irmãos.

A carruagem partiu galopando com dois vigorosos cavalos flamengos e carregou os fugitivos.

Rosa os seguiu até que dobraram a esquina.

Entrou, fechou a porta atrás de si e jogou a chave em um poço.

O barulho que fez Rosa suspeitar que o povo arrombasse a porta era mesmo a multidão que, depois de evacuar a área da prisão, precipitava-se contra essa porta.

Apesar de sólida e embora o carcereiro Gryphus – justiça seja feita – obstinadamente se recusasse a abri-a, sentia-se que ela não iria resistir muito mais; e Gryphus, muito pálido, questionava-se se não valia a pena abrir antes que a porta quebrasse, quando sentiu que lhe puxavam suavemente pelo casaco.

Ele se virou e viu Rosa.

– Está ouvindo as pessoas enfurecidas? – ele disse.

– Posso ouvi-los tão bem, pai, que em seu lugar...

– Você abriria, não é?

– Não, eu deixaria a porta quebrar.

– Mas eles vão me matar.

– Sim, se o virem.

– Como você acha que eles não iriam me ver?

– Escondendo-se.

– Onde?

– Na masmorra secreta.

– Mas e você, minha filha?

– Eu, meu pai, vou ficar com você. Vamos fechar a porta e, quando eles saírem da prisão, sairemos de nosso esconderijo.

– Você está certa – gritou Gryphus. – É incrível o que tem de juízo nessa cabecinha.

Então, enquanto a porta se arrebentava para a grande alegria da população:

– Venha, venha, pai – disse Rosa, abrindo uma pequena portinhola.

– Mas e nossos prisioneiros? – disse Gryphus.

– Deus cuidará deles, meu pai – disse a jovem. – Permita-me cuidar de você.

Gryphus seguiu sua filha, e a portinhola se fechou sobre suas cabeças, assim que a porta quebrada deu passagem à multidão.

A masmorra para onde Rosa levou o pai, chamada de masmorra secreta, ofereceu aos dois personagens, que seremos obrigados a abandonar por um momento, um asilo seguro, sendo conhecida apenas das autoridades, que às vezes trancavam lá um desses grandes culpados para quem temiam alguma revolta ou algum sequestro.

As pessoas corriam pela prisão aos gritos:

– Morte aos traidores! Para a forca, Corneille de Witt! Morra! Morra!

IV

Os assassinos

O jovem, sempre protegido por seu grande chapéu e confiando no braço do oficial, ainda enxugando a testa e os lábios com seu lenço, o jovem imóvel observava sozinho em uma esquina de Buitenhof, perdido na sombra de um dossel com vista para uma loja fechada, o espetáculo dado a ele por essa população furiosa, e que parecia estar se aproximando de seu desfecho.

– Oh! – ele disse para o oficial. – Acho que você estava certo, Van Deken, e que a ordem que os membros do Parlamento assinaram é o verdadeiro fim do sr. Corneille. Você ouve o povo? Ele está mesmo zangado com o sr. De Witt!

– Na verdade – disse o oficial, – nunca ouvi tantos gritos.

– Creio que encontraram a prisão do nosso homem. Ah, espere, aquela janela não era a da sala em que foi preso o sr. Corneille?

Um homem agarrava com ambas as mãos e sacudia violentamente a grade de ferro que fechava a janela da masmorra de Corneille, que lá havia saído há não mais de dez minutos.

– Urra! Urra! – gritou esse homem – Ele não está mais aqui!

– Como não está mais? – perguntaram os homens na rua, que, sendo os últimos a chegar, não puderam entrar na prisão lotada.

– Não! Não! – repetiu o homem irritado – Não está mais, saiu para se salvar.

– O que este homem está dizendo? – a Alteza perguntou, empalidecendo.

– Oh, senhor, ele está dizendo uma notícia que seria ser muito boa se fosse verdade.

– Sim, sem dúvida, seriam notícias abençoadas se fossem verdade – disse o jovem – Infelizmente, não pode ser.

– No entanto, veja... – disse o oficial.

De fato, alguns rostos com raiva, crispados de ira, mostravam-se nas janelas aos gritos:

– Salvou-se! Fugiu! Deixaram que fugisse.

E o povo repetia com pavorosas imprecações:

– Salvaram-se! Fugiram! Vamos atrás deles, vamos persegui-los!

– Senhor, parece que Corneille de Witt se salvou mesmo – disse o oficial.

– Da prisão, talvez – respondeu o último – Mas não da cidade; você verá, van Deken, que o pobre homem encontrará a porta que pensava encontrar aberta, fechada.

– Foi dada a ordem para fechar os portões da cidade, senhor?

– Não, acho que não, quem teria dado essa ordem?

– Bem, e o que lhe faz supor?

– Existem acasos – respondeu a Alteza descuidadamente – e os maiores homens têm, por vezes, caído vítimas de tais fatalidades.

O oficial sentiu com essas palavras um tremor em suas veias, porque ele sabia que, de uma maneira ou de outra, o prisioneiro estava perdido.

Nesse momento os rugidos do povo irromperam como um trovão, pois foi bem demonstrado que Corneille de Witt não estava mais na prisão.

De fato, Corneille e Jean, depois de contornar a lagoa, tomaram a rua principal que leva ao Tol-Hek, sempre recomendando ao cocheiro diminuir o ritmo de seus cavalos para a passagem de sua carruagem não despertar suspeitas.

Mas, ao chegar na metade da rua, quando viu de longe a grade, quando sentiu que deixou para trás a prisão e a morte que tinha diante de si, a vida e a liberdade, o cocheiro negligenciou todas as precauções e colocou a carruagem a disparar.

De repente, ele parou.

– O que houve? – perguntou Jean, colocando a cabeça para fora.

– Oh, meus senhores! – gritou o cocheiro. – É que...

O terror abafou a voz do homem valente.

– Vamos, diga – disse o grande pensionário.

– É que o portão está fechado.

– Como, o portão está fechado? Não é costume fechar a porta durante o dia.

– Veja, então.

Jean de Witt inclinou-se para fora da carruagem e realmente viu o portão fechado.

– Vá em frente! – disse Jean – Tenho a ordem de exílio, o porteiro vai abrir.

A carruagem retomou o curso, mas sentia-se que o cocheiro já não conduzia os cavalos com a mesma confiança.

Em seguida, com a cabeça para fora da janela, Jean de Witt foi visto e reconhecido por um cervejeiro que, atrasado, fechava a porta com pressa para ir juntar-se a seus companheiros no Buitenhof.

Ele soltou um grito de surpresa e correu atrás de dois outros homens que avançavam à sua frente.

Ao fim de cem passos, ele juntou-se a eles e disse algo, os três homens pararam, desviando o olhar para o carro, mas ainda sem ter certeza de quem ele continha.

A carruagem, entretanto, chegou ao Tol-Hek.

– Abra! – gritou o cocheiro.

– Abrir – disse o porteiro, aparecendo no limiar de sua casa. – Abrir com o quê?

– Com a chave, claro! – disse o cocheiro.

– Com a chave, sim; mas seria necessário tê-la para isso.

– Como? Você não tem a chave da porta? – perguntou o cocheiro.

– Não.

– O que você fez com ela?

– Nossa, ela foi tirada de mim.

– Por quem?

– Alguém que provavelmente não queria ninguém saindo da cidade.

– Meu amigo – disse o grande pensionário, pondo a cabeça para fora da carruagem e arriscando tudo – Meu amigo, é por mim, Jean de Witt e por meu irmão Corneille, que estou levando para o exílio.

– Oh, sr. De Witt, estou desesperado – disse o cocheiro, correndo para a carruagem. – Mas, por minha honra, a chave foi tirada de mim.

– Quando?

– Esta manhã.

– Por quem?

– Por um jovem de 22 anos, pálido e magro.

– E por que você o obedeceu?

– Porque ele tinha uma ordem assinada e selada.

– De quem?

– Dos senhores da Prefeitura.

– Vamos – disse Corneille calmamente - Parece que estamos definitivamente perdidos.

– Sabe se a mesma precaução foi tomada em toda parte?

– Eu não sei

– Vamos! – disse Jean para o cocheiro – Deus ordena ao homem que faça tudo ao seu alcance para preservar a sua vida; vá até uma outra porta.

Enquanto o cocheiro virava a carruagem:

– Obrigado por sua boa vontade, meu amigo – disse Jean ao porteiro. – A intenção é considerada fato; você pretendia nos salvar, e aos olhos do Senhor é como se você tivesse conseguido.

– Ah! – disse o porteiro – Está vendo ali?

– Galope através desse grupo – gritou Jean para o cocheiro – e pegue a rua à esquerda; é nossa única esperança.

O grupo de que falava John era composto dos três homens que acompanharam a carruagem, e que desde aquela hora, enquanto Jean falava com o porteiro, tinha crescido para sete ou oito novos homens.

Esses recém-chegados eram obviamente de intenções hostis para os ocupantes da carruagem.

Assim, vendo os cavalos avançando para eles a pleno galope, colocaram-se no meio da rua, agitando os braços armados com paus e gritando:

— Pare! Pare!

Por sua vez, o motorista inclinou-se sobre eles e estalou golpes de chicote.

A carruagem e os homens finalmente colidiram. Os irmãos De Witt nada viam, fechados dentro da carruagem. Mas sentiram os cavalos empinarem e um violento solavanco. Houve um momento de hesitação e de tremor em todo o veículo movente, que se pôs a caminho de novo, passando por cima de algo redondo e flexível, que poderia ser o corpo de um homem derrubado, e foi embora no meio de blasfêmias.

— Oh! — disse Corneille — Temo termos cometido um malfeito.

— Galope! Galope! — gritou Jean.

Mas, apesar dessa ordem, de repente a carruagem parou.

— O quê? — perguntou Jean.

— Veja — disse o cocheiro.

Jean olhou.

Toda a população do Buitenhof surgia no final da rua pela qual deveriam seguir e avançava, uivando, veloz como um furacão.

— Pare e se salve — disse Jean ao cocheiro — É inútil prosseguir; estamos perdidos.

— Aqui estão eles! Aqui estão eles! — gritaram quinhentas vozes juntas.

— Sim, aí estão eles, os traidores, os assassinos! Os assassinos! — responderam aos que estavam na frente da carruagem, aqueles que estavam correndo atrás dela, carregando nos braços o corpo machucado de um de seus companheiros, que, depois de tentar pegar a rédea dos cavalos, tinha sido derrubado por eles.

Foi nele que os dois irmãos sentiram o carro passar.

O cocheiro parou; mas, apesar dos pedidos que lhe fez seu senhor, ele não escapou.

Em um instante, o veículo foi pego entre aqueles que correram atrás dele e aqueles que estavam na frente dele.

Em um instante, ele se elevou sobre a multidão agitada como uma ilha flutuante.

De repente, a ilha flutuante parou. Um marechal veio, um golpe de porrete nocauteou um dos dois cavalos, que caiu no chão.

Nesse instante, uma janela se abriu e se pode ver o rosto lívido e os olhos escuros do jovem fixando-se no espetáculo que se estava armando.

Atrás dele, apareceu o rosto do oficial, quase tão pálido quanto o dele.

– Oh, meu Deus! Meu Deus! Senhor, o que vai acontecer? – sussurrou o oficial.

– Algo terrível, é claro – respondeu o último.

– Oh, veja, meu senhor, tiraram o grande pensionário da carruagem, estão batendo nele, estraçalhando-o.

– É verdade, essas pessoas estão tomadas por uma indignação bem violenta – disse o jovem com o mesmo tom impassível que havia mantido até então.

– E eis Corneille, que estão tirando da carruagem; Corneille que já está todo quebrado, mutilado pela tortura. Oh, veja, veja.

– Sim, é verdade, é mesmo Corneille.

O oficial deu um grito baixo e desviou o olhar.

Foi porque, no último degrau da saída da carruagem, antes de sequer tocar o solo, o *ruward* recebera um golpe de uma barra de ferro que quebrou sua cabeça.

Ele ainda se levantou, mas caiu para trás imediatamente.

Em seguida, os homens tomaram-lhe os pés, avançaram para a multidão, no meio da qual se poderia seguir o rastro de sangue que traçou e que se fechou atrás dele com grandes gritos cheios de alegria.

O jovem ficou ainda mais pálido, o que se teria pensado impossível, e seus olhos turvaram-se por um momento sob a pálpebra.

O oficial viu esse movimento de piedade, a primeira que seu severo companheiro deixou escapar, e desejou tirar proveito desse amolecimento de sua alma:

— Vamos, vamos, senhor! — disse ele — Eles vão assassinar também o grande pensionário.

Mas o jovem já tinha aberto os olhos.

— Verdade! — ele disse. — Essas pessoas são implacáveis. Não é bom traí-las.

— Senhor — disse o oficial — Não poderíamos salvar este pobre homem, que educou Vossa Alteza? Se há como, fale, e mesmo que eu perca minha vida...

Guilherme de Orange, pois era ele, franziu a testa de forma sinistra, conteve o brilho de fúria escura que brilhava sob a pálpebra, e respondeu:

— Coronel Van Deken, vá, eu lhe peço, encontrar minhas tropas, para que peguem em armas, se for necessário.

— Mas irei deixar o senhor sozinho aqui, na frente desses assassinos?

— Não se preocupe comigo mais do que eu — disse o príncipe asperamente. Prossiga.

O oficial partiu com uma rapidez que testemunhava nem tanto a sua obediência e mais a alegria de não estar presente no hediondo assassinato do segundo dos irmãos.

Ele mal tinha fechado a porta do quarto quando João, que por um esforço supremo tinha alcançado o patamar de uma casa em frente de onde estava escondido seu pupilo, cambaleou sob os golpes que eram dados por todos os lados, dizendo:

– Meu irmão, onde está meu irmão?

Um dos furiosos derrubou o seu chapéu com um golpe do punho.

Outro mostrou-lhe o sangue manchando suas mãos, que tinham estripado Corneille, e se apressava para não perder a chance de fazer o mesmo ao grande pensionário, enquanto levavam para a forca o cadáver do que já estava morto.

Jean deixou escapar um gemido lamentável e cobriu os olhos com uma das mãos.

– Ah! – fechando os olhos, disse um dos soldados da guarda burguesa – Bom! Eu vou ver você morrer!

E lhe golpeou o rosto com uma lança, sobre a qual o sangue jorrou.

– Meu irmão! – exclamou De Witt, tentando ver o que havia acontecido com Corneille, através da torrente de sangue que o cegava. – Meu irmão!

– Vá se juntar a ele! – outro assassino gritou, colocando o mosquete em sua têmpora e liberando o gatilho.

Mas o golpe não funcionou.

Em seguida, o assassino pegou sua arma e, segurando-a com as duas mãos pelo cano, deu a John de Witt uma coronhada.

Jean de Witt cambaleou e caiu a seus pés.

Mesmo assim, levantou-se com um esforço supremo:

– Meu irmão! – gritou com uma voz tão lamentável que o jovem fechou a janela.

Até por restar pouco a se ver, pois um terceiro assassino o derrubou no final com um tiro de arma que desta vez disparou e lhe abriu o crânio.

John de Witt caiu para jamais se levantar.

Cada um daqueles infelizes, encorajado por essa queda, quis descarregar sua arma sobre o cadáver. Cada um quis dar um golpe com um porrete, espada ou faca, cada um quis tirar uma gota de sangue, arrancar seus pedaços de roupa.

Quando estava bem machucado, rasgado, despojado, a população o deixou nu e ensanguentado, arrastando-o para uma forca improvisada, onde os executores amadores lhe penduraram pelos pés.

Em seguida, vieram os mais covardes que, não ousando bater na carne viva, cortou em frangalhos a carne morta, para, em seguida, vender pela cidade pequenos pedaços de John e Corneille por dez centavos.

Não podemos dizer se através da abertura quase imperceptível da janela o jovem viu o fim daquela cena terrível, mas quando se penduravam os dois mártires na forca, ele atravessou a multidão tomada demais pela alegria para se preocupar com ele, e alcançou o Tol-Hek, que ainda estava fechado.

– Ah! senhor – gritou o porteiro – Pode me dar a chave?

– Sim, meu amigo, ei-la – respondeu o jovem.

– Ah, é uma pena que você não a tenha me devolvido meia hora mais cedo – disse o porteiro em um suspiro.

– E por quê? – perguntou o jovem.

– Porque eu a teria aberto para os srs. De Witt. Tendo encontrado a porta fechada, foram obrigados a refazer o caminho. Caíram no meio daqueles que os perseguiam.

– A porta! A porta! – gritou uma voz que parecia ser a de um homem com pressa.

O príncipe se virou e reconheceu o coronel Van Deken.

– É você, Coronel? – ele disse. – Ainda não saiu de Haia? Está demorando a atender meu pedido.

– Meu senhor – respondeu o coronel – esta é a terceira porta para onde vou, encontrei as outras duas fechadas.

– Muito bem, este bom homem vai abrir o portão para nós. Abra, meu amigo – disse o príncipe ao porteiro, que ficou bastante espantado com o título de senhor que o coronel Van Deken acabara de conceder ao jovem pálido com quem acabara de falar com tanta familiaridade.

Para consertar sua falha, ele se apressou em abrir o Tol-Hek, que rolou gritando nas dobradiças.

– O senhor, quer meu cavalo? – perguntou o coronel a Guilherme.

– Obrigado, coronel, devo ter um cavalo esperando por mim aqui por perto.

Pegando um apito de ouro em seu bolso, tirou desse instrumento, que na época era usado para chamar os criados, um som agudo e prolongado, ao eco do qual veio um escudeiro a cavalo levando um segundo cavalo pela mão.

Guilherme saltou sobre o cavalo sem usar o estribo e, cravando ambos, ganhou a estrada para Leiden.

Quando estava na estrada, ele se virou.

O coronel o seguiu a distância de um cavalo.

O príncipe fez sinal para tomar lugar ao lado dele.

– Você sabia – ele disse, sem parar – que esses patifes também mataram John de Witt como mataram Corneille?

– Ah! Senhor – disse o coronel com tristeza – eu preferiria que o senhor ainda tivesse de superar essas duas dificuldades para ser de fato o *stadhoud* da Holanda.

– Certamente, teria sido melhor – disse o jovem – se o que acaba de acontecer não tivesse acontecido. Mas, enfim, o que está feito está feito, nós não causamos isso. Vamos rápido, coronel, para que chegue a Alphen antes das mensagens que certamente os Estados enviarão ao meu acampamento.

O coronel curvou-se, deixou seu príncipe sair antes, e seguiu atrás dele, no lugar em que estava antes da conversa.

– Ah! Eu gostaria – Guilherme de Orange murmurou maliciosamente, franzindo a testa e apertando os lábios enquanto pressionava as esporas na barriga de seu cavalo – Eu gostaria de ver a cara que Luís, o Sol, vai fazer, quando souber como tratamos seus bons amigos, os srs. De Witt! Oh, sol, sol, porque meu nome é Guilherme, o Taciturno; sol, cuidado com os seus raios!

Ele correu rápido em seu bom cavalo, o jovem príncipe, o amargo rival do grande rei, o *stadhoud* tão pouco seguro em seu novo poder até o dia anterior, mas a quem o burguês de Haia fez um calço com os cadáveres de Jean e de Corneille, dois nobres príncipes diante dos homens e diante de Deus.

V

O AMANTE DE TULIPAS E SEU VIZINHO

No entanto, enquanto os burgueses da Haia colocavam em pedaços os corpos de John e de Corneille, enquanto que Guilherme de Orange, após ter assegurado que seus dois antagonistas estavam realmente mortos, galopava na estrada para Leiden seguido do coronel Van Deken, ao qual considerou compassivo demais para manter a confiança com a qual até então o havia honrado; Craeke, o servo fiel, montou em um bom cavalo, e sem suspeitar dos terríveis acontecimentos que sucederam a sua partida, corria sobre as estradas ladeadas de árvores até estar fora da cidade e das aldeias vizinhas.

Uma vez em segurança, para não despertar suspeitas, deixou o cavalo no estábulo e prosseguiu tranquilamente sua viagem nos barcos que se revezavam para ir até Dordrecht, passando com destreza pelos caminhos mais curtos desses braços sinuosos do rio, que abraçam sob suas úmidas carícias essas encantadoras ilhas rodeadas por salgueiros, juncos e gramíneas floridas, nas quais os gordos rebanhos cintilam no sol.

Craeke reconheceu de longe Dordrecht, a cidade risonha no sopé da colina repleta de moinhos. Ele viu as belas casas vermelhas com linhas brancas, banhando na água seus pés de tijolos e fazendo flutuar pelas varandas abertas do rio seus tapetes de seda bordados com flores douradas, maravilhas da Índia e da China, e perto desses tapetes, as grandes linhas, armadilhas permanentes para a captura de enguias vorazes atraídas para o entorno das casas pelos despejos diários que as cozinhas lançavam para a água através de suas janelas.

Craeke, na ponta do barco, viu, além dos moinhos com suas asas rodando, viu no declive da colina a casa branca e rosa, o objetivo de sua missão. O cume do telhado perdia-se na folhagem amarelada de uma cortina de choupos, destacada contra o fundo escuro de um bosque de olmos gigantescos. Estava situada de tal maneira que o sol, caindo sobre ela como em um funil, secava, esquentava e fertilizava as últimas brumas que a barreira de vegetação não impedia o vento do rio de levar todas as manhãs e todas as noites.

Desembarcando no meio da agitação normal da cidade, Craeke imediatamente rumou para a casa de que iremos oferecer aos nossos leitores uma descrição essencial.

Branca, clara, rosada, mais limpa e mais encerada nos seus recantos escondidos do que em lugares percebidos, essa casa continha um mortal feliz.

Esse feliz mortal, *rara avis*, como diz Juvenal, era o dr. Van Baerle, afilhado de Corneille. Ele vivia na casa que descrevemos desde a sua infância; pois era o local de nascimento de seu pai e seu avô, antigos nobres comerciantes da nobre cidade de Dordrecht.

O sr. Van Baerle, o pai, tinha acumulado no comércio das Índias entre 300 e 400 mil florins que Van Baerle, o filho, tinha encontrado novos, em 1668, com a morte de seus bons e queridos pais, embora alguns desses florins tenham sido forjados em 1640 e outros em 1610; provando que havia ali florins do pai e do avô Van Baerle; esses 400 mil florins, apressemo-nos a dizer, eram apenas um trocado para Cornelius van Baerle, o herói desta história, cujas propriedades na província davam uma renda de cerca de 10 mil florins.

Quando o digno cidadão, pai de Cornelius, passou da vida à morte, três meses após o funeral de sua esposa, que parecia ter lhe deixado primeiro para facilitar o caminho da morte, assim como tornara fácil o caminho da vida, disse ao filho, beijando-o pela última vez:

– Beba, coma e gaste se você quer viver na realidade, porque não vive quem trabalha todo o dia em uma cadeira de madeira ou em assento de couro, em um laboratório ou em uma loja. Você vai morrer quando for a sua vez e, se você não tiver a sorte de ter um filho, irá deixar o nosso nome extinguir, e meus florins, atônitos, irão ter um desconhecido mestre, logo esses novos florins que ninguém nunca tocou além do meu pai, eu e o fundidor. Especialmente, não imite seu padrinho, Corneille de Witt, que se jogou na política, a carreira mais ingrata e certamente terminará mal.

Estava então morto aquele digno sr. Van Baerle, deixando muito pesaroso seu filho Cornelius, que amava pouco os florins e muito a seu pai.

Cornelius, portanto, ficou sozinho na grande casa.

Em vão, o seu padrinho Corneille ofereceu-lhe emprego nos serviços públicos; em vão, quis dar-lhe o gosto da glória, quando Cornelius, para obedecer a seu padrinho, foi incorporado com de Ruyter no navio Sete Províncias, que comandava 139 embarcações com as quais o ilustre almirante esperava desestabilizar a fortuna da França e da Inglaterra reunidas. Quando, liderado pelo piloto Leger, chegou a um tiro de mosquete do navio Príncipe, em que se encontrava o duque de York, irmão do rei da Inglaterra, o ataque de Ruyter, seu mestre, foi feito de forma tão repentina e inteligente que, sentindo seu navio prestes a afundar, o duque de York só teve tempo de se retirar a bordo do Saint-Michel; pois viu o Saint-Michel quebrado, esmagado por balas de canhão holandesas, saindo da linha; viu um navio afundando, o Conde de Sandwick, e perecendo nas águas ou no fogo 400 marinheiros; quando viu que, depois de 20 navios em pedaços, depois de 3 mil mortos, depois de 5 mil feridos, nada fora decidido contra ou a favor, cada um se atribuindo a vitória na luta que deveria recomeçar e apenas mais um nome, a Batalha de Southwood Bay, seria adicionado ao catálogo de batalhas; quando calculou quanto tempo perde fechando os olhos e os ouvidos o homem que quer pensar mesmo quando canhões apontam para ele, Cornelius disse adeus a Ruyter, ao *ruward* de Putten e à glória, ajoelhando-se na frente do grande pensionário, a quem ele tinha profunda veneração, e voltou para sua casa de Dordrecht, rico com seu repouso merecido, seus 28 anos, uma saúde de ferro, uma visão aguçada e mais de seus 400 mil florins do capital e seus 10 mil florins de renda, com a convicção de que um homem tem sempre demais para ser feliz e o suficiente para não ser.

Por conseguinte, e para ser feliz a sua maneira, Cornelius pôs-se a estudar plantas e insetos, coletando e classificando toda a flora das ilhas, organizou toda a entomologia de sua província, sobre a qual ele escreveu um tratado manuscrito com pranchas que ele desenhou, e, finalmente, não sabendo mais o que fazer com seu tempo e seu dinheiro, que aumentava de forma impressionante, começou a escolher entre todas as loucuras de seu país e sua época uma das mais elegante e mais caras.

Ele amava tulipas.

Como sabemos, nessa época os flamencos e os portugueses começavam a invejar esse tipo de horticultura, divinizando a tulipa e fazendo dessa flor vinda do Leste algo que um naturalista nunca ousou fazer com a raça humana, por medo de deixar Deus com ciúme.

Logo, de Dordrecht a Mons, só se falava das tulipas do mestre Van Baerle; e seus canteiros, seus tanques, suas salas de secar, seus cadernos de dentes eram visitados como uma vez as galerias e a biblioteca de Alexandria foram pelos ilustres viajantes romanos.

Van Baerle começou gastando sua renda para o ano estabelecendo sua coleção, depois empenhou seus florins novos para aperfeiçoá-la; seu trabalho foi recompensado com um resultado magnífico: encontrou cinco espécies diferentes que chamou de Jeanne, em homenagem a sua mãe, Baerle, como o nome de seu pai, Corneille, pelo seu padrinho; os outros nomes nos escapam, mas certamente os amadores poderão encontrá-los nos catálogos da época.

Em 1672, no início do ano, Corneille de Witt foi a Dordrecht para viver três meses em sua antiga casa de família; porque nós sabemos que não só Corneille nascera em Dordrecht, mas que a família De Witt era originalmente dessa cidade.

Corneille começava, então, como disse Guilherme de Orange, a desfrutar da mais perfeita impopularidade. No entanto, para os seus cidadãos, as boas pessoas de Dordrecht, ele ainda não era um vilão para enforcar, e estes, pouco satisfeitos com seu republicanismo muito puro, mas orgulhoso de seu valor pessoal, queria bem demais a ele para oferecer o vinho da cidade quando ali entrou.

Depois de agradecer seus concidadãos, Corneille foi ver a casa de seu velho pai, e ordenou alguns reparos antes de Madame De Witt, sua esposa, chegar para se instalar com seus filhos.

Em seguida, o *ruward* foi para a casa de seu afilhado, que talvez fosse o único em Dordrecht a não saber da presença do *ruward* em sua cidade natal.

Assim como Corneille de Witt foi odiado por empunhar essas sementes do mal que são as paixões políticas, Van Baerle tinha acumulado simpatia ao negligenciar completamente o cultivo da política, absorvido que ele estava na cultura de suas tulipas.

Portanto, Van Baerle era amado por seus servos e trabalhadores, de modo que não podia supor que houvesse um homem no mundo que quisesse prejudicar outro homem.

E, mesmo assim, digamos que para a vergonha da humanidade, Cornelius Van Baerle tinha, sem saber, um inimigo mais feroz, tenaz e implacável do que os muitos inimigos que o *ruward* e seu irmão contavam entre os seguidores dos Orange, os mais hostis a essa admirável fraternidade que, sem enfraquecer durante a vida, se estendeu em sua dedicação para além da morte.

Quando Cornelius começou a se interessar por tulipas, e jogar nelas suas rendas e os florins de seu pai, morava em Dordrecht, bem ao seu ao lado, um cidadão chamado Isaac Boxtel, que, desde o dia em que alcançara a idade do conhecimento, seguia a mesma inclinação e se extasiava à mera menção da palavra *tulban,* que, como garante o florista francês, o maior historiador estudioso dessa flor, é a primeira palavra na língua de Chingulais usada para designar essa grande obra que chamamos de tulipa.

Boxtel não teve a felicidade de ser rico como Van Baerle. Foi, portanto, com grande dificuldade, à força de cuidados e de paciência que fez na sua casa em Dordrecht um jardim conveniente para a cultura; havia preparado o solo de acordo com os requisitos desejados e dado às suas camadas exatamente o calor e o frescor que os jardineiros do códice recomendavam.

Até à vigésima parte de um grau, Isaac sabia a temperatura de suas faixas. Ele sabia o peso do vento e da peneiração de maneira que se acomodasse ao balanço dos talos de suas flores. Assim, seus produtos estavam começando a ter apelo. Eram belos e mesmo procurados. Muitos amantes das flores iam visitar as tulipas de Boxtel. Finalmente, Boxtel lançou no mundo de Linnaeus e Tournefort uma tulipa com seu nome. Essa tulipa tinha feito o seu caminho, atravessado a França, foi introduzida na Espanha e penetrado até Portugal, e o rei Dom Afonso VI, que expulso de Lisboa, tinha se retirado para a ilha Terceira, onde ele se divertia, não como o grande Conde, com olhos lacrimejantes, mas a cultivar tulipas, tinha dito "Nada mal" ao olhar para as referidas *Boxtel*.

De repente, após todos os estudos que fizera, a paixão pela tulipa invadiu Cornelius van Baerle, que modificou sua casa em Dordrecht, que, como dissemos, era ao lado da de Boxtel e construiu um andar em uma construção de seu pátio, que, ao subir, retirou cerca de meio grau de calor e, em troca, devolvia meio grau de frio ao jardim de Boxtel, sem contar que cortou o vento e atrapalhou todos os cálculos e toda a economia hortícola de seu vizinho.

Mas, no fim, não passava de um infortúnio aos olhos do vizinho Boxtel. Van Baerle era apenas um pintor, ou seja, uma espécie de tolo que tenta reproduzir na tela, desfigurando-as, as maravilhas da natureza. O pintor elevou seu ateliê em um andar para ter mais luz, era seu direito. Van Baerle era um pintor, assim como o sr. Boxtel era uma florista de tulipas; ele queria o sol para suas pinturas, ele levou meio grau das tulipas de Boxtel.

A lei era para o sr. Van Baerle, *Bene sit*[4].

---

[4] Expressão em latim para "Que fique bem!"

Além disso, Boxtel havia descoberto que muito sol afetava as tulipas, e que essa flor ficava melhor e mais colorida com o sol morno da manhã ou à tarde do que com o sol ardente do meio-dia.

Ele era quase grato a Cornelius van Baerle por ter construído um para-sol gratuitamente.

Talvez isso não seja exatamente verdade, e o que Boxtel dizia sobre seu vizinho Van Baerle podia não ser a expressão completa de seus pensamentos. Mas as grandes almas encontram na filosofia recursos surpreendentes em meio a grandes catástrofes.

Mas, aí, que agonia o tomou, a esse infeliz Boxtel, quando ele viu as janelas do primeiro andar do andar recentemente construído se encher de dentes e brotos, tulipas na terra, tulipas em vasos, enfim, de tudo o que se relacionava à profissão de um obcecado por tulipas!

Havia os pacotes de etiquetas, havia as estantes, havia as caixas com compartimentos e as telas de ferro destinadas a fechar essas caixas para renovar o ar ali sem dar acesso a ratos, gorgulhos, arganazes, camundongos do campo, curiosos amantes de tulipas a dois mil francos por dente.

Boxtel ficou muito espantado ao ver todo aquele material, mas não compreendia ainda a extensão de seu infortúnio. Sabíamos que Van Baerle era amigo de tudo o que agrada aos olhos. Ele estudou profundamente a natureza para suas pinturas, acabadas como as de Gérard Dow, seu professor, e de Miéris, seu amigo. Não seria possível que, para pintar o interior de um criadouro de tulipas, tivesse acumulado em seu novo estúdio todos os acessórios para a decoração?

No entanto, embora embalado por essa ideia enganosa, Boxtel não resistiu à curiosidade ardente que o devorava. Quando a noite chegou, colocou uma escada contra a parede adjacente e, olhando para a casa do vizinho, percebeu que a terra de um enorme quadrado anteriormente ocupado por plantas diferentes, havia sido removida, disposta em plataformas de faixas de solo misturadas com lama de rio essencialmente simpáticas a tulipas, com contraforte de bordas de grama para evitar deslizamentos. Além disso, pegava o sol poente e nascente, com sombra o bastante para se proteger do sol do meio-dia; água em abundância e, ao alcance, exposição ao sul-sudoeste, finalmente condições completas, não apenas de sucesso, mas de progresso. Sem dúvidas, Van Baerle havia se tornado um produtor de tulipas.

Boxtel imaginou na hora aquele cientista com 400 mil florins de capital, 10 mil florins de renda, usando seus recursos morais e físicos para o cultivo sério de tulipas. Ele previu seu sucesso em um futuro indeterminado, mas próximo, e sentiu, antecipadamente, tanta dor por esse sucesso que suas mãos afrouxaram, seus joelhos cederam, e ele rolou desesperadamente escada para baixo.

Assim, não foi por tulipas pintadas, mas para tulipas verdadeiras que Van Baerle lhe tomou meio grau de calor. Van Baerle tinha a mais maravilhosa exposição ao sol e, além disso, uma vasta sala onde manter seus dentes e brotos, um aposento iluminado, ventilado, arejado, riqueza proibida para Boxtel, que tinha sido forçado a se dedicar a esse uso seu quarto de dormir, e, para não causar danos por influência de espíritos animais em seus dentes e tubérculos, resignou-se a dormir no sótão.

Assim, na porta ao lado, do outro lado de seu muro, Boxtel teria um rival, um emulador, talvez um vencedor, e esse rival, em vez de um jardineiro obscuro e desconhecido, era afilhado do mestre Corneille de Witt, ou seja, uma celebridade!

Boxtel, como se vê, tinha um espírito menos desenvolvido que o de Porus, que se consolava por ter sido derrotado por Alexandre precisamente por causa da celebridade de seu conquistador.

Na verdade, o que aconteceria se Van Baerle encontrasse uma nova tulipa e a chamasse de Jean de Witt, depois de ter chamado uma de Corneille? Seria sufocante de raiva.

Assim, em sua invejosa previsão, Boxtel, profeta da destruição para si mesmo, adivinhou o que iria acontecer.

Boxtel, com esta descoberta, passou a noite mais execrável que se possa imaginar.

VI

O ÓDIO DE UM AMANTE DE TULIPAS

A partir desse momento, ao invés de preocupação, Boxtel teve medo. Aquilo que dá força e nobreza aos esforços do corpo e do espírito, a cultura de uma ideia favorita, Boxtel perdeu ruminando o dano que lhe causaria a ideia de vizinho.

Van Baerle, como podemos imaginar, desde o momento em que aplicou nisso o perfeito entendimento de que a natureza lhe dera, Van Baerle conseguiu produzir as mais belas tulipas.

Melhor do que as do Harlem e de Leiden, cidades que oferecem os melhores territórios e os climas mais saudáveis, Corneille conseguia variar as cores, modelar as formas, multiplicar a espécie.

Ele era daquela escola engenhosa e ingênua que tomou o lema do século VII, um aforismo desenvolvido em 1653 por um de seus seguidores:

É ofender a Deus desprezar as flores.

Premissa que a escola dos criadores de tulipas, a mais exclusiva das escolas, transformou no seguinte silogismo em 1653:

É ofender a Deus desprezar as flores.
Quanto mais bela a flor, mais o desprezo ofende a Deus.
A tulipa é a mais bela de todas as flores.
Portanto, quem despreza a tulipa ofende muito a Deus.

Raciocinando assim, vemos que, calculando por baixo, as quatro ou cinco mil tulipas da Holanda, França e Portugal, sem falar das do Ceilão, da Índia e da China, teriam banido o mundo todo e declarado cismáticos, hereges e dignos de morte várias centenas de milhões de homens sem amor pela tulipa.

Não devemos duvidar, porém, que por essa causa, Boxtel, embora inimigo mortal de Van Baerle, marcharia sob a mesma bandeira que ele.

Van Baerle obteve inúmeros sucessos e fez as pessoas falarem sobre ele, ao passo que Boxtel desapareceu para sempre da lista de criadores de tulipa notáveis da Holanda, e essa arte era representada em Dordrecht por Cornelius van Baerle, o modesto e inofensivo estudioso.

Assim, como do mais humilde ramo do enxerto surgem ramos mais orgulhosos, e do botão com quatro pétalas incolores surge a gigantesca e perfumado rosa. Assim, as casas reais por vezes nasciam na cabana de um lenhador ou na cabine de um pescador.

Van Baerle, dando tudo de si para o trabalho de semeadura, plantio, colheita, e aclamado por todos os apreciadores de tulipas da Europa, não suspeitava que bem ao seu lado havia um infeliz destronado de quem ele era o usurpador. Continuou seus experimentos e, consequentemente, seus sucessos, e em dois anos cobriu seus canteiros de flores com coisas tão maravilhosos que ninguém, exceto talvez Shakespeare e Rubens, jamais havia criado além de Deus.

Assim, para ter uma ideia dos condenados esquecidos por Dante, só se precisava olhar para Boxtel nessa época. Enquanto Van Baerle capinava, modificava, umedecia seus canteiros, ajoelhando-se nas bordas de grama, analisava cada veia da tulipa em flor e ponderava sobre as mudanças que poderia fazer, as combinações de cores que poderia experimentar, Boxtel, escondido atrás de uma pequena figueira que ele tinha plantado ao longo da parede e que modelara como um moinho, acompanhava, os olhos inchados, a boca espumando, cada passo, cada gesto de seu vizinho, e, quando achava que o via alegre, quando captava um sorriso nos lábios, um lampejo de felicidade nos olhos, rogava-lhe tantas maldições, tantas ameaças furiosas, que não se podia imaginar como esses sopros venenosos de inveja e de raiva não se infiltravam nos caules das flores, levando os princípios da decadência e os germes da morte.

Como o mal, uma vez mestre de uma alma humana, faz um rápido progresso, logo Boxtel não se contentava mais em observar Van Baerle. Também queria ver as flores dele, pois no fundo era um artista, e a obra-prima de uma rival capturava sua atenção.

Comprou um telescópio e, com ajuda deste, pode seguir cada evolução da flor tão bem como o próprio dono, desde o momento em que empurra, no primeiro ano, o broto pálido para fora da terra, até quanto, após ter cumprido o seu período de cinco anos, rodeia o seu nobre e gracioso cilindro sobre o qual surge a sombra incerta da sua cor e se desenvolvem as pétalas da flor, que só então revelam os tesouros secretos do seu cálice.

Oh, quantas vezes o infeliz ciumento, empoleirado em sua escada, viu tulipas nos canteiros de Van Baerle que o cegaram com sua beleza e o sufocaram com sua perfeição!

Então, depois do período de admiração que não conseguiu derrotar a febre da inveja, esse mal que rói o peito e que transforma o coração em uma miríade de pequenas cobras que se devoram, fonte infame de dor horrível.

Quantas vezes, em meio a suas torturas, que não descreveremos por ser impossível, Boxtel sentiu-se tentado a pular a noite no jardim, saquear as plantas, rasgar as cebolas com os dentes, e de sacrificar à sua raiva o próprio dono se este se atrevesse a defender suas tulipas.

Mas matar uma tulipa é, aos olhos de um verdadeiro horticultor, um crime terrível!

Matar um homem ainda passa.

Entretanto, graças ao progresso que todos os dias Van Baerle fazia na ciência que parecia conhecer por instinto, Boxtel chegou a tal paroxismo de raiva que aventou jogar pedras e paus nos canteiros de tulipas do vizinho.

Mas ele pensou que, no dia seguinte, ao ver o dano, Van Baerle iria ver como a rua estava longe, que pedras e paus não caiam mais do céu como no século XVII, no tempo dos amalequitas, e assim o autor do crime, embora tivesse operado à noite, seria descoberto e não apenas punido pela lei, mas também desonrado para sempre aos olhos da Europa amante de tulipas. Boxtel trocou o ódio pela astúcia e resolveu usar um meio que não o comprometeria.

Procurou por muito tempo, é verdade, mas finalmente encontrou.

Uma noite, amarrou dois gatos pelas patas posteriores com um fio de 3 metros de comprimento, e os jogou do topo do muro, no meio do canteiro mestre, do canteiro principal, do canteiro real, que continha não apenas o *Corneille de Witt,* mas também o *Brabançonne*, branco leitoso, roxo e vermelho, o *Marbrée*, de Rotre, cinza como linho, com um encarnado vermelho e brilhante, e o *Merveille*, de Harlem, a tulipa *Colombin obscur* e *Colombin clair terni*.

Os animais assustados, caindo parede abaixo, primeiro bateram em cima do canteiro e tentaram escapar, cada um para um lado, até tensionar o fio que os prendia; em seguida, sentindo a impossibilidade de avançar mais, vagaram por lá com terríveis miados, cortando com sua corda as flores entre as quais se debatiam; e, finalmente, depois de um quarto de hora de luta feroz, conseguiram partir o fio que os prendiam e desapareceram.

Boxtel, escondido atrás de sua árvore, não viu nada por causa da escuridão da noite; mas com os gritos irados dos dois gatos, pode imaginar tudo, e seu coração, murcho com fel, encheu-se de alegria.

O desejo de ter certeza dos danos cometidos era tão grande no coração de Boxtel que ficou ali até o amanhecer para desfrutar com os olhos o estado em que a luta dos dois gatos havia colocado os canteiros de seu vizinho.

Foi congelado pelo nevoeiro da manhã; mas não sentiu o frio; a esperança de vingança o manteve aquecido.

A dor de seu rival pagaria todas as suas tristezas.

Aos primeiros raios do sol, a porta da casa branca abriu; Van Baerle apareceu e se aproximou de seus canteiros de flores, sorrindo como um homem que passou a noite em sua cama e ali teve bons sonhos.

De uma só vez, viu os buracos e sulcos na área antes lisa como um espelho; de uma só vez, percebeu as fileiras antes simétricas de tulipas desordenadas como os piques de um batalhão em que uma bomba caiu no meio.

Correu para cima, pálido.

Boxtel estremeceu de alegria. Quinze ou vinte tulipas rasgadas, dilaceradas, algumas caídas, outras completamente quebradas e já empalidecendo; a seiva fluindo de suas feridas; a seiva, o sangue precioso que Van Baerle teria gostado de comprar de volta à custa do seu.

Mas, ó, surpresa! Ó, alegria de Van Baerle! Ó, dor inexprimível de Boxtel! Nenhuma das quatro tulipas alvos do ataque tinham sido atingidas. Orgulhosamente erguiam suas nobres cabeças acima dos cadáveres de suas companheiras. Foi o suficiente para consolar Van Baerle e o suficiente para fazer o assassino morrer de raiva, arrancando os cabelos ao ver seu crime cometido, cometido desnecessariamente.

Van Baerle, embora deplorasse o infortúnio que o atingira, um infortúnio que, aliás, pela graça de Deus, foi menor do que poderia ser, Van Baerle não conseguia adivinhar a causa. Perguntou e soube que a noite havia sido perturbada por miados terríveis. De resto, reconheceu a passagem de gatos no rastro deixado por suas garras, o pelo deixado no campo de batalha e no qual as gotas de orvalho tremiam indiferentes, como faziam nas folhas partidas bem ao lado. Para evitar que tal infelicidade se repetisse no futuro, ordenou que um menino jardineiro dormisse todas as noites no jardim, debaixo de uma guarita perto dos canteiros.

Boxtel ouviu a ordem sendo dada. Ele viu a guarita erguer-se no mesmo dia, e muito feliz por não ser suspeito e mais animado do que nunca contra o feliz horticultor, esperou por melhores oportunidades.

Foi nessa época que a Sociedade dos Criadores de Tulipa de Harlem ofereceu um prêmio para a descoberta, pois não ousamos dizer que foi para a produção, da "tulipa negra sem mácula", um problema não resolvido e visto como insolúvel, afinal naquele tempo não havia sequer em tom sépia na natureza.

Podia-se dizer que os fundadores do prêmio poderiam oferecer 2 milhões em vez de cem mil libras, pois era impossível.

O mundo das tulipas, mesmo assim, foi tomado de comoção da base ao topo.

Alguns amadores acolheram a ideia, mas sem acreditar na sua aplicação; porém tal é o poder imaginário dos horticultores que, embora considerassem sua especulação fracassada de antemão, não pensavam mais em nada além daquela grande tulipa negra, quimérica como o cisne negro de Horácio e como o melro branco da tradição francesa.

Van Baerle foi um dos criadores de tulipas que adotou a ideia; Boxtel estava entre os que especulavam. A partir do momento em que Van Baerle incrustara essa tarefa em sua perspicaz e engenhosa cabeça, começou lentamente a semeadura e as operações necessárias para levar de vermelho para marrom, e de marrom para marrom-escuro as tulipas que cultivara até então.

No ano seguinte, ele obteve um sépia perfeito, e Boxtel os viu em seu canteiro, enquanto ele ainda não havia conseguido um marrom-claro.

Talvez seja importante explicar aos leitores as belas teorias que consistem em provar que a tulipa pega suas cores dos elementos; talvez seja o suficiente estabelecermos que nada é impossível para o horticultor que usa, com paciência e seu gênio, o fogo do sol, a candura da água, os sucos da terra e os sopros do ar. Mas este não é um tratado sobre tulipas em geral, é a história de uma tulipa em particular que resolvemos escrever; iremos nos limitar a ela, apesar do assunto adjacente ao nosso ser tão atraente.

Boxtel, mais uma vez derrotado pela superioridade de seu inimigo, tomou desgosto pela cultura e, semienlouquecido, dedicou-se inteiramente a observar.

A casa de seu rival era fácil de observar. Jardim aberto ao sol, armários de vidro transparentes, armários, baús, caixas e etiquetas que o telescópio facilmente esmiuçava, Boxtel deixou os dentes apodrecerem nos vasos, as cascas para secar em suas caixas, as tulipas para morrer nos canteiros, e daí em diante foi usando a vida com a sua vista, ele só estava preocupado com o que acontecia na casa de Van Baerle; respirava pelos caules de suas tulipas, matava sua sede com a água jogada nelas e ficou satisfeito com a terra fina e macia que o vizinho borrifou em seus queridos dentes.

Mas a parte mais interessante do trabalho não acontecia no jardim.

Soava uma hora, uma hora da madrugada, e Van Baerle subia ao seu laboratório no gabinete de vidro onde o telescópio de Boxtel tão bem penetrava, e ali, assim que as luzes do cientista, sucedendo aos raios do dia, iluminavam paredes e janelas, Boxtel via o gênio inventivo de seu rival em ação.

Viu separar sementes, regando-as com substâncias destinadas para modificá-las ou colori-las. Adivinhava o que pretendia ao aquecer algumas dessas sementes, depois umedecendo-as e combinando-as com outras por uma espécie de operação de enxerto cuidadosa e maravilhosamente inteligente; encerrando na escuridão aquelas que deveriam dar a cor preta, expondo ao sol ou à lâmpada aquelas que iriam dar a cor vermelha, refletindo em um reflexo eterno da água aquelas que iriam fornecer o branco, uma inocente representação hermética do elemento úmido.

Essa magia inocente, cria de sonhos infantis e do gênio viril reunidos, esse trabalho paciente, eterno, de que Boxtel sabia ser incapaz, fazia verter no telescópio do invejoso toda a sua vida, todos os seus pensamentos, toda a sua esperança.

Coisa estranha, pois tanto interesse e amor pela arte não extinguiam em Isaac o feroz desejo, a sede da vingança. Às vezes, ao ver Van Baerle em seu telescópio, imaginava-se ajustando um mosquete infalível, procurando o gatilho para desferir o golpe que o mataria; mas é a hora de relacionarmos este período de trabalho de um e de espionagem de outro à visita que Corneille de Witt, *ruward* de Putten, fez à sua cidade natal.

VII

Um homem feliz conhece a infelicidade

Corneille, após resolver os negócios de sua família, chegou à casa de seu afilhado, Cornelius van Baerle, em janeiro de 1672.

A noite estava caindo.

Corneille, muito pouco horticultor e muito menos artista, visitou toda a casa, da oficina às estufas, até as mesas das tulipas. Ele agradeceu a seu afilhado por tê-lo acompanhado no convés da nau Sete Províncias durante a batalha de Southwood Bay e de ter dado o seu nome a uma magnífica tulipa, tudo isso com a bondade e a afabilidade de um pai por seu filho, e enquanto ele estava inspecionando os tesouros de Van Baerle, a multidão parou curiosa, com respeito até, na frente da porta daquele homem feliz.

Todo esse barulho chamou a atenção de Boxtel, que comia perto da lareira.

Ele se informou sobre o que era e subiu para o seu laboratório. E ali, apesar do frio, ele se acomodou, o telescópio no olho.

Esse telescópio não tinha sido de grande utilidade após o outono de 1671. As tulipas, friorentas como verdadeiras filhas do Oriente, não se cultivavam em campo aberto no inverno. Precisam do interior da casa, a cama aconchegante das gavetas e as carícias suaves do fogão. Além disso, durante todo o inverno, Cornelius continuava em seu laboratório no meio de seus livros e de suas pinturas. Raramente ia até a câmara com os dentes, só para deixar entrar um pouco de luz do sol que pegava do céu, e a forçava, através da abertura de uma porta de vidro, para cair em sua casa de algum jeito.

Na noite de que falamos, depois que Corneille e Cornelius visitaram todos os cômodos, seguidos por alguns criados

– Meu filho – disse Corneille em voz baixa para Van Baerle – mantenha seu pessoal afastado e tente nos manter a sós por alguns momentos.

Cornelius curvou-se em obediência.

Então, falou alto:

– Sir, – disse Cornelius – não gostaria de visitar o meu secador de tulipas agora?

O secador, esse *pandemônio* da criação de tulipas, esse tabernáculo, esse *sanctum sanctorum* era, como o Delfos da antiguidade, proibido aos leigos.

Jamais um criado colocou ali um pé audacioso, como diria o grande Racine, que floresceu naquele tempo. Cornelius só autorizava a ali entrar a vassoura inofensiva de uma empregada frísia de idade, sua babá, que, desde que Cornelius começou a se dedicar ao culto de tulipas, não ousava mais colocar dentes em guisados, por medo de descascar e assassinar o coração de seu bebê.

Assim, a mera menção a *secador*, os servos que carregavam as tochas afastaram-se respeitosamente. Cornelius pegou-as da mão do primeiro destes e precedeu seu padrinho no aposento.

Acrescentemos ao que acabamos de dizer que o secador era o mesma sala de vidro para a qual Boxtel incessantemente apontava seu telescópio.

A inveja estava mais do que nunca em seu posto.

Primeiro viu iluminarem-se as paredes e as janelas.

Então duas sombras apareceram.

Um deles, alto, majestoso, severo, sentou-se perto da mesa onde Cornelius havia colocado a tocha.

Nessa sombra, Boxtel reconheceu o pálido rosto de Corneille de Witt, com o longo cabelo preto separado na frente e caindo sobre seus ombros.

O *ruward* de Putten, depois de ter dito algumas palavras para Cornelius, cujo significado o homem invejoso não conseguiu entender pelo movimento dos lábios, tirou do peito e entregou-lhe um pacote branco cuidadosamente selado, um pacote que Boxtel concluiu, pela forma como Cornelius o tomou e colocou em um armário, deveria conter papéis dos mais importantes.

A princípio, pensara que aquele precioso pacote contivesse alguns cravos recém-chegados de Bengala ou do Ceilão; mas logo percebeu que Corneille não cultivava tulipas e não se importava com nada além do homem, uma planta ruim, muito menos agradável de se ver e, acima de tudo, muito mais difícil de se fazer florescer.

Portanto, concluiu que o pacote continha apenas papéis e que esses documentos tratavam de política.

Mas por que papéis políticos para Cornelius, que não só era alheio a essa ciência, mas também se gabava disso, tão obscura, na sua opinião, quanto a química e a alquimia?

Sem dúvida, era um pacote que Corneille, já ameaçado pela impopularidade com que seus compatriotas começavam a honrá-lo, colocava sob a guarda de seu afilhado Van Baerle, algo ainda mais relevante partindo do *ruward*, pois não seria com Cornelius, alheio a qualquer intriga, que iriam procurar esse pacote.

Além disso, Boxtel conhecia o vizinho; se o pacote contivesse cravos, Corneille não teria feito cerimônias e os teria apreciado imediatamente, estudando, como um verdadeiro apreciador, o valor dos presentes que recebera.

Pelo contrário, Cornelius respeitosamente recebera o pacote das mãos do *ruward*, e, sempre com respeito, colocou-o em uma gaveta, empurrando-o para trás, sem dúvida para não ser visto, mas também para não ocupar muito o espaço reservado para seus dentes.

Com o pacote na gaveta, Corneille de Witt se levantou, apertou a mão do afilhado e caminhou em direção à porta.

Cornelius pegou a tocha na mesma hora e correu para passar primeiro e iluminar tudo adequadamente.

Em seguida, a luz desapareceu imperceptivelmente na sala de vidro para reaparecer na escada, depois no corredor e finalmente na rua, ainda lotada de pessoas que queriam ver o *ruward* voltar para a carruagem.

O invejoso não se enganara em suas suposições. O pacote dado pelo *ruward* ao seu afilhado e cuidadosamente agarrado por ele era a correspondência de Jean com o sr. de Louvois.

E esse pacote foi feito, como disse Corneille a seu irmão, sem que Corneille deixasse escapar a menor suspeita de sua importância política ao afilhado.

A única recomendação que tinha feito era a de não o entregar a ninguém, a não a ser ele, ou a alguém que, ao reclamá-lo, trouxesse uma mensagem sua.

E Cornelius, como vimos, fechara o pacote no armário com dentes raros.

Em seguida, o *ruward* foi embora, o barulho e os fogos sumiram, e nosso homem não mais pensara naquele pacote, no qual, ao contrário, Boxtel pensava muito, que, como um piloto hábil, via ali uma nuvem distante e perceptível que crescerá em seu percurso e iniciará uma tempestade.

Agora, estão plantados todos os marcos de nossa história nesta terra oleosa que se estende de Dordrecht a Haia. Quem quiser, irá segui-los nos próximos capítulos. Quanto a nós, temos mantido a nossa palavra, provando que nem Corneille nem Jean de Witt tinham tido tão ferozes inimigos em toda a Holanda como o que teve Van Baerle no seu vizinho mestre Isaac Boxtel.

No entanto, florescendo em sua ignorância, o criador de tulipas tinha feito o seu caminho até o objetivo proposto pela sociedade de Harlem: passando da tulipa sépia para uma da cor de café queimado; e voltando a ele, naquele mesmo dia em que se realizava em Haia o grande acontecimento que relatamos, vamos encontrá-lo por volta da 1 hora da tarde retirando da sua orla os dentes ainda malsucedidos de uma semeadura de tulipas cor de café queimado, tulipas que o florescimento abortado anteriormente foi firmado para a primavera de 1673, e não podia falhar para conseguir a grande tulipa negra solicitada pela sociedade de Harlem.

Em 20 de agosto de 1672, à 1 hora da tarde, Cornelius estava em seu secador, os pés na barra de sua mesa, os cotovelos no tapete, contemplando com deleite três brotos que acabava de separar de seu dente: brotos puros, perfeitos, intactos, príncipes inestimáveis de um dos mais maravilhosos produtos da ciência e da natureza, unidos nessa combinação de onde deveria emergir o sucesso que marcaria para sempre o nome de Cornelius van Baerle.

— Vou encontrar a grande tulipa negra — disse Corneille a si mesmo, enquanto desembaraçava os brotos. — Irei receber os 100 mil florins do prêmio oferecido. Vou distribuí-los aos pobres de Dordrecht; dessa maneira, o ódio que cada pessoa rica inspira nas guerras civis vai diminuir, e serei capaz, sem temer os republicanos ou os Orange, de continuar a manter os meus canteiros de flores em sua suntuosa condição. Não precisarei mais temer que, em um dia de tumulto, os lojistas de Dordrecht e os marinheiros do porto venham arrancar meus dentes para alimentar suas famílias, como me ameaçam suavemente às vezes, quando sabem que comprei um dente de 200 ou 300 florins. Está resolvido, então dou aos pobres os 100 mil florins do prêmio do Harlem. Embora...

E naquele *embora,* Cornelius van Baerle fez uma pausa e suspirou.

— Embora — continuou — teria sido um doce gasto aplicar aqueles 00 mil florins na expansão de meu jardim ou mesmo em uma viagem ao Oriente, lar de lindas flores. Mas, infelizmente, não devemos mais pensar sobre tudo isso; mosquetes, bandeiras, tambores e proclamações, é isso que domina a situação no momento.

Van Baerle revirou os olhos e suspirou.

Então, voltando o olhar para os dentes, que em sua mente vinham bem à frente desses mosquetes, desses tambores, dessas bandeiras e dessas proclamações, coisas calculadas apenas para perturbar a mente de um homem honesto:

— Veja estes brotos, tão bonitos, — disse — como eles são suaves, como são bem feitos, como têm aquele ar melancólico que promete um negro de ébano à minha tulipa! As veias de circulação em sua pele nem aparecem a olho nu. Oh! Claro que nenhuma mancha estragará o vestido de luto da flor que me deve o dia...

Como nomearemos esta filha da minha vigília, do meu trabalho, dos meus pensamentos? *Tulipa nigra Baerlensis*.

– Sim, *Baerlensis;* bom nome. Todos os criadores de tulipas da Europa, ou seja, toda a Europa inteligente, se emocionará quando correr com o vento pelos quatro pontos cardeais: A GRANDE TULIPA NEGRA FOI ENCONTRADA! – Seu nome?, questionarão os entendedores. – *Tulipa nigra Baerlensis.* – Por que *Baerlensis?* – Por causa de seu inventor Van Baerle, irão responder. – Este Van Baerle, quem é? – Um que já tinha cinco novas tulipas: a *Jane*, a *John de Witt*, a *Corneille* e outras. Bem, esta é minha ambição. Não vai custar lágrimas a ninguém. E talvez ainda falem da *Tulipa nigra Baerlensis* mesmo quando meu padrinho, esse sublime político, não for mais lembrado, exceto pela tulipa para a qual dei o seu nome.

– Brotos encantadores!

– Quando minha tulipa florescer, – continuou Cornelius – quero, se a paz tiver voltado à Holanda, dar apenas aos mais pobres 50 mil florins; em última análise, já é muito para um homem que não tem absolutamente nada. Então, com os outros 50 mil florins, farei experimentos. Com esses 50 mil florins, quero conseguir perfumar a tulipa. Oh, se pudesse dar à tulipa o cheiro da rosa ou do cravo, ou mesmo um completamente novo, o que seria ainda melhor... se eu devolvesse a esta rainha das flores o perfume natural genérico que ela perdeu ao passar do seu trono do Oriente para o seu trono europeu, aquele que ela deve ter na península da Índia, em Goa, em Bombaim, em Madras, e especialmente nesta ilha que outrora, dizem, era o paraíso terrestre e que se chama Ceilão... Ah, que glória! Eu prefiro então, digo, prefiro mesmo ser Cornelius van Baerle do que Alexandre, César ou Maximiliano.

– Brotos encantadores!

Cornelius se deleitou em sua contemplação e foi absorvido pelos sonhos mais doces.

De repente, a campainha de seu gabinete foi tocada com mais força do que o normal.

Cornelius assustou-se, estendeu a mão de seus dentes e se virou.

– Quem está aí? – perguntou.

– Senhor – respondeu o criado – é um mensageiro de Haia.

– Um mensageiro de Haia... O que ele quer?

– Senhor, é Craeke.

– Craeke, o valete de confiança do sr. Jean de Witt? Bem, que espere.

– Não posso esperar – disse uma voz no corredor.

E, ao mesmo tempo, forçando a entrada, Craeke irrompeu no secador.

Essa aparição quase violenta foi uma tal ofensa aos hábitos estabelecidos na casa de Cornelius van Baerle, que este, ao ver Craeke se precipitar para o secador, feito à mão que cobria os brotos em um movimento quase convulsivo e fazer rolar dois preciosos dentes, um sob a mesa ao lado da grande mesa, o outro na lareira, praguejou.

– Para o inferno! – disse Cornelius, correndo em busca dos brotos – o que se passa, Craeke?

– O que se passa, senhor – disse Craeke, depositando o documento sobre a grande mesa onde estava o terceiro broto – é que você está convidado a ler este papel sem perder tempo.

E Craeke, que achava ter notado nas ruas de Dordrecht os sintomas de um tumulto como o que acabara de deixar em Haia, fugiu sem olhar para trás.

– Muito bem! Muito bem, meu caro Craeke! – disse Corneille, estendendo o braço por baixo da mesa para pegar o broto precioso – vamos ler o seu papel.

Então, pegou o broto e o colocou na palma de sua mão para examiná-lo:

– Bom! – disse – já tenho um intacto. Diabo de Craeke, entrando assim no meu secador! Vamos ver o outro agora.

E sem soltar o dente fugitivo, Van Baerle caminhou até a lareira, e de joelhos, na ponta do dedo, começa a apalpar as cinzas, que felizmente estavam frias.

Em um momento, sentiu o segundo broto.

– Bem – ele disse – ei-lo aqui.

E o olhou com um foco quase paternal:

– Tão intacto quanto o primeiro.

No mesmo momento, com Corneille ainda de joelhos examinando o segundo broto, a porta do secador foi sacudida tão rudemente e abriu de tal maneira por causa desse empurrão que Cornelius sentiu subir por seu rosto e suas orelhas a chama desse mau conselheiro chamado raiva.

– O que foi agora? – ele perguntou. – Estão todos enlouquecendo aqui?

– Senhor! Senhor! – gritou o servo, correndo para o secador com o rosto mais pálido e uma expressão mais assustada do que Craeke.

– E então?? – perguntou Cornelius, pressentindo o infortúnio com essa dupla violação de todas as regras.

– Ah! senhor, fuja, fuja rápido! – gritou o servo.

– Fugir? Por quê?

– Senhor, a casa está cheia de guardas dos Estados.

– O que querem?

– Estão procurando por você.

– Para quê?

– Para prendê-lo.

– Para me prender?

– Sim, senhor, e estão acompanhados por um magistrado.

– O que significa isso? – perguntou Van Baerle, segurando os dois brotos na mão e lançando um olhar perplexo escada abaixo.

– Eles sobem, sobem! – gritou o servo.

– Oh, meu filho querido, meu digno senhor! – gritou a enfermeira, entrando também no secador. – Pegue seu ouro, suas joias e fuja, fuja!

– Mas por onde você quer que eu fuja, enfermeira? – perguntou Van Baerle.

– Pule pela janela.

– São 7 metros e meio.

– Você irá cair sobre quase 2 metros de argila.

– Sim, mas vou amassar minhas tulipas.

– Isso não importa, pule.

Corneille pegou o terceiro broto, aproximou-se da janela, abriu-a, mas ao ver os estragos que ia causar nos seus canteiros, mais do que ao ver a distância que lhes separava.

– Nunca – disse ele.

E deu um passo para trás.

Nesse momento, podia-se ver as alabardas dos soldados despontando entre as barras da rampa.

A babá ergueu os braços para o céu.

Quanto a Cornelius van Baerle, deve ser dito em louvor, não do homem, mas do criador da tulipa, sua única preocupação era com seus inestimáveis brotos.

Ele procurou com os olhos um papel onde os envolver, viu a folha da Bíblia colocada por Craeke no secador, pegou sem lembrar, tão transtornado estava, de onde viera, enrolou os três brotos, escondendo-os no peito, e esperou.

Os soldados, precedidos pelo magistrado, entraram no mesmo instante.

– Você é o dr. Cornelius van Baerle? – perguntou o magistrado, embora conhecesse o jovem muito bem; mas naquele momento, estava seguindo às regras do tribunal, que dava, como se vê, uma grande importância ao interrogatório.

– Eu sou, mestre Van Spennen – respondeu Cornelius, curvando-se graciosamente perante o juiz – e você sabe disso muito bem.

– Vamos, entregue-nos os papéis sediciosos que esconde em casa!

– Papéis sediciosos? – gritou Cornelius, pasmo com a acusação.

– Oh, não se faça de surpreso!

– Eu juro mestre Van Spennen – disse Cornelius – que não faço ideia do está dizendo.

– Então, vou lhe esclarecer, doutor – disse o juiz. – Entregue-nos os papéis que o traidor Corneille de Witt deixou com você em janeiro.

Um lampejo passou na mente de Corneille.

– Oh! Oh! – disse Van Spennen – Agora, você está lembrando, não é?

– Sem dúvida; mas você falou de papéis sediciosos, e eu não tenho papeis desse tipo.

– Ah, você nega?

– Certamente.

O magistrado se virou para olhar todo o gabinete.

– Qual é o cômodo da sua casa que chamam de secador? – ele perguntou.

– É exatamente onde estamos, mestre Van Spennen.

O magistrado olhou para uma pequena nota colocada em cima dos outros papéis.

– Isso é bom – disse, como um homem obcecado.

Em seguida, voltou-se para Cornelius.

– Você vai entregar os papéis?

– Não posso, mestre Van Spennen. Esses documentos não são meus, foram dados a mim como um pacote, e um pacote é sagrado.

– Dr. Cornelius, – disse o juiz – em nome dos Estados, ordeno-lhe que abra essa gaveta e me entregue os papéis que contém.

E o dedo do magistrado indicou a terceira gaveta de uma cômoda colocada perto da lareira.

Era nessa terceira gaveta, na verdade, que estavam os papéis entregues pelo *ruward* de Putten a seu afilhado, prova de que a polícia tinha sido informada.

– Ah! Não vai? – disse Van Spennen, vendo que Cornelius permanecia imóvel de espanto. – Vou abri-la eu mesmo.

E abrindo a gaveta por completo, o magistrado descobriu primeiro vinte dentes, cuidadosamente organizados e rotulados, depois surgiu o maço de papéis na mesma condição como tinha sido dado a seu afilhado pelo infeliz Corneille de Witt.

O magistrado quebrou os lacres, rasgou o envelope, lançou um olhar ávido às primeiras páginas que se apresentavam aos seus olhos e gritou com uma voz terrível:

– Ah, portanto a Justiça não recebeu uma informação falsa!

– Como? – disse Cornelius – Do que está falando?

– Não finja que não sabe, sr. Van Baerle – respondeu o magistrado. – Siga-nos.

– Como? Seguir vocês? – gritou o pesquisador.

– Sim, porque o estou prendendo em nome dos Estados.

Ainda não se prendia em nome de Guilherme d'Orange. Ele não era um *stadhouder* a tempo suficiente.

– Prender-me! – gritou Cornelius. – Mas o que eu fiz?

– Isso não é comigo, doutor, você que se explique com os juízes.

– Onde?

– Em Haia.

Cornelius, perplexo, abraçou sua ama, que estava perdendo a consciência, apertou a mão dos criados seus servos, que explodiam em lágrimas, e seguiu o magistrado, que o prendeu em seu banco como um prisioneiro do Estado e o conduziu a pleno galope para a Haia.

VIII

Uma invasão

O que tinha acontecido, como se pode adivinhar, foi trabalho diabólico do mestre Isaac Boxtel.

Lembremos que, usando seu telescópio, ele não perdeu um único detalhe do encontro entre Corneille de Witt e seu afilhado.

Lembremos que não tinha ouvido nada, mas visto tudo.

Lembremos que ele adivinhara a importância dos papéis confiados pelo *ruward* de Putten ao afilhado, quando o viu ajeitar com cuidado o pacote que lhe foi entregue na gaveta onde guardava os dentes mais preciosos.

O resultado é que, quando Boxtel, que estava seguindo a política com muito mais atenção do que o seu vizinho, sabendo que Corneille de Witt fora preso como culpado de alta traição aos Estados, pensava à parte que sem dúvida precisaria dizer apenas uma palavra para que o afilhado fosse preso ao mesmo tempo que o padrinho.

No entanto, por mais feliz que ficasse com isso, no começo Boxtel tremeu só de pensar em denunciar um homem cuja denúncia poderia levar ao cadafalso.

Mas o pior das ideias maldosas é que pouco a pouco os maus espíritos ficam familiarizados com elas.

Assim, mestre Isaac Boxtel foi se encorajando com esta falácia:

"Corneille de Witt é um mau cidadão, então é acusado de alta traição e preso.

Eu mesmo sou um bom cidadão, pois não sou acusado de nada no mundo e estou livre como o ar.

Ora, se Corneille de Witt é um mau cidadão, o que é certo, visto que é acusado de alta traição e preso, seu cúmplice, Cornelius van Baerle não o é menos do que ele.

Então, como sou um bom cidadão, e é dever de bons cidadãos denunciar os maus, é meu dever, de Isaac Boxtel, denunciar Cornelius van Baerle."

Mas esse raciocínio, por mais falacioso que tenha sido, não dominou completamente Boxtel, e talvez a inveja não cedesse ao mero desejo de vingança que lhe mordia o coração, se em uníssono com o demônio da inveja não tivesse surgido o demônio da ganância.

Boxtel não ignorava onde Van Baerle estava de sua pesquisa sobre a grande tulipa negra.

Por mais modesto que fosse o dr. Cornelius, não podia esconder de seus amigos mais íntimos que tinha quase certeza que iria ganhar no ano da graça de 1673 o prêmio de 100 mil florins oferecido pela sociedade de horticultura de Harlem.

Então, a quase certeza de Cornelius van Baerle era a febre que atormentava Isaac Boxtel.

Se Cornelius fosse preso, certamente causaria grandes problemas na casa. Na noite seguinte a prisão, ninguém sequer sonharia em cuidar das tulipas no jardim.

Então, naquela noite, Boxtel iria passar por cima do muro, e como sabia onde estava o dente da tulipa negra, ele o pegaria; em vez de florescer com Cornelius, a tulipa negra floresceria em sua casa, e ele que receberia o prêmio de 100 mil florins, em vez de Cornelius, sem contar com a honra suprema de chamar a nova flor *tulipa nigra Boxtellensis,* resultado que satisfaria não apenas sua vingança, mas também sua ganância.

Acordado, só pensava na grande tulipa negra; adormecido, sonhava apenas com ela.

Finalmente, no dia 19 de agosto, por volta das 2 horas da tarde, a tentação foi tão forte que mestre Isaac sabia que não iria resistir mais tempo.

Como resultado, endereçou uma denúncia anônima, que substituiu a autenticidade pela precisão, e colocou-a no correio.

Nenhum papel venenoso escorregando pelas mandíbulas de bronze de Veneza produziu um efeito mais rápido e terrível.

Naquela noite, o magistrado principal recebeu o despacho; no mesmo instante, convocou seus colegas para o dia seguinte. Naquela manhã, reuniram-se, decidiram pela prisão e deram a ordem para ser executada pelo mestre Van Spennen, que cumpriu, como vimos, esse dever em digno holandês e prendeu Cornelius Van Baerle quando os seguidores dos Orange em Haia assavam pedaços dos corpos de Corné e Jean de Witt.

Mas, por vergonha ou fraqueza, Isaac Boxtel não teve coragem de apontar seu telescópio naquele dia nem para o jardim, nem para a oficina, nem para o secador.

Sabia bem demais o que estava acontecendo na casa do pobre cientista para ter vontade de assistir. Ele nem sequer se levantou quando seu único servo, que invejava os criados da casa de Cornelius com amargor comparável à da inveja de Boxtel pelo mestre, entrou no quarto. Boxtel disse-lhe:

– Não irei me levantar hoje, estou doente.

Por volta das 9 horas, ouviu um grande barulho na rua e estremeceu; estava mais pálido do que um doente de verdade, tremendo mais do que um febril.

Seu valete entrou; Boxtel se escondeu na coberta.

– Ah, senhor! – gritou o criado, sem duvidar que, embora deplorasse o infortúnio acontecido com Van Baerle, daria uma boa notícia ao seu mestre. – Ah, senhor! Não sabe o que está acontecendo?

– Como quer que eu saiba? – Boxtel respondeu com uma voz quase ininteligível.

– Então, neste momento, sr. Boxtel, o seu vizinho Cornelius van Baerle está sendo detido como culpado de alta traição.

– Bah! – sussurrou Boxtel em voz enfraquecida – Não é possível!

– Senhor, é o que dizem, pelo menos; além disso, acabei de ver o juiz Van Spennen e os arqueiros entrarem em sua casa.

– Ah, se você viu, – disse Boxtel – é outra coisa.

– Em todo caso, vou lá me informar de novo, – disse o criado – e fique tranquilo, senhor, irei mantê-lo informado.

Boxtel se contentou em encorajar o zelo de seu serviçal com um gesto.

Este último saiu e voltou um quarto de hora depois.

– Oh, senhor, tudo que falei – ele disse – era a mais pura verdade.

– Como assim?

– O sr. Van Baerle está preso, foi colocado em uma carruagem e acaba de ser enviado para Haia.

– Em Haia!

– Sim, onde, se o que dizem for verdade, não ficará bem.

– E o que dizem? – perguntou Boxtel.

– Minha nossa, dizem, mas não é certo, que os cidadãos estão neste momento assassinando o sr. Corneille e o sr. Jean de Witt.

– Oh! – Boxtel murmurou, ou melhor, gemeu, fechando os olhos para não ver a terrível imagem que sem dúvida se formou em sua mente.

– Diabo! – disse o criado ao sair – mestre Isaac Boxtel deve estar mesmo muito doente para não ter pulado da cama com uma notícia dessas.

Na verdade, Isaac Boxtel estava muito doente, doente como um homem que acabara de matar outro homem.

Mas ele havia assassinado esse homem com um duplo propósito; o primeiro foi realizado; o segundo ainda não.

A noite chegou. Era por ela que Boxtel esperava.

Quando a noite chegou, ele se levantou.

Subiu em sua árvore de sicômoro.

Ele tinha calculado corretamente: ninguém pensou em vigiar o jardim; a casa e os criados estavam de pernas para o ar.

Ele ouviu o sino soar sucessivamente às dez horas, às 11 horas, e à meia-noite.

À meia-noite, com o coração disparado, as mãos trêmulas e o rosto lívido, ele desceu da árvore, pegou uma escada, encostou-a na parede, subiu até o penúltimo degrau e ficou escutando.

Tudo estava quieto. Nenhum ruído perturbava a calma da noite.

Uma única luz brilhava em toda a casa.

Era um da ama.

O silêncio e a escuridão encorajaram Boxtel.

Ele passou por cima da parede e parou por um momento no alto; então, certo de que nada tinha a temer, passou a escada de seu jardim para o de Corneille e desceu.

Como desceu em uma fileira próxima do local onde foram enterrados os dentes da futura tulipa negra, ele correu em sua direção, porém, correu seguindo os corredores para evitar ser traído pelos vestígios de seus passos. Chegou à localização específica e, com a alegria de um predador, mergulhou suas mãos na terra macia.

Não encontrou nada e achou que tinha se enganado.

Nesse momento, o suor gotejou instintivamente em sua testa.

Ele vasculhou com a mão: nada.

Ele procurou à direita, procurou à esquerda: nada. Ele procurou na frente e atrás: nada.

Quase enlouqueceu até finalmente perceber que, naquela manhã, a terra tinha sido remexida.

De fato, enquanto Boxtel estava em sua cama, Cornelius tinha descido ao seu jardim, tinha desenterrado o dente, e como nós já vimos, o tinha dividido em três.

Boxtel não conseguia se decidir a deixar o local. Ele tinha revirado com as mãos mais de 3 metos quadrados.

Por fim, não duvidava mais de seu infortúnio.

Embriagado de raiva, voltou para sua escada, subiu o muro, passou a escada da casa de Cornelius para a sua, colocou-a em seu jardim e pulou atrás dela.

De repente, veio a ele uma última esperança.

A de que os dentes estivessem no secador.

Só precisava entrar no secador como ele tinha feito no jardim.

Lá, ele os encontraria.

De resto, não seria tão mais difícil.

As janelas do secador estavam levantadas como as de uma estufa.

Cornelius van Baerle as abrira naquela manhã mesmo e ninguém tinha pensado em fechar.

Precisava obter uma escada mais comprida, uma com vinte degraus em vez de doze.

Boxtel tinha notado que na rua onde morava havia uma casa em reforma, e na parede dessa casa encostaram uma escada gigante.

Era dessa escada que Boxtel precisava, se os trabalhadores não a tivessem levado.

Ele correu até a casa e lá estava a escada.

Boxtel pegou a escada e trouxe-a com grande dificuldade para o seu jardim; com ainda mais dificuldade, apoiou-a contra a parede da casa de Cornelius.

A escada ia justamente até a claraboia.

Boxtel colocou uma lanterna acesa em seu bolso, foi até a escada e entrou no secador.

Ao chegar nesse tabernáculo, parou, inclinando-se contra a mesa; as pernas falhavam, seu coração estava sufocando.

Lá, sentiu-se muito pior do que no jardim: parece que grandes espaços abertos não têm aquela propriedade que os tornaria mais respeitáveis; aquele que salta sobre uma cerca viva ou um muro, para na porta ou janela de um quarto.

No jardim, Boxtel era apenas um invasor; na sala, era um ladrão.

No entanto, tomou coragem. Não tinha ido tão longe só para voltar para casa de mãos vazias.

Mas ele procurou bem, abrindo e fechando todas as gavetas, até mesmo a gaveta privilegiada do pacote que se mostrou tão fatal para Cornelius; encontrou plantas rotuladas como em um jardim, a *Joannis*, a *De Witt*, a tulipa bistre, a tulipa cor de café queimado; mas da tulipa negra, ou melhor, dos dentes onde ela estava adormecida, escondida no limbo da floração, não havia vestígios.

No entanto, no registro de sementes e dentes mantido por Van Baerle com mais cuidado e precisão que os registros comerciais das principais casas de Amsterdã, Boxtel leu estas linhas:

"Hoje, 20 de agosto de 1672, descobri o dente da grande tulipa negra que separei em três dentes perfeitos."

– Esses dentes! Esses dentes! – gritou Boxtel, destruindo tudo no secador – Onde ele os teria escondido?

Então, de repente, bateu na testa como se quisesse achatar seu cérebro.

– Oh, miserável que sou! – ele lamentou – Ah, três vezes miserável, e desde quando nos separamos dos dentes? Iríamos deixá-los em Dordrecht, quando partimos para Haia? Podemos viver sem esses dentes, quando esses são os da grande tulipa negra? Ele teve tempo para pegá-los, o infame! Estão com ele, ele os levou para Haia!

Foi um instante que mostrou a Boxtel o abismo de um crime inútil.

Boxtel caiu de espanto na mesma mesa, no mesmo lugar onde algumas horas antes, o infeliz Baerle admirava maravilhado os dentes da tulipa negra por muito tempo.

– Bem, afinal – disse o invejoso, levantando a cabeça lívida – se ele os tem, só pode mantê-los enquanto estiver vivo e...

O resto de seu pensamento horrível foi absorvido em um sorriso tenebroso.

– Os dentes estão em Haia – disse ele – portanto, não posso mais viver em Dordrecht. Para Haia, pelos dentes! Para Haia!

E Boxtel, sem prestar atenção à riqueza imensa que iria abandonar, tão preocupado estava com uma riqueza diferente e inestimável, passou pelo basculante, deslizou pela escada, colocou o instrumento da invasão onde o encontrara, e, como um animal de rapina, rugiu de volta para sua casa.

IX

O QUARTO DA FAMÍLIA

Era por volta da meia-noite quando o pobre Van Baerle foi preso em Buitenhof.

O que Rosa havia previsto havia acontecido. Ao encontrar o quarto de Corneille vazio, a raiva do povo havia sido grande, e se o pai Gryphus estivesse lá sob as mãos daqueles loucos, certamente teria pagado por seu prisioneiro.

Mas essa raiva encontrou sua saciedade em grande parte sobre os dois irmãos, que haviam sido encontrados pelos assassinos graças à precaução tomada por Guilherme, o homem das precauções, de fechar as portas da cidade.

Portanto, chegou um momento em que a prisão estava vazia e onde o silêncio se sucedia ao terrível trovão de gritos rolando pelas escadas.

Rosa tinha tirado vantagem desse momento, saído de seu esconderijo e dali tirou o pai.

A prisão estava completamente deserta; afinal de que adiantaria ficar na prisão quando se tinha gargantas sendo cortadas no Tol-Hek?

Gryphus saiu, todo trêmulo, atrás da corajosa Rosa. Fecharam a grande porta da frente do jeito que deu, e dizemos isso porque ela estava metade quebrada. Podia se ver que uma torrente de raiva poderosa tinha passado por ali.

Por volta das 4 horas, ouviu-se o barulho novamente, mas este não era para preocupar Gryphus ou sua filha. Eram os cadáveres sendo arrastados de volta para serem pendurados no lugar habitual das execuções.

Rosa de novo se escondeu, mas desta vez foi para não ver o terrível espetáculo.

À meia-noite, bateram na porta de Buitenhof, ou melhor, na barricada que a substituía.

Era Cornelius van Baerle sendo trazido.

Quando o carcereiro Gryphus recebeu o novo hóspede e viu na carta de reclusão a qualidade do prisioneiro, disse:

– Afilhado de Corneille de Witt – sussurrou com seu sorriso de carcereiro – Ah, rapaz, temos um quarto para a família; nós o daremos a você.

E encantado com a brincadeira que acabara de fazer, o feroz orangista pegou a lanterna e as chaves para levar Cornelius para a cela onde, naquela manhã, Corneille de Witt deixara rumo ao exílio tal como cabia, em tempos de revolução, àqueles grandes moralistas que dizem como um axioma de alta política:

– São apenas os mortos que não voltam.

Gryphus se preparou para conduzir o afilhado ao quarto do padrinho.

Na estrada em que viajou para chegar a esse quarto, o florista desesperado não ouviu nada além do latido de um cão, não viu nada além do rosto de uma jovem.

O cão saiu de um recesso escavado na parede, sacudindo uma corrente pesada, e farejou Corneille para o reconhecer bem quando receberia ordens para devorá-lo.

A jovem, quando o prisioneiro fez gemer o corrimão da escada sob sua mão pesada, abriu a portinhola do quarto que ocupava na passagem dessa mesma escada; e com a lâmpada na mão direita, ao mesmo tempo iluminou seu lindo rosto rosado enquadrado pelo cabelo loiro de mechas grossas, enquanto com a mão esquerda fechava a camisola branca sobre o peito, porque havia sido despertada de seu primeiro sono pela chegada inesperada de Cornelius.

Essa espiral negra da escada, iluminada pela lanterna avermelhada de Gryphus com seu rosto sombrio de carcereiro, seria um belo quadro a se pintar e digno de Rembrandt; no topo, a figura melancólica de Corneille, que se debruçava sobre a grade a olhar para baixo, emoldurado pela janela luminosa, o rosto doce de Rosa, e seu gesto modesto um pouco frustrado, talvez pela posição de Corneille, colocado sobre degraus de onde seu olhar triste e vago acariciou os ombros brancos e redondos da jovem.

Lá embaixo, completamente nas sombras, em um lugar da escada onde a escuridão fazia os detalhes desaparecerem, os olhos de larvas do mastim agitando sua corrente com elos que ganharam uma aura brilhante por causa da luz dupla da lâmpada de Rosa e de Gryphus.

Mas o que não teria sido capturada pela pintura do sublime mestre era a expressão dolorosa que apareceu no rosto de Rosa quando viu o belo jovem subindo pálido as escadas e lhe pode aplicar as sinistras palavras ditas por seu pai:

"*Vamos lhe dar o quarto da família.*"

Essa visão durou um momento, muito menos do que levou para descrevê-la. Gryphus continuou seu caminho, Cornelius sendo forçado a segui-lo, e cinco minutos depois entrou no calabouço, que é desnecessário descrever, visto que o leitor já o conhece.

Gryphus, depois de ter apontado ao prisioneiro a cama em que tanto sofrera o mártir que naquele dia mesmo havia rendido sua alma a Deus, pegou sua lanterna e saiu.

Quanto a Cornelius, deixado sozinho, jogou-se na cama, mas não dormiu. Não tirou os olhos fixos da janela estreita com treliça de ferro, que ocupava seu dia no Buitenhof; assim viu branquear, além das árvores, aquele primeiro raio de luz que o céu deixa cair sobre a terra como um manto branco.

Aqui e ali, durante a noite, uns poucos cavalos galoparam pelo Buitenhof, os pesados passos de patrulhas atingiam a pequena calçada da praça, e as mechas dos arcabuzes tinham, ao se iluminarem no vento oeste, lançado clarões intermitentes pela janela da prisão.

Mas quando o dia nascente prateou os telhados bem cuidados das casas, Cornelius, ansioso para saber se algo estava vivo ao seu redor, caminhou até a janela e lançou um olhar triste ao redor.

No final da praça, uma massa escura, tingida de azul-escuro pelas brumas da manhã, erguia-se, delineando sua silhueta irregular contra as casas claras.

Cornelius reconheceu a forca.

Na forca, estavam pendurados dois trapos disformes, pouco mais do que os esqueletos ainda sangrando.

O bom povo de Haia rasgou a carne de suas vítimas, mas fielmente trouxe de volta à forca uma dupla inscrição desenhada em uma enorme placa.

Nessa placa, com seus olhos de 28 anos, Corneille conseguiu ler as seguintes linhas traçadas pelo pincel grosso de algum pintor de avisos:

> "*Aqui estão pendurados o grande canalha chamado Jean de Witt e o pequeno patife Corneille de Witt, seu irmão, dois inimigos do povo, mas grandes amigos do rei da França.*"

Corneille soltou um grito de horror, e levado pelo seu terror delirante bateu os pés e as mãos na sua porta, tão rápido e com tanta força que Gryphus correu furioso, seu molho de enormes chaves na mão.

Ele abriu a porta proferindo horríveis imprecações contra o prisioneiro que a acordara fora da hora em que costumava acordar.

– Ah, mas ele está louco, este outro De Witt! - ele gritou – mas esses De Witt têm o diabo no corpo!

– Senhor, senhor – disse Cornelius, agarrando o carcereiro pelo braço e arrastando-o até a janela – senhor, o que eu acabei de ler ali?

– Onde, ali?

– Naquela placa.

Tremulo, pálido e ofegante, ele mostrou, na parte inferior da praça, as forcas cobertas com a inscrição cínica.

Gryphus se pôs a rir.

– Ah! Ah! – ele respondeu. – Sim, você leu isso mesmo... Bem, meu caro senhor, este é o lugar em que se chega quando se junta aos inimigos do senhor Príncipe de Orange.

– Os senhores De Witt foram assassinados! – sussurrou Cornelius, o suor brotando na testa, e se deixou cair sobre a cama, os braços pendentes, olhos fechados.

– Os senhores De Witt receberam a justiça do povo – disse Gryphus - Você chama de assassinato? Eu digo execução.

E vendo que o prisioneiro tinha ficado não só calmo, mas também prostrado, saiu do quarto, fechando a porta com violência, e rolando as fechaduras com ruído.

Voltando a si, Corneille se viu sozinho e reconheceu o quarto onde se encontrava, o quarto da família, como o chamara Gryphus, como o caminho fatal que o conduziria a uma morte triste.

E já que ele era um filósofo, e acima de tudo um cristão, começou a orar pela alma de seu padrinho, em seguida, pela do grande pensionário, e, por fim, ele resignou-se a todos os males que fosse do agrado de Deus enviar-lhe.

Depois de descer do céu à terra, e entrando nesta de volta ao seu calabouço, certificando-se de que estava sozinho ali, tirou do peito os três dentes da tulipa negra e os escondeu atrás de um grés em que estava colocado o tradicional jarro, no canto mais escuro da prisão.

Trabalho inútil de tantos anos! Destruição de tão doces esperanças! Sua descoberta, portanto, terminaria em nada assim como sua morte! Naquela prisão, sem uma folha de grama, um átomo de terra, um raio de sol.

Com esse pensamento, Cornelius entrou em um escuro desespero, do qual só saiu com uma circunstância especial.

Qual foi essa circunstância?

É isso que iremos reservar para o capítulo seguinte.

X

A FILHA DO CARCEREIRO

Na mesma noite, ao levar a refeição do prisioneiro, Gryphus, ao abrir a porta da prisão, escorregou sobre o azulejo molhado e caiu tentando se reequilibrar. Apoiando a mão em falso, quebrou o braço acima do pulso.

Cornelius fez um movimento em direção ao carcereiro; mas como este não tinha ainda ideia da gravidade do acidente:

– Não foi nada – disse Gryphus – não se mexa.

Tentou se levantar, apoiado em seu braço, mas o osso dobrou. Só então, Gryphus sentiu a dor e deu um grito.

Percebeu que seu braço estava quebrado, e esse homem, tão duro com os outros, caiu inconsciente sobre o limite da porta, onde permaneceu inerte e frio, semelhante a um morto.

Enquanto isso, a porta da prisão permanecera aberta e Cornelius estava quase livre.

Mas nem lhe ocorreu tirar vantagem desse acidente; ele tinha visto, pela forma como o braço tinha dobrado, pelo barulho que tinha feito, ao dobrar, que era uma fratura e que sentia dor; não pensou em outra coisa além de resgatar o ferido, por mais mal--intencionado que o homem fosse em relação a ele, pela única conversa que tiveram.

O barulho que Gryphus fizera ao cair e a exclamação que deixara escapar, fez um passo ser ouvido sobre as escadas, e com a aparição súbita que veio após esse som, Cornelius soltou um pequeno grito respondido pelo grito de uma jovem.

Quem havia respondido ao clamor de Cornelius foi a bela frísia, que viu seu pai deitado no chão e o prisioneiro inclinado sobre ele, e pensou que Gryphus, de quem ela conhecia a brutalidade, caíra como consequência de uma luta entre ele e o prisioneiro.

Cornelius entendeu o que estava acontecendo no coração da menina no momento em que a suspeita nasceu ali.

Mas, com um simples olhar, ela viu a verdade, e envergonhada do que estivera pensando, olhou para o jovem com seus belos olhos úmidos e disse:

– Desculpe e obrigada, senhor. Desculpe o que pensei e obrigada pelo que fez.

Cornelius corou.

– Estou apenas cumprindo meu dever como cristão – disse ele – ao socorrer meu semelhante.

– Sim, e com seu socorro esta noite, você esqueceu os insultos que lhe foram ditos. Senhor, isso é mais que a humanidade, é mais que do cristianismo.

Cornelius levantou os olhos para a bela jovem, surpreso ao ouvir da boca de uma menina do povo uma voz ao mesmo tempo tão nobre e tão compassiva.

Mas não teve tempo de demonstrar a sua surpresa. Gryphus, voltando de seu desmaio, abriu os olhos, e sua brutalidade costumeira retornou:

– Ah! isso é o que é – disse ele – a gente vem trazer a ceia do prisioneiro, cai na pressa, quebra o braço na queda e deixam a gente no chão.

– Silêncio, meu pai – disse Rosa – você está sendo injusto com este jovem, que encontrei ajudando você.

– Ele? – disse Gryphus com ar de dúvida.

– É verdade, senhor, que estava prestes a ajudá-lo mesmo.

– Você? – disse Gryphus – então você é médico?

– Essa é minha primeira ocupação – disse o prisioneiro.

– Do tipo que pode colocar meu braço de volta?

– Perfeitamente.

– E do que você precisa para isso, então?

– Duas cunhas de madeira e as tiras de pano.

– Veja, Rosa, – disse Gryphus – o prisioneiro vai consertar meu braço; é uma economia. Vá, me ajude a levantar, estou tonto.

Rosa ofereceu o ombro ao ferido; ele rodeou o pescoço da garota com seu braço bom, e fazendo um esforço, levantou-se, enquanto Cornelius, para poupar o caminho, puxou uma cadeira em sua direção.

Gryphus sentou-se na cadeira, em seguida, dirigiu-se à filha.

– Vamos! Não ouviu o que ele? Vá buscar o que é preciso.

Rosa desceu e voltou um momento depois com duas aduelas de um barril e uma grande tira de pano.

Cornelius gastara esse tempo removendo o casaco do carcereiro e arregaçando suas mangas.

– É disso que o senhor precisa? – Rosa perguntou.

– Sim, senhorita – disse Cornelius, olhando para os itens – sim, é isso mesmo. Agora, empurre essa mesa para apoiar o braço de seu pai.

Rosa empurrou a mesa para o lado. Cornelius apoiou o braço quebrado nela, de modo que ficasse plano e, com habilidade perfeita, ajustou a fratura, colocou a tala e apertou as faixas.

No último alfinete, o carcereiro desmaiou pela segunda vez.

– Vá buscar o vinagre, senhorita – disse Cornelius – Vamos esfregar suas têmporas e ele vai voltar.

Mas em vez de cumprir a prescrição que lhe foi feita, Rosa, depois de se certificar de que seu pai ainda estava inconsciente, dirigiu-se a Cornelius:

– Senhor, – ela disse – serviço por serviço.

– O que significa isso, minha bela menina? – perguntou Cornelius.

– Quer dizer, senhor, que o juiz que irá interrogá-lo amanhã veio hoje inquirir sobre o quarto onde você iria ficar; dissemos que você ocupa o quarto do sr. Corneille de Witt, e com essa resposta ele riu de uma forma sinistra, o que me faz acreditar que nada de bom o espera.

– Mas – perguntou Cornelius – o que eles podem fazer comigo?

– Veja aquela forca.

– Mas eu não sou culpado – disse Cornelius.

– E eram culpados aqueles que estão ali, enforcados, mutilados, dilacerados?

– É verdade – disse Cornelius, sombriamente.

– Além disso, – continuou Rosa – a opinião pública quer que você seja culpado. De qualquer maneira, culpado ou não, seu julgamento começará amanhã; depois de amanhã você será condenado: as coisas são rápidas nestes tempos.

— Bem, o que você conclui de tudo isso, senhorita?

— Concluo que estou sozinha, sou fraca, meu pai saiu, o cão está amordaçado, portanto, nada o impede de se salvar. Então, se salve, é o que concluo.

— O que você diria?

— Eu diria que não pude salvar o sr. Cornelius, nem o sr. Jean de Witt, infelizmente! E que gostaria muito de salvá-lo. Apenas, seja rápido; o folego está voltando ao meu pai, em um minuto, vai reabrir os olhos, e será tarde demais. Por que hesita?

Na verdade, Cornelius permaneceu imóvel, olhando para Rosa, mas como se a olhasse sem compreendê-la.

— Você não entendeu? – disse a jovem com impaciência.

— De fato, eu entendo – disse Cornelius – mas...

— Mas?

— Eu me recuso. Iriam acusá-la.

— E o que importa? – Rosa disse, corando.

— Obrigada, minha jovem – respondeu Cornelius – mas vou ficar.

— Vai ficar! Meu Deus! Meu Deus! Não entendeu que você vai ser condenado... condenado à morte, executado em um cadafalso e talvez assassinado, feito em pedaços como mataram e fizeram em pedaços os senhores Jean e Corneille? Em nome do Céu, não se preocupe comigo e fuja deste quarto onde você está. Cuidado, ele traz azar para os De Witts.

— Ei! – gritou o carcereiro, acordando. – Quem está falando desses patifes, desses desgraçados, desses canalhas dos De Witt?

— Não se zangue, meu bom homem – disse Cornelius com seu sorriso doce – a pior coisa para fraturas é o aquecimento do sangue.

Então, mais baixo, disse Rosa:

– Minha jovem, sou inocente, vou esperar por meus juízes com a calma e a tranquilidade de um inocente.

– Silêncio – disse Rosa.

– Silêncio por quê?

– Meu pai não deve suspeitar que nós estávamos conversando.

– Qual seria o problema?

– O problema? Ele iria me impedir de voltar aqui – disse a jovem.

Cornelius recebeu essa confiança ingênua com um sorriso; parecia que um pouco de felicidade brilhava em seu infortúnio.

– Vamos, o que vocês dois estão resmungando? – Gryphus disse, levantando-se e apoiando seu braço direito com o esquerdo.

– Nada – respondeu Rosa – O doutor me prescreveu a dieta que você tem de seguir.

– A dieta que devo seguir! A dieta que devo seguir! Você também tem uma coisa a seguir, linda!

– E qual, meu pai?

– Não é para ir ao quarto dos prisioneiros ou, quando o fizer, sair o mais rápido possível; então ande na minha frente, e rápido!

Rosa e Cornelius trocaram um olhar. O de Rosa queria dizer:

– Viu.

O de Cornelius significava:

– Que aconteça como o Senhor destinar!

XI

O TESTEMUNHO DE CORNELIUS VAN BAERLE

Rosa não tinha se enganado. Os juízes foram no dia seguinte para Buitenhof e questionaram Cornelius van Baerle. Pelo menos, o interrogatório não foi longo; verificou-se que Cornelius tinha guardado em sua casa a correspondência fatal de De Witt com a França.

Ele não negou o ponto.

Aos olhos dos juízes, só era duvidoso que essa correspondência lhe tivesse sido enviada por seu padrinho, Corneille de Witt.

Mas, como desde a morte dos dois mártires, Cornelius van Baerle nada mais tinha a perder, não só não negou que o pacote tinha sido confiado a ele pelo próprio Corneille, mas também contou como, em que maneira e em que circunstâncias o pacote foi confiado a ele.

Essa confiança envolveu o afilhado no crime do padrinho. Havia uma cumplicidade óbvia entre Corneille e Cornelius.

Cornelius não se limitou a essa confissão: disse toda a verdade sobre suas simpatias, seus hábitos, sua familiaridade. Falou sobre sua indiferença à política, o seu amor pelos estudos, pelas artes, pelas ciências e pelas flores. Relatou que nunca, desde o dia em que Corneille viera a Dordrecht e lhe confiara o pacote, este havia sido tocado ou mesmo visto pelo depositário.

A isso, os juízes se contrapuseram dizendo que a esse respeito era impossível que estivesse falando a verdade, já que os papéis estavam de fato trancados em um armário no qual ele punha a mão e os olhos todos os dias.

Cornelius respondeu que era verdade; mas que só colocava a mão na gaveta para se certificar de que os dentes estavam realmente secos, e que se olhava para ter certeza de que os dentes estavam começando a brotar.

Em objeção, disseram que sua suposta indiferença sobre o pacote não se sustentava, pois era impossível que tivesse recebido um pacote daquele da mão de seu padrinho sem saber de sua importância.

A isso, ele respondeu que seu padrinho Corneille também o amava e era um homem muito sábio por não ter lhe contado sobre o conteúdo de tais documentos, uma vez que essa confiança teria servido para atormentar o depositário.

Objetou-se que, se o sr. De Witt tivesse agido dessa forma, teria anexado ao pacote, em caso de acidente, um certificado atestando que seu afilhado era completamente estranho a essa correspondência, ou então, durante seu julgamento, teria escrito a ele uma carta que pudesse lhe servir de justificativa.

Cornelius respondeu que, sem dúvida, seu padrinho pensara que seu pacote não corria perigo, escondido como estava em um armário considerado tão sagrado quanto a arca por toda a casa de Van Baerle; e, portanto, e havia considerado o certificado desnecessário; sobre uma carta, ele tinha uma vaga lembrança de um momento antes de sua prisão, quando estava absorto na contemplação de um dente dos mais raros, o criado do sr. Jean de Witt foi levado ao seu secador e lhe entregou um papel; mas que isso era uma memória semelhante a uma visão; que o criado tinha desaparecido e que quanto ao papel, talvez o encontrassem se o procurassem.

Quanto a Craeke, era impossível trazê-lo, pois tinha saído da Holanda.

Quanto ao papel, era tão improvável que o encontrassem que nem se importaram em procurá-lo.

O próprio Cornelius não insistiu muito nesse ponto, pois, supondo que o papel fosse encontrado, poderia não ter qualquer relação com a correspondência que constituía o corpo da ofensa.

Os juízes pressionavam Cornelius a se defender melhor do que o fazia; usavam com ele a aparência de benigna paciência que denota um magistrado interessado no acusado, ou um vencedor que derrota seu adversário, e que sendo completamente senhor deste, não precisa oprimi-lo para perdê-lo.

Cornelius não aceitou essa proteção hipócrita e deu uma última resposta com a nobreza de um mártir e a calma de um justo:

– Vocês me perguntam, senhores, – ele disse – coisas que eu não tenho como responder, a não ser com a verdade exata. Agora, aqui está a verdade exata. O pacote entrou na minha casa pelo caminho que disse; protesto diante de Deus que ignorava e ainda ignoro o seu conteúdo; que apenas no dia da minha detenção soube que aquele pacote era a correspondência do grande pensionário com o marquês de Louvois. Por fim, protesto que não sei como alguém poderia saber que esse pacote estava comigo e, principalmente, como posso ser culpado por ter acolhido o que meu ilustre e infeliz padrinho me trouxe.

Este foi todo o apelo de Cornelius. Os juízes foram à sentença.

Consideraram que qualquer prosseguimento da dissensão civil é desastroso, na medida em que ressuscita uma guerra que é do interesse de todos extinguir.

Um deles, tratava-se de um homem que se passava por um observador profundo, estabeleceu que aquele jovem tão fleumático na aparência, na verdade seria muito perigoso, pois acreditava que se escondia sob o manto de gelo que usava um desejo ardente de vingança pelos De Witt, seus parentes.

Outro observou que o amor pelas tulipas combina perfeitamente com a política, e que estava historicamente provado que muitos homens perigosos cultivaram como se fizessem daquilo um negócio, embora no fundo estivessem ocupados com muitas outras coisas; como testemunhava Tarquínio, o Velho, que cultivava papoulas em Gabies, e o grande Condé, que regava seus cravos na fortaleza de Vincennes, e isso quando o primeiro pensava em seu retorno a Roma e o segundo em se libertar da prisão.

O juiz concluiu com este dilema:

– Ou o sr. Cornelius van Baerle ama tulipas, ou ama a política; em qualquer caso, ele mentiu para nós; primeiro porque está provado que estava envolvido com a política pelas cartas que encontramos em sua casa; em segundo lugar, porque está provado que ele se importava com as tulipas. Os dentes estão aí para o provar. Finalmente – e eis a enormidade –, como Cornelius van Baerle se ocupava ao mesmo tempo com tulipas e política, o acusado era, portanto, de uma natureza híbrida, de uma organização anfíbia, trabalhando com um fervor igual na política e nas tulipas, o que lhe dava todas as características das espécies de homens mais perigosas em convívio público e uma certa, ou melhor, uma analogia completa com as grandes mentes das quais Tarquínio, o Velho e o sr. de Condé fornecia na hora um exemplo.

O resultado de todo esse raciocínio foi que

o príncipe *stadhouder* da Holanda sem dúvida ficaria infinitamente grato à magistratura de Haia por simplificar a administração das Sete Províncias, destruindo até mesmo a menor semente de conspiração contra sua autoridade.

Esse argumento teve primazia sobre todos os outros, e para efetivamente destruir o germe da conspiração, a sentença de morte foi pronunciada por unanimidade contra o sr. Cornelius van Baerle, culpado e convicto de ter, sob a aparência de inocente amante das tulipas, participado das intrigas detestáveis e das tramas abomináveis dos De Witt contra a nação holandesa e com suas relações secretas com o inimigo francês.

A sentença era que o citado Cornelius van Baerle seria extraído da prisão do Buitenhof para ser conduzido ao cadafalso na praça de mesmo nome, onde o executor dos julgamentos cortaria sua cabeça.

Como essa deliberação foi séria, durou meia hora e, durante essa meia hora, o prisioneiro foi devolvido à sua prisão.

Foi lá que o escrivão do Estados leu a sentença para ele.

Mestre Gryphus estava detido na cama pela febre que lhe causou a fratura do braço. Suas chaves tinham passado para as mãos de um de seus criados supranumerários, e por trás desse serviçal, que tinha introduzido o funcionário, Rosa, a bela frísia, se colocara a um lugar no canto da porta, um lenço sobre a boca para sufocar seus suspiros e soluços.

Cornelius ouviu a sentença com uma expressão mais espantada do que triste.

A sentença lida, o funcionário perguntou se ele tinha alguma coisa a dizer.

– Bem, não – respondeu ele. – Só confesso que entre todas as causas de morte que um homem prevenido pode imaginar, eu jamais teria suspeitado desta.

Com essa resposta, o funcionário cumprimentou Cornelius van Baerle com toda a consideração que esse tipo de funcionário concede aos grandes criminosos de qualquer espécie.

E quando este estava prestes a sair:

– A propósito, senhor escrivão, – disse Cornelius – para quando é a coisa, por favor?

– Ora, para hoje, respondeu o funcionário, um pouco constrangido com a frieza do condenado.

Um soluço irrompeu atrás da porta.

Cornelius se inclinou para frente para ver quem havia soluçado, mas Rosa adivinhou o movimento e recuou.

– E a que horas será a execução?

– Ao meio-dia, senhor.

– Diabo! – disse Cornelius – Ouvi bater as 10 horas há pelo menos vinte minutos. Não tenho tempo a perder.

– Para você se reconciliar com Deus, sim, senhor, – disse o escrivão, curvando-se quase até o chão – e pode pedir o ministro de sua preferência.

Dizendo essas palavras, saiu de costas, e o carcereiro substituto iria segui-lo, fechando a porta de Cornelius, quando um braço branco e trêmulo se interpôs entre este homem e a pesada porta.

Cornelius só viu as mechas douradas entre as peças de renda branca, penteado comum das belas frísias; só ouviu um sussurro dito ao ouvido do carcereiro; mas este pôs as chaves pesadas na mão branca estendida e desceu alguns degraus, onde sentou-se no meio da escada, guardada por ele no alto e pelo cão embaixo.

Os cabelos dourados se viraram, e Cornelius reconheceu o rosto riscado de lágrimas e os grandes olhos azuis úmidos da bela Rosa.

A jovem foi até Cornelius, colocando as duas mãos em seu peito.

– Oh! Senhor, senhor! – ela disse, sem conseguir continuar.

– Minha bela jovem – respondeu Cornelius, emocionado. – O que você quer de mim? Não há muito mais o que eu possa fazer agora, já aviso.

– Senhor, apenas lhe peço um favor – disse Rosa, estendendo as mãos entre ele e o céu.

– Não chore assim, Rosa, – disse o prisioneiro – pois suas lágrimas me entristecem muito mais do que minha morte iminente. E, você sabe, quanto mais inocente é o prisioneiro, mais deve morrer com calma e até com alegria, pois morre mártir. Vamos, não chore mais e me diga o que você quer, minha linda Rosa.

A jovem deixou-se cair de joelhos.

– Perdoe meu pai – ela disse.

– Seu pai! – disse Cornelius, espantado.

– Sim, ele tem sido tão duro com você! Mas é da sua natureza, é assim com todos, não foi só com você que foi bruto.

– Ele foi punido, minha querida Rosa, mais que punido pelo acidente que sofreu e eu o perdoo.

– Obrigada! - disse Rosa. – E agora, me fale, posso, por sua vez, fazer algo por você?

– Você pode secar seus lindos olhos, querida jovem – respondeu Cornelius com um doce sorriso.

– Mas e para você... para você...

– Aquele que só tem uma hora para viver seria um grande sibarita se precisasse de alguma coisa, querida Rosa.

– O ministro que lhe foi oferecido...?

– Adorei a Deus toda a minha vida, Rosa, adorei-o nas suas obras, bendigo a sua vontade. Deus não tem nada contra mim. Então não irei pedir um ministro. O último pensamento que me ocupa, Rosa, está relacionado com a glorificação de Deus. Ajude-me, minha querida, eu lhe peço, a cumprir esse último pensamento.

– Ah, sr. Cornelius, diga! Diga! – exclamou a jovem, inundada de lágrimas.

– Dê-me a sua bela mão e prometa que não vai rir, minha jovem.

– Rir! – Rosa exclamou em desespero – Rir agora! Mas você não está me vendo, sr. Cornelius?

– Eu a vejo, Rosa, com os olhos do corpo e com os olhos da alma. Nunca uma mulher mais bonita, nunca uma alma mais pura se ofereceu a mim; e se eu não olhar mais para você daquele momento em diante, me perdoe, é porque, prestes a partir desta vida, prefiro não ter a me arrepender.

Rosa estremeceu. Enquanto o prisioneiro dizia essas palavras, onze horas soaram no campanário de Buitenhof.

Cornelius entendeu.

– Sim, sim, irei me apressar – ele disse – você tem razão, Rosa.

Em seguida, puxando do peito, onde o escondera novamente assim que não temia mais ser revistado, o papel que envolvia os três dentes:

– Minha bela amiga – disse ele – amei muito as flores. Era uma época em que eu não sabia que podia amar outra coisa. Oh! não core nem se vire, Rosa, se eu lhe fizer uma declaração de amor. Assim, pobre menina, não tem importância; há lá fora no Buitenhof um pouco de aço, que em sessenta minutos dará cabo da minha ousadia. Então eu amava as flores, Rosa, e eu encontrei, ou pelo menos pensei ter encontrado, o segredo da tulipa negra que acreditava impossível, e que é, não sei se você sabe ou não, objeto de um prêmio de 100 mil florins oferecido pela Sociedade Agrícola de Harlem. Esses 100 mil florins, e Deus sabe que não é por eles que lamento... esses 100 mil florins eu os tenho aqui neste papel; ganham-se com os três dentes que contém e que você pode pegar, Rosa, porque eu lhe dou.

– Sr. Cornelius!

– Oh! você pode pegar, Rosa, você não fez mal a ninguém, minha criança. Estou sozinho no mundo; meu pai e minha mãe estão mortos; nunca tive irmã ou irmão; nunca pensei em amar alguém com amor e, se alguém pensou em me amar, nunca soube. Você bem pode ver, Rosa, que eu estou abandonado, já que a essa hora só você está na minha masmorra, consolando e me ajudando.

– Mas, senhor, 100 mil florins...

– Ah, vamos falar sério, querida menina – disse Cornelius. – Cem mil florins serão um belo dote para sua beleza; e você os terá, esses 100 mil florins, pois tenho certeza nestes dentes. Você vai, portanto, querida Rosa, e peço-lhe em troca que prometa se casar com um jovem valente, que a ame, e que você vai amar tanto quanto eu amei as flores. Não me interrompa, Rosa, tenho apenas mais alguns minutos...

A pobre garota estava sufocando com seus soluços. Cornelius segurou a mão dela.

– Ouça-me, – ele continuou – eis como você vai fazer isso. Você vai usar a terra do meu jardim em Dordrecht. Peça a Butruysheim, meu jardineiro, o terreno de meu canteiro de flores nº 6; ali vai plantar estes três dentes em um buraco profundo, e irão florir no próximo maio, ou seja, em sete meses, e quando você vir a flor em seu caule, passe as noites protegendo-a do vento, e os dias salvando-a do sol. Ela florescerá preta, tenho certeza. Então, você irá procurar o presidente da Sociedade de Harlem. Ele fará com que o congresso verifique a cor da flor e você receberá os 100 mil florins.

Rosa suspirou profundamente.

– Agora – Cornelius continuou, enxugando uma lágrima da borda de sua pálpebra derramada muito mais por essa maravilhosa tulipa negra que não veria nessa vida que iria deixar – eu não quero mais nada, exceto que a tulipa se chame *Rosa Baerlensis,* ou seja, ela lembre ao mesmo tempo o seu nome e o meu. Como você não sabe latim, é claro, poderá esquecer essa palavra, arranje um lápis e papel, que irei escrevê-la para você.

Rosa soluçou e estendeu um livro encadernado em couro, que trazia as iniciais de C. W.

– O que é isso? – perguntou o prisioneiro.

– Ai de mim! – Rosa respondeu – é a Bíblia do seu pobre padrinho, Corneille de Witt. Foi dela que ele tirou forças para ser torturado e ouvir seu julgamento sem transigir. Encontrei-a nesta sala após a morte do mártir e a guardei como uma relíquia; hoje eu a trouxe porque me pareceu que este livro tinha uma força divina. Você não precisa dessa força, pois Deus já a colocou em você. Deus seja louvado! Escreva aqui o que você tem de escrever, sr. Cornelius, e embora eu tenha a infelicidade de não saber ler, o que você pede será feito.

Cornelius pegou a Bíblia e a beijou respeitosamente.

– Com o que devo escrever? – ele perguntou.

– Há um lápis na Bíblia – disse Rosa. – Está aí, eu o guardei.

Era o lápis que Jean de Witt emprestara ao irmão e que ele nem sonhou em pegar de volta.

Cornelius o pegou, e na segunda página, pois como devem-se lembrar, a primeira se rasgou, pronto para morrer como seu padrinho, escreveu em uma caligrafia não menos firme:

"Neste 23 de agosto de 1672, a ponto de entregar, embora inocente, minha alma a Deus no cadafalso, lego a Rosa Gryphus o único bem que sobrou de todos os meus bens neste mundo, os outros tendo sido confiscados; deixo, digo, a Rosa Gryphus três dentes que, em minha profunda convicção, deverão dar no próximo mês de maio a grande tulipa negra, objeto do prêmio de 100 mil florins proposto pela Sociedade do Harlem, desejando que fique com esses 100 mil florins em meu lugar e como minha única herdeira, com a única responsabilidade de casar com um jovem da minha idade, que a amará e a quem ela amará, e de dar à grande tulipa negra que criará uma nova esperança o nome de Rosa Baerlensis, *isto é, o nome dela e o meu juntos.*

Deus me dê Sua graça, e a ela, saúde!

CORNELIUS VAN BAERLE."

Então, dando a Bíblia para Rosa:

– Leia – disse ele.

– Ai de mim! – a menina respondeu – Já disse, não sei ler.

Então, Cornelius leu para Rosa o testamento que ele acabara de fazer.

Os soluços da pobre jovem redobraram.

– Você concorda com meus termos? – perguntou o prisioneiro, sorrindo com melancolia e beijando a ponta dos dedos trêmulos da bela frísia.

– Oh! Não sei se poderia, senhor – ela gaguejou.

— Não poderia por que, minha jovem?

— Porque uma dessas condições eu não posso cumprir.

— Qual? Eu acredito que posso fazer ajustes em nossa aliança.

— Você está me dando os 100 mil florins como dote?

— Sim.

— E para se casar com um homem que eu amo?

— Sem dúvida.

— Então, senhor, esse dinheiro não pode ser meu. Eu nunca amarei ninguém e nunca me casarei.

Depois que essas palavras foram pronunciadas dolorosamente, Rosa dobrou os joelhos e quase desmaiou de dor.

Cornelius, assustado ao vê-la tão pálida e desfalecida, estava avançando para tomá-la em seus braços quando passos pesados, acompanhados de outros ruídos sinistros, ecoaram nas escadas acompanhados pelo latido do cachorro.

— Estão vindo buscá-lo! — Rosa gritou, torcendo as mãos. — Meu Deus! Meu Deus! Senhor, você não tem nada para me dizer?

E ela caiu de joelhos, cabeça enfiada nos braços, e sufocada com soluços e de lágrimas.

— Eu tenho de dizer-lhe para esconder cuidadosamente seus três dentes e de tratá-los de acordo com os requisitos que já lhe dei, e por amor a mim. Adeus, Rosa.

— Oh! Sim — ela disse, sem levantar a cabeça — Oh, sim, o que você disse, eu farei. Exceto me casar — acrescentou, triste — Porque isso, eu juro, é para mim impossível.

Ela apertou contra seu seio palpitante o tesouro querido de Cornelius.

O ruído que ouviram era o escrivão voltando para buscar o condenado, seguido pelo executor, pelos soldados destinados a guardar o cadafalso e os costumeiros curiosos da prisão.

Corneille, sem fraqueza e sem bravatas, os recebeu como amigos, em vez de perseguidores, e deixou que lhe impusessem as condições necessárias para que esses homens executassem seu ofício.

Então, com um olhar para a praça através da pequena janela gradeada, ele viu o cadafalso e, a vinte passos dele, a forca, de onde haviam sido retiradas, por ordem do *stadhouder*, as relíquias profanadas dos dois irmãos De Witt.

Quando teve de descer para seguir os guardas, Cornelius procurou com os olhos o rosto angelical de Rosa; mas por trás das espadas e alabardas não viu nada além de um corpo estendido perto de um banco de madeira e um rosto lívido, meio escondido por longos cabelos.

Mas, mesmo desfalecida, Rosa, para obedecer ainda assim ao seu amigo, tinha pressionado a mão em seu corpete de veludo, e mesmo esquecendo de tudo, instintivamente continuava a proteger o precioso pacote que lhe tinha entregue Cornelius.

E, ao sair do calabouço, o jovem pode vislumbrar entre os dedos cerrados de Rosa a folha amarelada da Bíblia em que Corneille de Witt tinha tão dolorosa e tão penosamente escrito as poucas linhas que teriam com certeza, se Cornelius as tivesse lido, salvo um homem e uma tulipa.

XII

Execução

Cornelius precisava de menos de trezentos passos para chegar da prisão ao pé do cadafalso.

Na parte inferior da escada, o cachorro o observou passar silenciosamente; Cornelius até julgou ter visto nos olhos do mastim certa expressão de gentileza que beirava a compaixão.

Talvez o cachorro conhecesse os condenados e só mordia os que saíam livres.

Entendemos que, quanto menor o trajeto da porta da prisão até o pé do cadafalso, mais lotado ficava de curiosos.

Eram os mesmos curiosos que, mal apaziguados pelo sangue que haviam bebido três dias antes, esperavam uma nova vítima.

Então, assim que Cornelius apareceu, um urro enorme se projetou pela rua, espalhando-se sobre toda a área da praça, alongando-se em direções diferentes pelas ruas que desembocavam no cadafalso e que cobria a multidão.

Também o cadafalso parecia uma ilha que lutava contra a inundação de quatro ou cinco rios.

No meio dessas ameaças, desses berros e gritos, para não os ouvir, sem dúvida Cornelius estava absorvido em si mesmo.

No que pensa aquele que está prestes a morrer?

Não era em seus inimigos, nem em seus juízes ou seus algozes.

Era nas lindas tulipas que ele veria do alto do céu, fosse no Ceilão, em Bengala, ou em qualquer outro lugar, onde, sentado com todos os inocentes à mão direita de Deus, poderia olhar com pena para esta terra onde tinham abatido os srs. Jean e Corneille de Witt por terem pensado demais em política, e onde foi massacrado Cornelius van Baerle por ter pensado demais em tulipas.

– Só um golpe de espada – disse o filósofo – e meu lindo sonho começará.

Restava saber se, como o sr. de Chalais, o sr. de Thou e outras pessoas mortas de forma errada, o carrasco não reservaria mais de um golpe, ou seja, mais um martírio, para o pobre tulipeiro.

Mesmo assim, Van Baerle subiu resolutamente os degraus de seu cadafalso.

Ele foi até lá orgulhoso, de tudo o que ele pode ser, amigo daquele ilustre Jean e afilhado do nobre Corneille a quem os saqueadores se reuniram para vê-los feitos em pedaços e queimados três dias antes.

Ele se ajoelhou, fez suas orações e percebeu com grande alegria que, apoiando a cabeça no bloco e mantendo os olhos abertos, veria a janela gradeada do Buitenhof até o último momento.

Por fim, chegou a hora de fazer aquele movimento terrível. Cornelius apoiou o queixo no bloco molhado e frio. Mas, naquele momento, apesar de si mesmo, seus olhos se fecharam para suportar com mais firmeza a horrível avalanche que iria cair sobre sua cabeça e engolir sua vida.

Um brilho iluminou o chão do cadafalso: o carrasco levantara sua espada.

Van Baerle se despediu da grande tulipa negra, certo de que iria acordar cumprimentando Deus em um mundo feito de outra luz e de outra cor.

Por três vezes sentiu o vento frio da espada passar por seu colarinho trêmulo.

Mas, surpresa, não sentia dor nem choque.

Não viu nenhuma mudança de cores.

De repente, sem saber por quem, Van Baerle sentiu-se ser erguido por mãos bastante suaves e logo se viu de pé, um tanto cambaleante.

Ele abriu os olhos de novo.

Alguém leu alguma coisa perto dele em um pergaminho marcado com um grande selo de cera vermelha.

E o mesmo sol, amarelo e pálido como convém ao sol holandês, brilhava nos céus; e a mesma janela gradeada olhava para ele do alto do Buitenhof, e os mesmos patifes, não mais uivando, só perplexos, o observavam do fundo da praça.

Forçando-se a abrir os olhos, olhar e ouvir, Van Baerle começou a compreender.

O sr. Guilherme, príncipe de Orange, sem dúvida temendo que os aproximadamente 17 litros de sangue que Van Baerle tinha em seu corpo estourassem seu limite com a Justiça celestial, teve piedade por seu caráter e sua aparência de inocência.

Como resultado, Sua Alteza o havia dado a graça da vida. É por isso que a espada, levantada com essa sinistra intenção, tinha voado três vezes em volta de sua cabeça como o pássaro funesto ao redor de Turnus, mas não se abatera em sua cabeça e deixara intactas as suas vértebras.

É por isso que não houve dor nem choque. É por isso que o sol ainda ria no azul celeste medíocre, é verdade, mas muito suportável das abóbadas celestes.

Cornelius, que estava esperando ver Deus e um panorama do universo semelhante a uma tulipa, estava um pouco desapontado; mas se consolava brincando, aliviado, com as molas inteligentes daquela parte do corpo que os gregos chamavam de *trachelos,* e que nós, franceses, chamamos de pescoço.

Cornelius esperava que o perdão fosse completo e que seria devolvido à liberdade e aos seus canteiros em Dordrecht.

Mas Cornelius se enganou, como disse, mais ou menos naquela época, Madame de Sévigné; havia um *post-scriptum* na carta, e a parte mais importante dessa carta estava nesse *post-scriptum.*

Por esse *post-scriptum,* Guilherme, *stadhouder* da Holanda, condenou Cornelius van Baerle à prisão perpétua.

Ele era culpado de menos para morrer, mas culpado demais para ser livre.

Cornelius ouviu o *post-scriptum* e, após aquela primeira contrariedade levantada pela decepção que o *post-scriptum* trouxe:

– Bah! – ele pensou – nem tudo está perdido. A prisão perpétua é boa. Terei Rosa na prisão perpétua. E há também meus três dentes de tulipa negra.

Mas Cornelius esqueceu que as sete províncias têm sete prisões, uma para cada província, e que o pão do prisioneiro é mais barato em qualquer outro lugar além de Haia, que é uma capital.

Sua Alteza Guilherme, que não tinha, ao que parece, os meios para alimentar Van Baerle em Haia, mandou-o para sua prisão perpétua na fortaleza de Loevestein, muito perto de Dordrecht, e, portanto, muito longe dali.

Porque Loevestein, dizem os geógrafos, está localizada na ponta da ilha que, em frente a Gorcum, forma o Wahal e o Mosa.

Van Baerle sabia o suficiente sobre a história de seu país para não ignorar que o famoso Grotius havia sido confinado nesse castelo após a morte de Barneveldt, e que os Estados, em sua generosidade para com o famoso editor, jurisconsulto, historiador, poeta e teólogo, havia concedido a ele uma quantia de 24 soldos holandeses por dia para sua alimentação.

– Eu estou muito longe de ter o valor de Grotius, – disse Van Baerle a si mesmo – então, eles mal me darão 12 soldos, e viverei com dificuldade, mas no fim viverei.

Então, de repente, atingido por uma memória terrível:

– Ah! – gritou Cornelius – é uma região úmida e nublada! E o solo é ruim para as tulipas! E Rosa, Rosa não estará em Loevestein – ele murmurou, deixando cair a cabeça que ele conseguira manter inteira.

XIII

O QUE ESTAVA ACONTECENDO DURANTE ESSE TEMPO NA ALMA DE UM ESPECTADOR

Enquanto Cornelius pensava assim, uma carroça se aproximou do cadafalso.

Essa carroça era para o prisioneiro. Foi convidado a subir e obedeceu.

Seu último olhar foi para o Buitenhof. Ele esperava ver na janela o rosto reconfortante de Rosa, mas a carroça aproveitou seus bons cavalos para tirar logo Van Baerle do meio das saudações gritadas pela multidão em honra do muito magnânimo *stadhouder*, misturadas por ofensas dirigidas aos De Witt e ao seu afilhado salvo da morte.

O que foi dito ao público:

– Felizmente, fomos rápidos para fazer justiça ao grande vilão Jean e o desonesto Corneille, caso contrário, a clemência de Sua Alteza certamente os teria poupado como poupou este aqui!

Entre todos os espectadores que a execução de Van Baerle atraíra para o Buitenhof e que se desapontaram um pouco com o desenrolar da história, o mais decepcionado certamente foi um certo burguês bem-vestido e que, desde a manhã, usou tão bem os pés e mãos, que no fim só estava separado do cadafalso pela fileira de soldados que rodeava o instrumento de execução.

Muitos se mostravam ansiosos em ver o sangue "pérfido" do culpado Cornelius fluir; mas ninguém expressara esse desejo fatal com a implacabilidade que o burguês colocara.

Os mais raivosos chegaram ao amanhecer em Buitenhof para conseguir um bom lugar; mas ele, à frente dos mais enfurecidos, passou a noite no limiar da prisão, e na prisão chegado ao primeiro toque, como já se disse, *unguibus et rostro*[5], acariciando a um e batendo em outros.

E, quando o carrasco trouxera o condenado ao cadafalso, o burguês, montado na borda da fonte para ver melhor e ser visto melhor, fez um gesto ao carrasco que significava:

– Está combinado, certo?

Gesto ao qual o carrasco respondeu com outro gesto que significava:

– Fique tranquilo.

Quem era esse burguês que parecia conhecer bem o carrasco, e o que essa troca de gestos significava?

Nada de mais natural: esse burguês era mestre Isaac Boxtel, que desde a prisão de Cornelius tinha, como vimos, vindo a Haia para tentar se apropriar dos três dentes da tulipa negra.

---

[5] Expressão em latim que significa "com unhas e dentes".

Boxtel tinha primeiro tentado colocar Gryphus a seu serviço, mas este era como um buldogue pela lealdade, pela desconfiança e pelas presas. Ele tinha consequentemente ficado com ódio de Boxtel, a quem ele havia tomado como um fervoroso amigo que inquiria sobre assuntos insignificantes para descobrir um meio de fuga para o prisioneiro.

Além disso, nas primeiras propostas que Boxtel tinha feito a Gryphus, para recuperar os dentes que Cornelius van Baerle devia esconder, senão em seu peito, pelo menos em algum canto do seu calabouço, Gryphus respondeu apenas expulsando-o, acompanhado das "carícias" do cão da escada.

Boxtel não desanimou porque uma parte inferior das suas calças ficou nos dentes do mastim. Retomou o ataque, mas desta vez Gryphus estava na cama, febril e com o braço quebrado. Não admitiu, portanto, o peticionário, que se dirigiu a Rosa, oferecendo à jovem, em troca dos três dentes, um tocado de ouro puro. A nobre jovem, embora ignorando o valor do roubo que lhe foi oferecido por um valor tão alto, tinha enviado o tentador ao carrasco, não só o juiz final, mas também o último herdeiro dos condenados.

Essa indicação gerou uma ideia na mente de Boxtel.

Enquanto isso, o julgamento foi encerrado; um julgamento expresso, como vimos. Isaac não teve, portanto, tempo para corromper alguém. Agiu de acordo com a ideia de que lhe sugeriu Rosa e foi encontrar o carrasco.

Isaac não duvidava que Cornelius morreria com suas tulipas no coração.

Na verdade, Boxtel só não conseguiu adivinhar duas coisas:

Rosa, ou o amor;

Guilherme, ou a clemência.

Sem Rosa e Guilherme, os cálculos do invejoso seriam corretos.

Sem Guilherme, Cornelius estaria morrendo.

Sem Rosa, Cornelius estaria morrendo com os dentes cravados sobre o coração.

Portanto, mestre Boxtel foi encontrar o carrasco, apresentou-se a este homem como um grande amigo do condenado, e exceto as joias de ouro e prata que deixou para o executor, ele comprou todas as posses do futuro morto pela soma levemente exorbitante de 100 florins.

Mas o que eram 100 florins para um homem que tinha quase certeza de que estava comprando por essa quantia o prêmio da Associação de Harlem?

Era dinheiro emprestado em mil para um, o que é, convenhamos, um bom investimento.

O carrasco, por sua vez, precisaria fazer muito pouco para ganhar seus 100 florins. Ele deveria apenas, quando a execução terminasse, deixar mestre Boxtel subir no cadafalso com seus servos para coletar os restos inanimados de seu amigo.

A escolha do descanso era comum entre os fiéis quando um de seus mestres morria publicamente na Buitenhof.

Um fanático como foi Cornelius poderia bem ter como amigo um outro fanático que daria 100 florins por suas relíquias.

Então o carrasco concordou com a proposta. Só colocou apenas uma condição, de ser pago com antecedência.

Boxtel, assim como quem passa pelas barracas na feira, poderia não ficar satisfeito e, portanto, não querer pagar depois.

Boxtel pagou adiantado e esperou.

Podemos entender como Boxtel ficou agitado, como observou os guardas, o escrivão e o executor, como os movimentos de Van

Baerle o preocupavam. Como ele entraria no cadafalso? Como cairia? Ao cair, não esmagaria os dentes de valor inestimável? Será que ele teve o cuidado de pelo menos trancá-los em uma caixa de ouro, já que esse é o mais duro dos metais?

Nem iremos tentar descrever o efeito produzido sobre esse digno mortal pelo impedimento levantado contra a execução da sentença. Por que o carrasco perdia seu tempo daquela maneira balançando a espada do lado da cabeça de Cornelius em vez de arrancá-la? Mas quando viu o escrivão pegar a mão do condenado e o erguê-lo enquanto puxava do bolso um pergaminho, quando ouviu a leitura pública do perdão concedido pelo *stadhouder*, Boxtel não era mais um homem. A raiva do tigre, da hiena e da cobra estourou em seus olhos, em seu grito, em seu gesto; se ele tivesse como alcançar Van Baerle, teria se jogado sobre ele e o assassinado.

Então, Cornelius viveria, Cornelius iria para Loevestein; para lá, para sua prisão, ele levaria os dentes, e lá, talvez, haveria um jardim onde ele iria fazer germinar a tulipa negra.

Existem certas catástrofes que a pena de um pobre escritor não pode descrever, e que ele é obrigado a apresentar à imaginação de seus leitores com toda a simplicidade do fato.

Boxtel, desmaiado, caiu de seu posto de observação sobre alguns orangistas, também insatisfeitos, como ele, com o rumo que o caso acabara de tomar. Aqueles, pensando que os gritos de mestre Isaac foram de alegria, encheram-no de socos, que certamente não teriam sido mais bem dados do outro lado do estreito.

Mas o que seriam alguns golpes de punho para a dor que sentia Boxtel?

Quis correr atrás da carruagem que carregava Cornelius com seus dentes. Mas, em sua pressa, não viu uma pedra na qual tropeçou, perdendo o equilíbrio; rolou dez passos e não se levantou, ferido e torcido, antes que quase toda a enlameada população de Haia passasse em suas costas.

Na presente circunstância, novamente, Boxtel, ficou em estado lamentável, com as roupas rasgadas, as costas feridas e as mãos esmagadas.

Poderíamos achar que era o suficiente para Boxtel.

Acharíamos errado.

Boxtel, já sobre seus pés de novo, arrancou o máximo de cabelo que conseguiu e os lançou em sacrifício para a divindade feroz e insensível que chamamos desejo.

Era uma oferta certamente agradável àquela deusa que tem, segundo a mitologia, cobras como penteado.

XIV

Os pombos de Dordrecht

Era certamente uma grande honra para Cornelius van Baerle ser encarcerado justamente na mesma prisão que tinha recebido o douto sr. Grotius.

Mas assim que chegou à prisão, uma honra muito maior o aguardava. Aconteceu que o quarto habitado pelo ilustre amigo de Barneveldt estava vazio em Loevestein quando a clemência do príncipe de Orange enviou o tulipeiro Van Baerle para lá.

Esse quarto tinha uma reputação muito ruim no castelo, uma vez que, graças à imaginação de sua esposa, o sr. Grotius tinha fugido na famosa caixa de livros que tinham esquecido de checar.

Por outro lado, pareceu de muito bom augúrio a Van Baerle que esse quarto fosse lhe dado; afinal de contas, de acordo com sua filosofia, um carcereiro jamais deveria colocar um segundo pombo na gaiola de onde o primeiro tinha fugido tão facilmente.

O quarto é histórico. Não perderemos assim o nosso tempo registrando aqui os detalhes. Salvo uma alcova que havia sido feita para a sra. Grotius, era um quarto de prisão como qualquer outro, talvez mais alto; e, através da janela gradeada, tinha-se uma vista encantadora.

O interesse de nossa história, além disso, não consiste em descrever alguns interiores. Para Van Baerle, a vida era mais do que um aparelho respiratório. O pobre prisioneiro amava, além de sua máquina pneumática, duas coisas que somente o pensamento, esse livre viajante, poderia lhe fornecer a posse:

Uma flor e uma mulher, uma e a outra perdidas para sempre para ele.

Felizmente, estava errado, nosso bom Van Baerle!

Deus, que quando ele caminhou até o cadafalso o observou com o sorriso de um pai, Deus reservou-lhe no seio de sua prisão no quarto do sr. Grotius a existência mais aventureira que jamais teve um tulipeiro.

Certa manhã, em sua janela, enquanto respirava o ar fresco que subia do Wahal, e admirava, atrás de uma floresta de chaminés, os moinhos de Dordrecht, sua terra natal, ao longe, viu pombos voando em bando daquele ponto do horizonte e empoleirar-se, tremendo ao sol, nas empenas pontiagudas de Loevestein.

– Esses pombos – Van Baerle disse – vêm de Dordrecht e, consequentemente, para lá podem voltar. Alguém que colocasse uma carta na asa de um desses pombos teria a oportunidade de mandar notícias a Dordrecht, onde o lamentam.

Então, após um momento de devaneio:

– Esse alguém – acrescentou Van Baerle – serei eu.

Somos pacientes quando temos 28 anos e estamos condenados a uma prisão perpétua, ou seja, coisa como uns vinte e dois ou vinte e três mil dias de prisão.

Van Baerle, sempre pensando em seus três dentes – pois esse pensamento batia sempre em sua memória como o coração bate dentro do peito –, fez uma armadilha para pombos. Ele tentou esses voadores com todos os recursos de sua cozinha, de 8 centavos holandeses por dia (12 centavos na França) e depois de meses de tentações infrutíferas, conseguiu uma fêmea.

Demorou mais dois meses para pegar um macho, em seguida, ele os colocou juntos, e no início de 1673, tendo obtido ovos, soltou a fêmea, que, confiando no macho para cobri-los em seu lugar, foi toda feliz para Dordrecht com o bilhete debaixo de sua asa.

Ela voltou à noite.

Ela ainda estava com o bilhete.

Ela o manteve por quinze dias, para a grande decepção de Van Baerle, que depois se tornou seu grande desespero.

Finalmente, no décimo sexto dia voltou sem o bilhete.

Ora, Van Baerle endereçou essa nota à sua ama, a velha frísia, e implorou às almas caridosas que a encontrassem para entregá-la com a maior segurança e rapidez possível.

Na carta, dirigida à sua ama, havia uma pequena nota dirigida a Rosa.

Deus, que sopra com seu hálito as sementes de hera para as paredes de velhos castelos e que as faz florescer com um pouco de chuva, Deus permitiu que a ama de Van Baerle recebesse a carta.

E eis como:

Ao deixar Dordrecht para Haia e sair de Haia para Gorcum, mestre Isaac Boxtel tinha abandonado não apenas a sua casa, seu servo, seu observatório, seu telescópio, mas também seus pombos.

O criado, que havia ficado sem salário, começou a comer as poucas economias que tinha, e depois passou a comer os pombos.

Vendo isso, os pombos migraram do telhado de Isaac Boxtel para o telhado de Cornelius van Baerle.

A ama tinha um bom coração e amava qualquer coisa. Ela construiu uma boa amizade com os pombos que foram até ela pedindo hospitalidade, e quando o servo de Isaac exigiu comer os últimos doze ou quinze como comera os outros doze ou quinze, ela se ofereceu para comprá-los por 6 centavos holandeses cada.

Era o dobro do que valiam os pombos; então o servo aceitou com grande alegria.

A ama virou, portanto, a legítima dona dos pombos do invejoso.

Eram esses pombos, misturados com outros, que em suas andanças visitavam Haia, Loevestein, Rotterdam, procurando, sem dúvida, um trigo diferente, sementes mais gostosas.

O acaso, ou em vez de Deus, Deus que nos vê, nós, no fundo de tudo, Deus fizera com que Cornelius van Baerle tivesse justamente pego um desses pombos.

Então, se o invejoso não tivesse deixado Dordrecht para seguir o seu rival até Haia, em primeiro lugar e depois para Gorcum ou Loevestein, como quiser, pois as duas localidades sendo separadas apenas pela junção do Wahal e do Meuse, teria sido em suas mãos, e não nas da ama, que a nota escrita por Van Baerle cairia; fazendo o pobre prisioneiro, como o corvo do sapateiro Romano, perder seu tempo e suas dores, e que, em vez recontar os eventos variados que, como em um tapete com mil cores, vamos trazer sob nossa pena, bastaria descrevermos uma longa série de dias, pálidos, tristes e escuros como o manto da noite.

O bilhete caiu assim nas mãos da ama de Van Baerle.

Assim, nos primeiros dias de fevereiro, quando as primeiras horas da noite desciam do céu deixando para trás as estrelas nascentes, Cornelius ouviu sobre a escada da torre de uma voz que o espantou.

Ele colocou a mão no coração e ouviu.

Era a voz suave e doce de Rosa.

Sejamos realistas, Cornelius não teria ficado tão atordoado de surpresa, tão extravagante de alegria sem a história do pombo.

O pombo tinha, em troca da sua carta, trazido a esperança em sua asa vazia, e ele esperava todos os dias, pois conhecia Rosa, se o bilhete lhe havia sido entregue, notícias de seu amor e de seus dentes.

Ele se levantou, prestando atenção, inclinando o corpo na lateral da porta.

Sim, era mesmo tom que o comoveram tão gentilmente em Haia.

Mas agora, Rosa, que tinha viajado de Haia a Loevestein e tinha conseguido – Cornelius não sabia como – entrar na prisão, também conseguiria, tão afortunadamente entrar em seu quarto?

Enquanto Cornelius pensava e repensava sobre esse assunto, desejo sobre a ansiedade, a portinhola da porta de sua cela se abriu e Rosa brilhou em alegria, em beleza, linda apesar da dor que a empalidecera por cinco meses, Rosa pressionou o rosto contra portinhola de Cornelius para lhe dizer:

– Oh! Senhor! Senhor, aqui estou.

Cornelius estendeu o braço, olhou para o céu e soltou um grito de alegria.

– Oh! Rosa, Rosa! – exclamou.

– Silêncio! Vamos falar baixo, meu pai está me seguindo – disse a jovem.

– Seu pai?

– Sim, ele está no pátio, na parte inferior da escada, recebendo as instruções do governador, e vai subir.

– Instruções do governador?

– Escute, vou tentar dizer-lhe tudo em poucas palavras. O *stadhouder* tem uma casa de campo em um lugar de Leiden, uma grande leiteria; minha tia, a ama dele, que está encarregada de todos os animais nessa pequena propriedade. Assim que recebi sua carta, que eu não conseguia ler, infelizmente, mas sua ama a leu para mim, corri até minha tia; fiquei lá até o príncipe chegar. Quando ele chegou, eu lhe pedi para trocar meu pai da função de principal chaveiro da prisão de Haia pela de carcereiro na fortaleza de Loevestein. Ele não tinha ideia do meu objetivo; se o soubesse, talvez tivesse recusado; pelo contrário, aceitou.

– Então você está aqui?

– Como pode ver.

– Então irei vê-la todos os dias?

– Sempre que eu puder.

– Ó, Rosa! Minha bela Rosa! – disse Cornelius – Então, você me ama um pouco?

– Um pouco... – ela disse – Oh! Você não é muito exigente, sr. Cornelius.

Cornelius estendeu as mãos para ela com paixão, mas apenas os dedos deles podiam se tocar através da grade de arame.

– Aí vem meu pai! – disse a jovem.

E Rosa saiu rapidamente da porta e correu para o velho Gryphus, que apareceu no topo da escada.

XV

O BALCÃO

Gryphus era seguido pelo cão.

Ele o fez acompanhar suas rondas para que conhecesse os prisioneiros.

– Meu pai, – disse Rosa – é aqui o famoso quarto de onde o sr. Grotius escapou, sabia?

– Sim, sim, aquele patife do Grotius; amigo daquele canalha de Barneveldt, que vi ser executado quando era criança. Grotius! Ah! Foi desta sala que ele escapou. Bem, eu digo que ninguém vai escapar depois dele.

E, ao abrir a porta, ele começou na escuridão seu discurso ao prisioneiro.

Quanto ao cachorro, foi resmungando cheirar a panturrilha do prisioneiro como a lhe perguntar quem lhe dera o direito de não morrer, já que o vira partir entre o escrivão e o carrasco.

Mas a linda Rosa o chamou, e o cão foi até ela.

– Senhor – disse Gryphus, erguendo a lanterna para tentar lançar um pouco de luz ao seu redor – Você tem em mim seu novo carcereiro. Eu sou o chefe dos chaveiros e faço a supervisão dos quartos. Não sou mau, mas sou inflexível em tudo o que diz respeito à disciplina.

– Mas eu lhe conheço muito bem, meu caro Gryphus – disse o prisioneiro entrando no círculo de luz projetado pela lanterna.

– Ora, ora, é você, sr. Van Baerle – disse Gryphus – Ah! É você... ora, ora, então nos encontramos!

– Sim, e é um grande prazer, meu caro sr. Gryphus, que seu braço está indo bem, pois é o braço com que segura a lanterna.

Gryphus franziu a testa.

– Veja como é, – disse – na política sempre se cometem erros. Sua Alteza lhe deu a vida, eu não faria isso.

– Bah! – exclamou Cornelius – E por quê?

– Porque você é um que irá conspirar novamente; vocês, estudiosos, vocês têm negócios com o diabo.

– Ah, isso! Mestre Gryphus, está insatisfeito com a maneira como lhe consertei o braço ou com o preço que lhe pedi? – disse, rindo, Cornelius.

– Pelo contrário, maldito! Pelo contrário! – rosnou o carcereiro – você o ajeitou muito bem, o meu braço; tem alguma bruxaria nisso, após seis semanas eu usei-o como se nada tivesse acontecido. A tal ponto que o médico do Buitenhof, que conhece seu ofício, quis quebrá-lo novamente e colocá-lo em ordem, prometendo que, desta vez, eu ficaria três meses sem poder usá-lo.

– E você não quis?

– Eu disse não. Enquanto puder fazer o sinal da cruz com este braço (Gryphus era católico), não me importo com o diabo.

– Mas se você rir do diabo, mestre Gryphus, tem mais motivo para tirar sarro dos sábios.

– Ah, os sábios, os sábios! – gritou Gryphus não respondendo à pergunta – Os sábios! Prefiro ter dez soldados para guardar a um cientista. Os militares fumam, bebem, ficam bêbados; eles são gentis como uma ovelha quando damos aguardente ou vinho do Meuse. Mas um sábio beber, fumar, se embriagar? Ah, bem! É sóbrio, não gasta nada, mantém a cabeça fria para conspirar. Mas vou começar dizendo-lhe que não vai ser fácil conspirar. Primeiro, sem livros nem papéis para rabiscar. Foi com livros que o sr. Grotius escapou.

– Eu lhe garanto, mestre Gryphus, – disse Van Baerle – que, embora eu tenha pensado em fugir por um momento, não penso mais nisso.

– Bom, bom! – disse Gryphus – Cuide de você e eu farei o mesmo. Não importa mesmo, Sua Alteza cometeu um erro grave.

– Por não deixarem cortar a minha cabeça? Obrigado, obrigado, mestre Gryphus.

– Sem dúvida. Veja se os srs. De Witt não estão mais calmos agora.

– É horrível que você diga isso, sr. Gryphus – disse Van Baerle, virando-se para esconder seu desgosto. – Você esquece que um era meu amigo, e o outro... o outro, meu segundo pai.

– Sim, mas lembro que os dois são conspiradores. E então é por benevolência que falo.

– Ah, mesmo? Então, explique um pouco, caro sr. Gryphus, não estou entendendo muito bem.

– Sim. Se você fosse posto para descansar sobre o bloco do mestre Harbruck...

– Então?

– Bem, você não iria mais sofrer. Enquanto aqui, não escondo que irei tornar a sua vida muito difícil.

– Obrigado pela promessa, mestre Gryphus.

E, enquanto o prisioneiro sorria ironicamente para o velho carcereiro, Rosa, atrás da porta, respondia com um sorriso cheio de consolo angelical.

Gryphus foi até a janela.

Ainda estava claro o suficiente para ver um horizonte imenso que se perdia em uma névoa cinzenta.

– Que vista temos daqui, não? – perguntou o carcereiro.

– É, muito bonita – disse Cornelius, olhando para Rosa.

– Sim, sim, muito bonita a vista, muito bonita.

Nesse momento, os dois pombos, assustados com a visão e principalmente com a voz desse estranho, saíram do ninho e desapareceram bastante apavorados no nevoeiro.

– Oh! Oh! O que é isso? – perguntou o carcereiro.

– Meus pombos – respondeu Cornelius.

– "Meus pombos"! – exclamou o carcereiro – "Meus pombos"! Será que um prisioneiro tem algo de seu?

– Então – disse Cornelius – são os pombos que Deus me emprestou?

– Já temos uma contravenção – respondeu Gryphus. – Pombos! Ah! Jovem, jovem, de uma coisa eu o advirto: o mais tardar amanhã, esses pássaros estarão fervendo em minha panela.

– É preciso primeiro que você os pegue, mestre Gryphus – disse Van Baerle. – Você não sabe se esse são meus pombos; são ainda menos seus, eu juro, do que são meus.

– Os que fugiram não estão perdidos – rosnou o carcereiro – e no mais tardar amanhã, irei torcer-lhes o pescoço.

E, enquanto fazia essa promessa ímpia para Cornelius, Gryphus curvou-se para examinar a estrutura do ninho. Isso deu tempo para Van Baerle correr até a porta e apertar a mão de Rosa, que lhe diz:

– Às 9 horas desta noite.

Gryphus, tomado pelo desejo de capturar os pombos no dia seguinte como prometido, não viu nem ouviu nada. Assim que fechou a janela, pegou a filha pelo braço, puxou-a, deu uma volta dupla na fechadura, empurrou as travas e seguiu para fazer as mesmas promessas a outro prisioneiro.

Mal ele se foi, Cornelius foi para a porta ouvir os passos se afastando; então, quando ele estava longe, correu para a janela e destruiu o ninho dos pombos.

Ele preferia afastá-los para sempre de sua presença do que expor para a morte os amáveis mensageiros a quem devia a felicidade de ter visto Rosa.

Essa visita do carcereiro, suas ameaças brutais, a perspectiva sombria da vigilância cheia de abusos, nada disso poderia distrair Cornelius dos doces pensamentos, e principalmente da doce esperança de que a presença de Rosa ressuscitara em seu coração.

Ele esperou impacientemente até às 9 horas soarem no calabouço de Loevestein.

Rosa tinha dito: "Às 9 horas, espere por mim". As últimas notas de bronze vibravam no ar quando Cornelius ouviu passos ligeiros e o vestido sussurrante da bela frísia nas escadas, e logo a portinhola para qual Cornelius olhava intensamente brilhou.

A janela teve de ser aberta para fora.

– Estou aqui – disse Rosa ainda sem fôlego por correr escada acima – estou aqui!

– Oh! Boa Rosa!

– Está feliz por me ver?

– Você ainda pergunta! Mas como conseguiu vir? Diga!

– Meu pai adormece todas as noites quase assim que janta; então, eu o coloquei na cama um pouco atordoado pelo gim. Não conte a ninguém, porque, graças a esse sono, poderei vir conversar uma hora com você todas as noites.

– Obrigado, Rosa, querida Rosa.

E Cornelius adiantou-se, dizendo essas palavras, o rosto tão perto da grade que Rosa retirou o dela.

– Trouxe para você os dentes de tulipa – ela disse.

O coração de Cornelius deu um salto. Ele ainda não ousara perguntar a Rosa o que fizera com o precioso tesouro que lhe confiara.

– Ah! Então você os manteve?

– Você não os entregou a mim dizendo que eram coisas caras a você?

– Sim, mas como eu os dei a você, parece-me que são seus.

– Eles viriam para mim depois de sua morte e você está vivo, felizmente. Ah! Como bendisse Sua Alteza. Se Deus conceder ao príncipe Guilherme todo o apreço que lhe tenho desejado, certamente, o rei Guilherme vai ser o homem mais feliz não só de seu reino, mas de toda a terra. Você estava vivo, eu disse, e enquanto guardava a Bíblia de seu padrinho Corneille, estava decidido a trazer seus dentes; só não sabia como fazer. Tinha acabado de decidir que ia pedir ao *stadhouder* o lugar de carcereiro de Loevestein para meu pai, quando a ama me trouxe sua carta. Ah, choramos muito juntas, eu lhe digo. Mas sua carta apenas fortaleceu minha decisão. Foi quando parti para Leyden e você sabe o resto.

– Então, querida Rosa – respondeu Cornelius, – você pensava, antes de eu receber minha carta, em vir se juntar a mim?

– Se eu pensava nisso? – disse Rosa, deixando o seu amor superar seu pudor – Eu não pensava em outra coisa!

E ao dizer essas palavras, Rosa tornou-se tão bonita que, pela segunda vez, Cornelius colocou sua testa e seus lábios entre as grades, sem dúvida para agradecer a linda jovem.

Rosa recuou como da primeira vez.

– Na verdade – ela disse com aquele charme que habita o coração de cada jovem menina, – na verdade, muitas vezes me arrependi de não saber ler; mas nunca tanto quanto quando a ama me trouxe sua carta. Eu tinha na mão uma carta que falava para os outros e que para mim, pobre tola que sou, se silenciava.

– Você já se arrependeu muitas vezes de não saber ler? – disse Cornelius – Em que ocasião?

– Minha nossa – disse a jovem rindo – ao tentar ler todas as cartas que me foram escritas.

– Você recebe cartas, Rosa?

– Às centenas.

– Mas quem escreveu para você assim?

– Quem me escreveu? Primeiro, todos os alunos que passaram pelo Buitenhof, todos os oficiais que foram à praça de armas, todos os escriturários e até os mercadores que me viram na minha janelinha.

– E todas essas cartas, querida Rosa, o que você fazia com elas?

– Antes – respondeu Rosa –, eu pedia a uma amiga que as lesse, e isso me divertia muito; mas faz um tempo que pensei: "de que adiantava ouvir todas aquelas bobagens?" Faz um tempo que passei a queimá-las.

– Já faz um tempo! – Cornelius exclamou com um olhar tocado ao mesmo tempo por amor e alegria.

Rosa baixou os olhos, corada.

Assim, não viu os lábios de Cornelius se aproximarem, e que, infelizmente, só encontraram a grade, mas que, apesar desse obstáculo, enviavam aos lábios da jovem o sopro ardente do mais terno dos beijos.

Diante da chama que queimava seus lábios, Rosa ficou pálida, mais pálida talvez do que em Buitenhof no dia da execução. Ela soltou um soluço melancólico, fechou os belos olhos, e fugiu com o coração acelerado, tentando em vão abafar com a mão as palpitações de seu coração.

A Cornelius, deixado sozinho, só restou sorver o doce aroma do cabelo de Rosa, que ficou cativo na grade treliça.

Ela fugiu com tanta pressa que se esqueceu de devolver os três dentes da tulipa negra a Cornelius.

XVI

Professor e aluna

Gryphus, como pudemos ver, estava longe de partilhar a boa vontade de sua filha com o afilhado de Corneille de Witt.

Tinha apenas cinco prisioneiros em Loevestein; a tarefa de guarda não era difícil de cumprir, e o cargo era uma espécie de sinecura dada a sua idade.

Mas, em seu zelo, o digno carcereiro havia engrandecido a tarefa que lhe fora confiada com toda a força de sua imaginação. Para ele, Cornelius assumira a proporção gigantesca de um criminoso de primeira linha. Consequentemente, ele se tornou o mais perigoso de seus prisioneiros. Ele observava cada passo que dava, só se aproximava com cara de bravo, fazendo-o penar pelo que ele chamou de sua revolta terrível contra o clemente *stadhouder*.

Entrava no quarto de Van Baerle três vezes por dia, achando que iria pegá-lo no flagra, mas Cornelius havia desistido da correspondência, pois tinha a sua correspondente à mão. Era até mesmo provável que se Cornelius tivesse conseguido sua liberdade plena e total permissão para ir aonde quisesse, estar na prisão com Rosa e seus dentes parecia melhor do que qualquer outro lugar sem seus dentes e sem Rosa.

Na verdade, todas as noites, às 9 horas, Rosa prometera vir e falar com o prisioneiro, e a partir da primeira noite, Rosa, como nós já vimos, tinha mantido sua palavra.

No dia seguinte, ela subiu como o dia anterior, com o mesmo mistério e as mesmas precauções. Só que havia prometido a si mesma não deixar seu rosto muito perto da grade. Além disso, para iniciar logo uma conversa que ocupasse seriamente Van Baerle, ela começou por mostrar-lhe através da grade seus três dentes, ainda envoltos no mesmo papel.

Mas para grande surpresa da Rosa, Van Baerle afastou a mão branca com a ponta dos dedos.

O jovem tinha pensado naquilo.

– Ouça-me – disse ele. – Estamos arriscando muito, acho, ao colocar toda a nossa fortuna em um só saco. Tenha em mente, minha querida Rosa, que se trata de realizar um empreendimento que hoje se mostra impossível. É fazer a grande tulipa negra florescer. Portanto, tomemos todas as precauções, para que, se falharmos, não tenham o que nos censurar. Aqui está como eu calculo que conseguiremos atingir nosso objetivo.

Rosa dedicou toda a sua atenção ao que iria lhe dizer o prisioneiro, e isso mais pela importância que lhe dava o infeliz tulipeiro do que pela importância que ela lhe atribuía.

– É assim que calculei a nossa cooperação nesse grande caso – continuou Cornelius.

– Estou ouvindo – disse Rosa.

– Nesta fortaleza deve haver um pequeno jardim, se não houver jardim, algum pátio, se não houver pátio, um terraço.

– Temos um jardim muito bonito – diz Rosa. – Ele se estende ao longo do Wahal e está cheio de belas árvores antigas.

– Pode, querida Rosa, trazer-me um pouco da terra desse jardim para que eu possa avaliar?

– A partir de amanhã.

– Pegue um pouco do que está na sombra e no sol, para que eu possa avaliar suas qualidades nas duas condições, seca e úmida.

– Fique tranquilo.

– Com a terra escolhida por mim e modificada, se necessário, faremos três partes com nossos três dentes, você leva um para plantar no dia em que eu disser, na terra por mim escolhida; ele certamente irá florescer se tratá-lo de acordo com as minhas indicações.

– Não irei me afastar por um segundo.

– Você me dará outro, que tentarei cuidar aqui no meu quarto, que vai me ajudar a passar esses longos dias em que não a vejo. Eu tenho pouca esperança, admito a você, e já considero esse infeliz como um sacrifício ao meu egoísmo. No entanto, o sol às vezes me visita. Irei aproveitar tudo com engenhosidade, até o calor e as cinzas do meu cachimbo. Por fim, reteremos, ou melhor, você manterá como reserva o terceiro dente, nosso último recurso, caso as duas primeiras experiências fracassem. Assim, minha cara Rosa, é impossível que não consigamos ganhar os 100 mil florins do nosso dote e obter a felicidade suprema de ver o nosso trabalho dar certo.

– Entendi – disse Rosa. – Amanhã, trarei a terra para você escolher a minha e a sua. Quanto à sua, precisarei de várias viagens, pois só poderei trazê-la aos poucos.

– Oh, não estamos com pressa, querida Rosa; nossas tulipas não devem ser plantadas antes do próximo mês. Então, veja que temos tempo; e para plantar o seu dente, você vai seguir todas as minhas instruções, não é?

– Eu prometo.

– E, uma vez plantado, você me informará de todas as circunstâncias que podem interessar à nossa aluna, tais como mudanças atmosféricas, rastros nas aleias, rastros sobre os canteiros de flores. Você irá prestar atenção à noite, para que nosso jardim não seja frequentado por gatos. Dois desses infelizes animais me devastaram dois canteiros de flores em Dordrecht.

– Irei fazê-lo.

– Nos dias de luar... Você tem vista para o jardim, querida?

– A janela de meu quarto dá para ele.

– Bom. Nos dias de luar, você irá cuidar dos buracos no muro para não deixar sair ratos. Os ratos são roedores a serem temidos, e vi muitos tulipeiros infelizes amargamente reprovarem Noé por ter colocado um par de ratos na arca.

– Irei prestar atenção nos gatos e nos ratos...

– Muito bem! Precisava avisar. Então – continuou Van Baerle, que se tornou desconfiado depois da sua prisão –, há um animal muito mais temível do que gatos e ratos!

– E que bicho é esse?

– É o homem! Compreenda, querida Rosa, rouba-se um florim e arrisca-se à colônia penal por tamanha miséria; e com mais razão ainda pode-se roubar um dente de tulipa que vale 100 mil florins.

– Ninguém além de mim entrará no jardim.

– Você me promete?

– Eu juro!

– Que bom, Rosa! Obrigada, querida Rosa! Oh, toda minha alegria virá de você!

Como os lábios de Van Baerle aproximavam-se da grade com o mesmo ardor do dia anterior, e, além disso, o tempo de se recolher havia chegado, Rosa afastou a cabeça e estendeu a mão.

Nessa bela mão, a qual a charmosa jovem cuidava especialmente, estava o dente.

Cornelius beijou apaixonadamente a ponta dos dedos daquela mão. Era por que essa mão segurava um dos dentes da grande tulipa negra? Era por que essa mão era de Rosa?

Isso deixemos para ser decidido por aqueles mais sábios que nós.

Assim, Rosa sai com os outros dois dentes, pressionando-os contra o peito.

Apertava-os contra o peito por serem os dentes da tulipa negra, ou porque vieram de Cornelius van Baerle?

Esse ponto, acreditamos, seria mais fácil de esclarecer do que o outro.

Em todo caso, a partir deste ponto, a vida se tornou doce e plena para o prisioneiro.

Rosa, como vimos, dera-lhe um dos dentes.

Toda noite, ela trazia, pouco a pouco, um punhado de terra da parte do jardim que ele considerara melhor e que de fato era excelente.

Um grande jarro que Cornelius quebrou com habilidade deu-lhe um canteiro favorável, encheu-o até a metade e misturou a terra trazida por Rosa com um pouco de lama do rio que secou e deu um solo excelente.

No início de abril, iria colocar o primeiro dente.

Não iremos dizer que Cornelius usou seus meios, sua habilidade e sua astúcia para esconder de Gryphus a alegria de seu trabalho. Meia hora é um século de sentimentos e de pensamentos para um prisioneiro filósofo.

Nem um dia se passou em que Rosa não viesse falar com Cornelius.

As tulipas, sobre as quais Rosa fez um curso completo, serviram de base para a conversa; mas por mais interessante que seja esse assunto, não se pode só falar de tulipas.

Então, falavam sobre outras coisas, e foi grande a surpresa do tulipeiro ao perceber a extensão enorme que poderia dar às conversas.

Rosa mantinha o hábito de manter seu belo rosto invariavelmente a quinze centímetros da janela, pois a bela frísia sem dúvida desconfiava de si mesma, pois sentia através da grade como o hálito de um prisioneiro podia queimar o coração de uma jovem.

Havia algo em especial que naquele tempo preocupava o tulipeiro tanto quanto seus dentes e no qual pensava sem parar: era a dependência que Rosa tinha de seu pai.

Assim, a vida de Van Baerle, o médico sábio, pintor pitoresco, o homem superior, Van Baerle que, com toda a probabilidade, seria o primeiro a descobrir essa obra-prima da criação que nós iremos chamar, depois de tudo decidido antecipadamente, *Rosa Barlaensis;* a vida, mais do que a vida, a felicidade desse homem dependia do mais simples capricho de outro homem, e este era um ser de espírito mais baixo, de casta ínfima; ele era um carcereiro menos inteligente que a fechadura que trancava, mais duro que a tranca que fechava. Era algo como o Caliban[6] de *A Tempestade,* uma passagem entre o homem e o animal.

Bem, a felicidade de Cornelius dependia desse homem; que podia acordar uma manhã entediado em Loevestein, considerar que o ar era ruim e que o gim não era bom, deixar a fortaleza e levar sua filha; e assim, mais uma vez, Cornelius e Rosa se separariam. Deus, que se cansa de sempre fazer muito por suas criaturas, talvez acabasse não os reunindo mais.

– Então de que adiantam pombos – disse Cornelius para a garota – pois, querida Rosa, você não vai ler o que irei escrever, nem irá me escrever o que você pensou?

– Bem – respondeu Rosa, que no fundo do coração temia a separação tanto quanto Cornelius –, temos uma hora todas as noites, vamos aproveitar bem.

– Mas me parece – respondeu Cornelius – que não a estamos usando mal.

– Vamos usá-la melhor – disse Rosa, sorrindo. – Ensina-me a ler e a escrever; tirarei proveito de suas lições, acredite, e assim nunca mais seremos separados, exceto por nossa vontade.

– Ah, então – gritou Corneille –, teremos a eternidade diante de nós.

Rosa sorriu e encolheu os ombros suavemente.

– Você ainda estará na prisão? – ela respondeu. – Depois de lhe dar a vida, Sua Alteza não lhe dará a liberdade? Não vai voltar para sua propriedade? Não vai ser mais rico? E, uma vez livre e rico, irá se dignar a olhar, quando passar a cavalo ou de

---

[6] Caliban é um personagem da peça A Tempestade, de William Shakespeare, de caráter monstruoso e vil, escravo de um mago e filho de uma bruxa.

carruagem, para a pequena Rosa, a filha do carcereiro, quase a filha de um carrasco?

Cornelius quis protestar, e certamente o teria feito de todo o coração e com a sinceridade de uma alma cheia de amor.

A jovem o interrompeu.

– Como está sua tulipa? – ela perguntou sorrindo.

Falar com Cornelius sobre a tulipa era a maneira de Rosa fazê-lo esquecer de tudo, mesmo dela.

– Vai muito bem – ele disse –, a pele escureceu, e começou o trabalho de fermentação, as veias do dente esquentaram e aumentaram de tamanho; em oito dias, talvez antes, serei capaz de ver as primeiras protuberâncias da germinação... E a sua, Rosa?

– Oh! Eu fiz tudo, e de acordo com suas especificações.

– Vamos, Rosa, o que você fez? – disse Cornelius, os olhos quase tão ardentes, a respiração quase tão ofegante como na noite em que os olhos tinham queimado o rosto e a respiração o coração de Rosa.

– Eu – disse a jovem, sorrindo (porque no fundo de seu coração, ela não podia deixar de estudar o duplo amor do prisioneiro, por ela e pela tulipa negra) –, eu fiz tudo como se deve: preparei o quadrado de terra limpa, longe das árvores e muros, em solo ligeiramente arenoso, bastante úmido e seco, sem um grão de pedra, sem um pedregulho, e estou preparado um canteiro como você descreveu.

– Muito bom, Rosa.

– O terreno assim preparado espera apenas o seu sinal. No primeiro dia, você disse para plantar meu dente, e eu o plantarei; você sabe que devo esperar por você, pois tenho todas as vantagens do bom ar, do sol e da abundância dos sucos terrestres.

– É verdade, é verdade! – gritou Cornelius, batendo palmas de alegria – Você é uma boa aluna, Rosa, e com certeza vai ganhar seus 100 mil florins.

– Lembre-se – riu Rosa – que a sua aluna, como você me chamou, tem muito a aprender sobre a cultura de tulipas.

– Sim, e estou tão empenhado quanto você, linda Rosa, em que aprenda a ler.

– Quando vamos começar?

– Neste instante.

– Não, amanhã.

– Por que amanhã?

– Porque hoje nosso tempo acabou e preciso lhe deixar.

– Já! Então, o que vamos ler?

– Ah! – disse Rosa – Eu tenho um livro, um livro que espero que nos trará boa sorte.

– Vejo você amanhã, então?

– Te vejo amanhã.

No dia seguinte, Rosa voltou com a Bíblia de Corneille de Witt.

XVII

Primeiro dente

No dia seguinte, como dissemos, Rosa voltou com a bíblia de Corneille de Witt.

Em seguida, começou entre o professor e a aluna uma daquelas cenas adoráveis que encantam o romancista, quando ele tem a sorte de recontá-las com sua pena.

A portinhola, única abertura para a comunicação dos dois amantes, era alta demais para pessoas, que até então se contentavam em ler no rosto um do outro tudo o que havia a ser dito, pudessem ler convenientemente o livro que Rosa tinha levado.

Como resultado, a jovem menina teve de se apoiar contra o postigo, sua cabeça curvada, o livro na altura da luz em sua mão direita, e, para descansá-la um pouco, Cornelius pensou em prender com um lenço na estrutura de ferro. Assim, Rosa foi capaz de seguir com os dedos sobre o livro as letras e as sílabas que lhe soletrava Cornelius, que, equipado com um talo de palha como indicador, apontava as letras pela grade para sua aluna atenta.

A luz dessa chama iluminava as ricas cores de Rosa, seus profundos olhos azuis, as tranças louras sobre a touca de ouro polido, que, como já dissemos, é o penteado das frísias; seus dedos levantados no ar dos quais o sangue descia, tomando aquele tom pálido e rosado que brilha na luz e que indica a vida misteriosa que vemos circular na carne.

A inteligência de Rosa se desenvolvia rapidamente sob o contato revigorante do espírito de Cornelius, e quando os problemas pareciam amedrontadores, aqueles olhos que mergulhavam um no outro, aqueles cílios que espanavam, os cabelos que combinavam, soltavam faíscas elétricas capazes de iluminar até a escuridão da idiotia.

E Rosa, ao descer para seu quarto, repassava as lições de leitura sozinha em sua mente, e, ao mesmo tempo, em sua alma as lições de amor não reconhecidas.

Uma noite, chegou meia hora mais tarde que de costume.

Foi um caso muito grave esta meia hora de atraso, pois Cornelius não foi informado antes sobre o que o tinha causado.

– Oh, não me censure – disse a jovem. – Não é minha culpa. Meu pai encontrou em Loevestein um homem que frequentemente lhe pedia para ver a prisão em Haia. Era um bom sujeito, amigo da garrafa, e contava histórias felizes; era também um gastador que não se intimida em pagar a conta.

– Você não o conhecia antes? – perguntou Cornelius, espantado.

– Não – respondeu a jovem. – Faz uns quinze dias que meu pai está incomodado por esse recém-chegado tão interessado em nos visitar.

– Oh! – disse Cornelius, balançando a cabeça inquieto, pois qualquer acontecimento diferente pressagiava uma catástrofe para ele. – Tipo um espião como aqueles que são enviados a fortalezas para vigiar prisioneiros e guardas juntos.

— Acho que não — disse Rosa sorrindo — Se esse bom homem está espionando alguém, não é meu pai.

— Então, quem?

— Eu, por exemplo.

— Você?

— Por que não? — disse Rosa rindo.

— Ah! é verdade — disse Cornelius com um suspiro. — Você não tinha uma fileira de pretendentes em vão. Rosa, esse homem pode tornar-se seu marido.

— Eu não estou dizendo que não.

— E em que você baseia essa alegria?

— Melhor dizer esse medo, sr. Cornelius.

— Obrigado, Rosa, porque você tem razão; é um medo...

— Que tem seus motivos...

— Estou escutando, diga.

— Esse homem já esteve várias vezes no Buitenhof em Haia; bem quando você foi preso lá. Eu saí, ele saiu também; eu vim para cá, ele veio. Em Haia, ele inventou o pretexto de que queria vê-lo.

— Ver a mim?

— Oh, é uma desculpa, certamente, pois hoje ainda poderia usar esse mesmo motivo pois você se tornou prisioneiro de meu pai, ou melhor, meu pai tornou-se novamente o seu carcereiro, e ele poderia usá-lo como desculpa, mas foi o contrário. Eu o ouvi dizer ao meu pai ontem que não conhecia você.

— Continue, Rosa, eu lhe peço, pois quero entender quem é esse homem e o que ele quer.

— Tem certeza, sr. Cornelius, de que nenhum de seus amigos se interessa por você?

– Eu não tenho amigos, Rosa, eu tinha a minha ama. Você a conheceu, e ela a conheceu. Ai de mim! A pobre Zug viria em pessoa e seria direta, sem truques, dizendo em lágrimas a seu pai ou a você: "Caro senhor ou querida senhora, meu menino está aqui, veja como eu estou desesperada, deixe-me vê-lo só por uma hora e eu vou orar a Deus por você toda a minha vida". Oh, não – continuou Cornelius – Além da boa Zug, não, não tenho amigos.

– Volto, portanto, ao que pensei, agora mais do que ontem; ao pôr do sol, enquanto eu arrumava o canteiro de flores onde irei plantar seu dente, vi uma sombra que, como a porta estava aberta, deslizou por trás das árvores mais velhas e dos álamos. Nem precisei olhar, pois era o nosso homem. Ele se escondeu e ficou me olhando remexer a terra. Claro, era a mim que ele tinha seguido e a mim que estava observando. Não dei um golpe de ancinho, não toquei um átomo de terra sem que ele tivesse tomado nota.

– Ah, sim, sim, é um apaixonado – disse Cornelius. – Ele é jovem, é bonito?

E olhou ansioso para Rosa, esperando impacientemente sua resposta.

– Jovem, bonito? – exclamou Rosa, explodindo em gargalhadas. – Ele é horroroso de rosto, tem o corpo arqueado, está próximo dos 50 e não se atreve a me olhar no rosto ou a falar-me.

– E qual o nome dele?

– Jacob Gisels.

– Não o conheço.

– Pode ver, então, que não é por você que tem vindo.

– Enfim, se ele gosta de você, Rosa, o que é muito provável, porque você acha que sim, você não o ama, não é?

– Oh! Certamente que não!

– Então posso me tranquilizar?

– Eu recomendo que sim.

– Muito bem! Agora que você está começando a ler, Rosa, vai ler tudo o que irei escrever, não é, nos tormentos do ciúme e de saudade?

– Irei, se você escrever em letras bem grandes.

Então, como a conversa tomou um rumo que preocupava Rosa:

– A propósito – ela disse – como está a sua tulipa?

– Rosa, imagine minha alegria, esta manhã coloquei ao sol, depois de remover cuidadosamente a camada de terra que cobre o dente, vi surgir a ponta do primeiro broto. Ah, Rosa, meu coração se derreteu de alegria, esse imperceptível botão pálido que a asa de uma mosca a desfaria se a tocasse, essa suspeita de existência revelada por um elusivo testemunho comoveu-me mais do que ler a ordem de Sua Alteza que me devolveu minha vida ao parar o machado do carrasco, no cadafalso do Buitenhof.

– Tem esperança, então? – disse Rosa, sorrindo.

– Oh! Sim, eu tenho!

– E eu, quando será a minha vez de plantar?

– No primeiro dia auspicioso, irei lhe dizer; mas acima de tudo, não busque ajuda de ninguém e não confie o seu segredo a quem quer que seja, um amador, sabe, seria capaz de reconhecer o seu valor apenas pela inspeção desse dente; e acima de tudo, minha muito querida Rosa, esconda cuidadosamente o terceiro dente que resta.

– Ainda está no mesmo papel onde o pôs e como me deu, sr. Cornelius, enterrado no fundo do meu armário e sob a minha renda, que o mantém seco sem sobrecarregá-lo. Mas, adeus, pobre prisioneiro.

– Como, já?

– É necessário.

– Chegou tão tarde e sai tão cedo!

– Meu pai pode ficar impaciente se eu não retornar; meu admirador poderia suspeitar que tem um rival.

Ela se pôs a ouvir, preocupada.

– O que você tem? – perguntou Van Baerle.

– Achei ter ouvido algo.

– O quê?

– Algo como um passo rangendo nas escadas.

– De fato – disse o prisioneiro, – não pode ser Gryphus, ou seria ouvido de longe.

– Não, não é meu pai, tenho certeza, mas...

– Mas...

– Mas pode ser o sr. Jacob.

Rosa foi correndo para as escadas e, de fato, ouviu-se uma porta fechando rapidamente antes que a jovem descesse os primeiros dez degraus.

Cornelius ficou inquieto, mas era apenas um prelúdio para ele.

Quando o destino começa a executar um trabalho ruim, raramente alerta caridosamente sua vítima como um valentão faz ao seu adversário para lhe dar a chance de se prevenir.

Quase sempre, o conselho emana do instinto de homem ou da cumplicidade de objetos inanimados, muitas vezes menos inanimado do que se pensa; quase sempre essas opiniões são negligenciadas. O golpe assobia no ar e cai sobre uma cabeça que esse assobio deveria ter alertado, e que, tendo sido avisada, deveria ter se prevenido.

O dia seguinte passou sem que nada importante acontecesse. Gryphus fez suas três visitas e não encontrou nada. Quando ele ouvia seu carcereiro vindo (e na esperança de surpreender os segredos de seu prisioneiro, Gryphus nunca fazia nas mesmas horas), quando ele ouvia seu carcereiro vindo, Van Baerle, usando um mecanismo que inventara e que parecia aqueles com o qual se sobe e desce os sacos de trigo em fazendas, Van Baerle tinha pensado em mandar seu jarro para baixo do entablamento, primeiro de azulejos e depois de pedras, que ficavam abaixo da janela. Quanto às cordas que faziam o movimento acontecer, o nosso mecânico tinha encontrado uma maneira de escondê-las com o musgo que cresce nas telhas e nas cavidades das pedras.

Gryphus não descobriu nada disso.

Esse mecanismo teve sucesso durante oito dias.

Mas uma manhã, Cornelius, absorto na contemplação do dente de onde já brotava um ponto de vegetação, não ouviu o velho Gryphus subir (naquele dia ventava muito e tudo rangia na torre), a porta se abriu de repente e Cornelius foi pego de surpresa com a jarra entre os joelhos.

Gryphus, vendo um objeto desconhecido, e, consequentemente, proibido, nas mãos de seu prisioneiro, avançou sobre este mais rápido do que o falcão sobre sua presa.

O acaso, ou esse acordo fatal, que o mau espírito às vezes faz com os seres maus, fez com que suas grandes mãos calejadas caíssem logo no meio do jarro, sobre a porção de solo depositária do precioso dente, a mão quebrada acima do pulso e que Cornelius van Baerle o tinha recuperado tão bem.

– O que você tem aí? – ele exclamou. – Ah, vou te pegar!

E enfiou a mão na terra.

– Eu? Nada, nada! – gritou Cornelius, trêmulo.

– Ah! Eu te peguei! Um jarro e terra! Há algum segredo escondido embaixo disso!

– Caro sr. Gryphus! – implorava Van Baerle, ansioso como a perdiz que vê o ceifeiro vindo para levar sua ninhada.

E Gryphus começou cavar o solo com os dedos em forma de gancho.

– Senhor, senhor! Cuidado! – disse Cornelius, empalidecendo.

– Com o quê? Por Deus! Com o quê? – gritou o carcereiro.

– Tome cuidado! Estou dizendo que vai matá-la!

E com um movimento rápido, quase em desespero, ele arrancou o jarro das mãos do carcereiro, e o escondeu como um tesouro sob a muralha de seus dois braços.

Mas Gryphus, teimoso como um velho, e mais convencido ainda de que havia encontrado uma conspiração contra o príncipe de Orange, correu até seu prisioneiro com o cajado erguido e, vendo a resolução impassível do prisioneiro de proteger seu vaso de flores, sentiu que Cornelius temia muito menos pela cabeça do que pelo jarro.

Ele procurou, portanto, arrebatá-lo à força.

– Ah! – disse o carcereiro com raiva – Dá para ver bem que você é um rebelde.

– Deixe-me minha tulipa! – gritou Van Baerle.

– Sim, sim, tulipa... – respondeu o velho. – Conhecemos esses truques dos prisioneiros.

– Mas eu juro...

– Solte – repetiu Gryphus, batendo o pé – solte ou chamo o guarda.

– Chame quem você quiser, mas você só terá essa pobre flor ao custo da minha vida.

Gryphus, exasperado, mergulhou os dedos pela segunda vez na terra, e desta vez tirou o dente todo preto e, ao mesmo tempo em que Van Baerle ficava feliz por ter salvado o recipiente, sem imaginar que seu adversário estava com o conteúdo, Gryphus jogou o dente amolecido no chão violentamente, espatifando-o sobre a laje, e fazendo-o desaparecer quase imediatamente, esmagado e transformado em mingau sob o sapato largo do carcereiro.

Van Baerle viu o assassinato, vislumbrou os restos úmidos, viu a alegria feroz de Gryphus e soltou um grito de desespero que tocou o carcereiro assassino, que alguns anos antes havia matado a aranha de Pelisson.

A ideia de nocautear aquele homem perverso passou como um raio pela cabeça do tulipeiro. O fogo e o sangue se juntaram à sua mente, cegando-o, e ele levantou as duas mãos, livrando o jarro pesado de toda a terra inútil que sobrara. No instante seguinte, ele o deixaria cair na cabeça do velho Gryphus.

Um grito o impediu, um grito cheio de lágrimas e angústia, o grito proferido através da grade da portinhola pela pobre Rosa, pálida, trêmula, seus braços levantados para o céu, e colocada entre seu pai e seu amigo.

Cornelius largou o jarro, que se estilhaçou em mil pedaços com um terrível estrondo.

Gryphus percebeu o risco que tinha corrido e começou a fazer terríveis ameaças.

– Oh! – disse Cornelius – Você deve ser um homem covarde e muito perverso para arrebatar a um pobre prisioneiro seu único consolo, um dente de tulipa!

– Sim, meu pai! – disse Rosa – Você acabou de cometer um crime.

– Ah! é você, sua tonta! – o velho gritou ao se virar, borbulhando de raiva – Não se meta nisso e desça agora!

– Infeliz! Infeliz! – continuou Cornelius em desespero.

– Afinal, é apenas uma tulipa – acrescentou Gryphus, um pouco envergonhado. – Posso lhe dar quantas quiser, tenho umas trezentas no meu celeiro.

– Para o inferno com suas tulipas! – gritou Cornelius – Elas só servem para você! Oh! Cem bilhões de milhões! Se eu os tivesse, eu os daria por aquela que você esmagou.

– Ah! – disse Gryphus triunfante. – Não é a tulipa que você está segurando. Posso ver que havia nesse falso dente alguma feitiçaria, um meio de correspondência com os inimigos de Sua Alteza, que você usou através. Eu bem disse que era errado não cortar o seu pescoço.

– Meu pai! Meu pai! – Rosa exclamou.

– Oras! Muito bem, muito bem! – repetiu Gryphus com animação – eu o destruí, eu o destruí. Será a mesma coisa toda vez que você tentar! Ah! Eu avisei, meu amigo, que vida seria dura.

– Maldito, maldito! – gritou Cornelius em seu desespero ao colocar os dedos trêmulos nos últimos vestígios do dente, cadáver de tantas alegrias e de tantas esperanças.

– Iremos plantar o outro amanhã, querido sr. Cornelius – disse Rosa, em voz baixa, ao compreender a imensa dor do tulipeiro e que jogou, aquele santo coração, essas doces palavras como uma gota de bálsamo sobre a ferida aberta de Cornelius.

XVIII

O admirador de Rosa

Rosa mal jogara essas palavras de consolo para Cornelius e se pode ouvir na escadaria uma voz perguntando a Gryphus o que estava acontecendo.

– Meu pai, – disse Rosa – está ouvindo?

– O quê?

– O sr. Jacob está chamando você. Está preocupado.

– Fizemos muito barulho – disse Gryphus. – Será que vai acabar me assassinando, esse sábio! Ah! Sempre tem algo ruim com esses sábios!

E, apontando a escada para Rosa:

– Ande em frente, senhorita! – disse. E, fechando a porta: – Estou indo me juntar a você, amigo Jacob.

E Gryphus saiu, levando Rosa e deixando o pobre Cornelius em sua solidão e em sua dor, murmurando:

– Oh! Você quem me matou, velho carrasco. Eu não vou sobreviver a isso!

E, na verdade, o pobre prisioneiro teria caído doente sem o contrapeso que a Providência tinha colocado em sua vida, que se chamava Rosa.

À noite, a jovem voltou.

Suas primeiras palavras foram para anunciar a Cornelius, que agora seu pai não se oporia mais que cultivasse flores.

– E como você sabe disso? – disse o prisioneiro tristemente para a jovem.

– Sei por que ele o disse.

– Talvez para me enganar?

– Não, ele está arrependido.

– Oh, sim, mas tarde demais.

– Esse arrependimento não vem dele mesmo.

– E de onde veio, então?

– Se você soubesse o quanto seu amigo rugiu!

– Ah! o sr. Jacob, ele ainda não se foi, então?

– De toda forma, ele se vai o mínimo que pode.

E ela sorriu de tal maneira que a pequena nuvem de ciúme que havia escurecido a testa de Cornelius se dissipou.

– Como ele fez? – perguntou o prisioneiro.

– Então, questionado pelo seu amigo, meu pai contou a história da tulipa, ou melhor, do dente, no jantar e sua bela façanha em esmagá-lo.

Cornelius suspirou, mas foi quase um gemido.

– Se você tivesse visto o mestre Jacob nesse momento! – Rosa continuou. – Na verdade, achei que fosse colocar a fortaleza em chamas, seus olhos eram duas tochas, seu cabelo ficou em pé, ele apertou os punhos, por um momento achei que iria estrangular meu pai.

"Você fez isso? – ele gritou – você esmagou o dente?"

"Sem dúvida" – disse meu pai.

"É infame! – ele continuou – e odioso! Você cometeu um crime!" – Jacob gritou.

Meu pai ficou pasmo.

"Você está louco?" – perguntou ele ao amigo.

– Oh! Que um homem digno é esse Jacob – murmurou Cornelius – ele é um coração honesto, uma alma da elite.

– A verdade é que não se pode tratar um homem com mais severidade do que ele tratou meu pai – acrescentou Rosa. – Foi um verdadeiro desespero da parte dele e repetia sem cessar:

"Esmagado, o dente esmagado; oh, meu Deus, meu Deus, esmagado!"

Então, virou-se para mim:

"Mas era o único que ele tinha?" – ele perguntou.

– Ele perguntou isso? – disse Cornelius, mais atento.

– "Você acha que não era o único?" – disse meu pai. – "Ok, vamos procurar os outros."

"Você vai procurar os outros" – gritou Jacob, agarrando meu pai pelo colarinho.

Mas logo o soltou.

Então, virou-se para mim:

"E o que disse o pobre jovem?" – ele perguntou.

– Eu sabia que essa resposta você me recomendou muito, para nunca deixar que suspeitassem o interesse que você tem no dente. Felizmente, meu pai me ajudou.

– O que ele disse? Ele se enfureceu?

– Eu a interrompi.

– Como ele poderia não se enfurecer – eu disse a ele – você foi muito brutal e injusto.

"Oh, aquilo! Você está louca?" – gritou meu pai por sua vez. – "A grande desgraça de esmagar um dente de tulipa! Existem centenas por um florim no mercado Gorcum."

"Mas talvez menos preciosos do que esse." – tive a infelicidade de responder.

– E com essas palavras, Jacob? – perguntou Cornelius.

– Com essas palavras, devo dizer, tive a impressão de que seus olhos brilharam.

– Sim – disse Cornelius – mas não foi só isso; ele disse alguma coisa?

– "Então, linda Rosa," – disse ele com voz doce – "você acha que esse dente é precioso?"

– Eu vi que tinha cometido um erro.

"O que eu sei?" – respondi casualmente – "Qual meu conhecimento sobre tulipas? Eu só sei, ai, já que estamos condenados a viver com os presos, sei que para os presos qualquer passatempo tem seu valor. O pobre sr. Van Baerle se distraía com esse dente. Oras, digo que é crueldade tirar essa diversão dele."

"Mas em primeiro lugar," – disse meu pai – "como ele conseguiu esse dente? Isso que se deve descobrir, me parece."

Desviei o olhar para evitar o dele. Mas eu encontrei os olhos de Jacob.

Era como se ele quisesse perseguir meus pensamentos até o fundo do meu coração.

Um movimento de humor muitas vezes dispensa uma resposta. Encolhi os ombros, virei de costas e caminhei em direção à porta.

Mas fiquei parada por uma palavra que eu ouvi, mesmo tendo sido falada em voz baixa.

Jacob disse ao meu pai:

"Não é difícil ter certeza, claro!"

"Como assim?"

"É só revistá-lo; se ele estiver com os outros dentes, nós os encontraremos, porque geralmente são três.

– São três! – gritou Cornelius. – Ele disse que eu tinha três dentes!

– Você entende, a palavra me atingiu como a você. Eu me virei.

Eles estavam tão entretidos que não viram meu movimento.

"Mas – disse meu pai – ele pode não estar com os dentes."

"Então, faça-o descer sob algum pretexto; durante esse tempo, irei vasculhar seu quarto.

– Oh! Oh! – disse Cornelius – Mas o seu sr. Jacob é um vilão.

– Eu estou com medo dele.

– Diga-me, Rosa – continuou Cornelius, pensativo.

– O quê?

– Você não falou que, quando preparava seu canteiro de flores, o homem a tinha seguido?

– Sim.

– Que ele havia deslizado como uma sombra atrás dos sabugueiros?

– Sem dúvida.

– Que ele não perdeu um de seus movimentos?

– Nenhum.

– Rosa – disse Cornelius, empalidecendo.

– O quê!

– Ele não estava seguindo você.

– Então a quem seguiu assim?

– Não é um admirador seu.

– De quem, então?

– Era meu dente que ele estava perseguindo; foi pela minha tulipa que ele se apaixonou.

– Ah! Por ser! Pode ser! – exclamou Rosa.

– Você quer ter certeza?

– E de que maneira?

– Oh! É algo muito fácil.

– Diga!

– Vá para o jardim amanhã; tente, como da primeira vez, fazer com que Jacob saiba que está indo para lá! Tente fazer que a siga como da primeira vez; finja enterrar o dente, saia do jardim, mas fique olhando da porta, e verá o que ele vai fazer.

– Certo! E depois?

– Depois? Conforme ele agir, nós agiremos.

– Ah! – Rosa disse suprimindo um suspiro – você gosta muito de seus dentes, sr. Cornelius.

– O fato é – disse o prisioneiro com um suspiro – que desde que seu pai esmagou o pobre dente, parece que uma parte da minha vida foi paralisada.

– Vamos ver! – disse Rosa – Quer experimentar uma coisa?

– O quê?

– Aceitar a proposta do meu pai?

– Qual proposta?

– Ele lhe ofereceu dentes de tulipa às centenas.

– Isso é verdade.

– Pegue dois ou três e, no meio desses dentes, você pode plantar o terceiro dente.

– Sim, seria bom – disse Cornelius, carrancudo – se seu pai estivesse sozinho; mas esse outro, esse Jacob, que nos espia...

– Ah! é verdade; no entanto, pense nisso! Acho que você vai se privar de uma grande distração.

E ela pronunciou essas palavras com um sorriso que não era inteiramente desprovido de ironia.

Na verdade, Cornelius refletiu por um momento, era fácil ver que ele estava lutando contra um grande desejo.

– Não! – gritou com um estoicismo bastante antiquado – Seria uma fraqueza, seria uma loucura, seria uma covardia! Se eu arriscasse aos caprichos da raiva e da inveja o último recurso que nos resta, seria um homem indigno de perdão. Não, Rosa, não! Amanhã, tomaremos uma resolução sobre sua tulipa; você a cultivará de acordo com minhas instruções; e quanto ao terceiro dente... – Cornelius suspirou profundamente – Quanto ao terceiro, guarde-o no armário! Guarde-o como um avarento guarda a sua primeira ou sua última peça de ouro, como a mãe guarda seu filho, como o ferido guarda a última gota de sangue de suas veias; guarde-o, Rosa! Uma coisa me diz que aí está a nossa salvação, que aí está a nossa riqueza! Guarde-o! E se o fogo do céu cair sobre Loevestein, jura-me, Rosa, que em vez de seus anéis, que, em vez de suas joias, que em vez desse chapéu dourado bonito que enquadra o seu rosto tão bem, jure por mim, Rosa, que pegará esse último dente, que contém minha tulipa negra.

– Fique calmo, sr. Cornelius – disse Rosa com uma doce mistura de tristeza e de solenidade. – Fique calmo, seus desejos são ordens para mim.

– E ainda, – continuou o jovem cada vez mais inflamado – se perceber que está sendo seguida, que suas ações são espionadas, que suas conversas despertam as suspeitas de seu pai ou desse hediondo Jacob que eu odeio; ah, Rosa, sacrifique-me na mesma hora, pois só vivo por você, que só tenho a você no mundo, sacrifique-me e não me veja mais.

Rosa sentiu seu coração apertar no peito; as lágrimas brotaram de seus olhos.

– Ai de mim! – ela disse.

– O quê? – perguntou Cornelius.

– Entendi uma coisa.

– O que foi?

– Entendi – disse a garota desatando a chorar – que você adora tanto as tulipas que não há mais espaço em seu coração para outros afetos.

E fugiu.

Cornelius teve, após a partida da jovem, uma das piores noites que já havia passado.

Rosa estava zangada com ele e tinha razão. Talvez ela nunca mais voltasse para ver o prisioneiro e ele não tivesse mais notícias, nem de Rosa, nem de suas tulipas.

Agora, como é que vamos explicar esse estranho personagem aos tulipeiros perfeitos que ainda existem neste mundo?

Admitimos, para vergonha do nosso herói e da horticultura, que dos seus dois amores, aquele pelo qual Cornelius se sentia mais inclinado a se arrepender, era o amor de Rosa, e por volta das 3h da manhã adormeceu atormentado pela fadiga, assediado por medos, cheio de remorso, a grande tulipa negra deu o lugar principal, em sonhos, para os olhos azuis tão doces da loura frísia.

XIX

Mulher e flor

Mas a pobre Rosa, trancada em seu quarto, não sabia com quem ou o que sonhava Cornelius.

Assim, pelo que ele havia dito, Rosa estava muito inclinada a acreditar que ele sonhava mais com a tulipa do que com ela, mas Rosa estava enganada.

Mas como ninguém estava lá para dizer a Rosa que ela se enganava, como as palavras do imprudente Cornelius caíram em sua alma como gotas de veneno, Rosa não sonhava e sim chorava.

Na verdade, como Rosa era uma criatura de espírito elevado, de um sentimento direito e profundo, era justa, não com suas qualidades morais e físicas, mas no que dizia respeito a sua posição social.

Cornelius era instruído, Cornelius era rico, ou pelo menos o fora antes do confisco de suas propriedades; Cornelius era da burguesia comercial, orgulhosa de suas lojas desenhadas, transformadas em brasão de armas, que jamais foram da nobreza de sangue e suas armas hereditárias. Cornelius poderia, portanto, achar que Rosa era boa para uma distração, mas certamente quanto a envolver o seu coração, seria antes a uma tulipa, ou seja, a mais nobre e orgulhosas das flores, do que a Rosa, a humilde filha de um carcereiro.

Rosa, portanto, entendia essa preferência que Cornelius dava à tulipa negra em relação a ela, mas ficava mais desesperada por entender.

Rosa tomara uma decisão naquela terrível noite, durante a insônia horrorosa pela qual passou.

Essa resolução era de não voltar à portinhola.

Mas conhecia o desejo ardente de Cornelius de ter notícias de sua tulipa, como não iria se dispor a ver um homem, por quem sentia piedade crescente a ponto de já ser simpatia e estar avançando a largos passos em direção ao amor; como não queria levar esse homem ao desespero, decidiu prosseguir com as aulas de leitura e de escrita já iniciadas e, felizmente, chegara ao ponto da aprendizagem em que um professor não era mais necessário se o mestre não se chamasse Cornelius.

Portanto, Rosa começou a ler ferozmente a Bíblia do pobre Corneille de Witt, sobre a qual na segunda folha, que se tornou a primeira quando esta foi rasgada, na segunda folha foi escrito o testamento de Cornelius van Baerle.

– Ah! – ela sussurrou relendo o que ela não vai terminar nunca sem uma lágrima, pérola de amor, rolando de seus olhos límpidos para suas bochechas desbotadas – Ah! Naquele tempo, ainda acreditava que ele me amava.

Pobre Rosa! Ela estava errada. O amor do prisioneiro nunca tinha sido mais real do que naquele momento, pois com vergonha, na luta entre a grande tulipa negra e Rosa, a flor tinha sucumbido.

Mas Rosa, repetimos, desconhecia a derrota da tulipa negra.

Assim, terminando sua leitura, operação que havia feito com grande progresso, Rosa pega a pena e vai, com dedicação não menos louvável, ao trabalho bem mais difícil de escrever.

Mas, como Rosa já escrevia quase de forma legível no dia em que Cornelius tão imprudentemente deixara seu coração falar, não precisou se desesperar para fazer progresso rápido o suficiente para em oito dias dar notícias de sua tulipa ao prisioneiro.

Ela não esqueceu uma palavra das recomendações que lhe tinha feito Cornelius. Aliás, Rosa nunca esqueceu uma palavra do que Cornelius disse a ela, mesmo quando isso não tomava a forma de uma recomendação.

Ele, por sua vez, descobriu-se mais apaixonado do que nunca. A tulipa ainda estava brilhante e viva em sua mente; mas, finalmente, não a via mais como um tesouro ao qual devia qualquer sacrifício, inclusive Rosa, mas como uma flor valiosa, uma maravilhosa combinação da natureza e da arte que Deus lhe deu para o corpete de sua amada.

Porém, durante todo o dia, uma onda de preocupação o perseguiu. Ele era como esses homens cujas mentes são fortes o suficiente para momentaneamente esquecer que grande perigo os ameaça naquela noite ou no dia seguinte. A preocupação derrotada, viviam a vida normal. Só que, de vez em quando, esse perigo esquecido de repente morde os corações com seus dentes afiados. Eles tremem, perguntam-se por que estavam assustados, então lembram do que tinham esquecido:

– Oh!, sim, – dizem com um suspiro – é isso!

Esse *o que* de Cornelius era o medo de que Rosa não viesse naquela noite, como de costume. E à medida que a noite avançava, a preocupação ia se tornando mais vívida e presente, até que, enfim, essa preocupação possuía o corpo de Cornelius, e nada mais vivia nele.

Portanto, foi com um longo batimento cardíaco que ele saudou a escuridão; à medida que a escuridão aumentava, as palavras que dissera na véspera a Rosa, e que tanto afligiam a pobre moça, voltaram-lhe mais vivamente à mente; e ele se perguntou como ele tinha sido capaz de dizer ao seu conforto para sacrificá-lo pela sua tulipa, ou seja, a desistir da visita se necessário, quando, a sua visão de Rosa tornara-se uma necessidade vital.

No quarto de Cornelius, podia-se ouvir o bater nas horas no relógio da fortaleza. Sete horas, 8 horas, e então 9 horas. Nunca o bronze vibrou mais nas profundezas de um coração do que quando o martelo desferiu o nono golpe para marcar a nona hora.

Tudo virou silêncio. Cornelius pousou a mão no coração para abafar as batidas e ficou ouvindo.

O som do passo de Rosa, o farfalhar de seu vestido nos degraus da escada, eram tão familiares que desde quando ela pisava no primeiro degrau, ele disse:

– Ah! Rosa está vindo.

Naquela noite, nenhum ruído perturbou o silêncio do corredor; o relógio marcava 9h15; em seguida, em dois sons diferentes, 9 horas e meia, depois, 9 e três quartos; então, finalmente, em sua voz profunda, anunciou não apenas às hostes da fortaleza, mas também aos habitantes de Loevestein, que eram 10 horas.

Era a hora em que Rosa costumava deixar Cornelius. A hora tinha chegado, e Rosa ainda não.

Portanto, seu pressentimento não tinha se enganado: Rosa, irritada, ficou em seu quarto e o abandonou.

– Oh! Bem mereci o que está acontecendo comigo – disse Cornelius. – Oh, ela não virá, e faz bem em não vir; em seu lugar, eu faria o mesmo.

Apesar disso, Cornelius escutou, esperou e ainda aguardou.

Ele ouviu e aguardou até meia-noite; mas à meia-noite deixou de ter esperança e, completamente vestido, foi se jogar na cama.

A noite foi longa e triste, depois chegou o dia; mas o dia não trouxe esperança ao prisioneiro.

Às 8 horas da manhã sua porta se abriu; mas Cornelius nem mesmo virou a cabeça; ouviu os passos pesados de Gryphus no corredor, mas sentiu perfeitamente que esse passo estava se aproximando sozinho.

Ele nem olhou para o carcereiro.

E, no entanto, queria muito o interrogar e pedir notícias de Rosa. Mas percebeu que esse pedido iria parecer estranho ao pai. Ele esperava, egoisticamente, que Gryphus lhe contasse que sua filha estava doente.

A menos que algo extraordinário acontecesse, Rosa nunca aparecia durante o dia. Cornelius, enquanto durou o dia, não esperou tanto, na verdade. Porém, os arrepios repentinos, o ouvido inclinado para a porta, os olhos velozes examinando a janela, vimos que o prisioneiro tinha a vaga esperança de que Rosa só tivesse cometido uma falha em seus hábitos.

Na segunda visita de Gryphus, Cornelius, contra todos seus precedentes, tinha perguntado ao velho carcereiro, em sua voz mais doce, seu estado de saúde; mas Gryphus, lacônico como um espartano, tinha apenas respondido:

– Está bem.

Na terceira visita, Cornelius alterou a forma da pergunta.

– Ninguém está doente em Loevestein? – ele perguntou.

– Ninguém! – disse Gryphus de forma mais concisa do que da primeira vez, fechando a porta na cara de seu prisioneiro.

Gryphus desacostumado a essas cortesias de Cornelius, tinha visto-as como o começo de tentativa de suborno de seu prisioneiro.

Cornelius se viu sozinho; eram 7h da noite; então, as ansiedades que tentamos descrever renovaram-se em um grau mais intenso do que no dia anterior.

Mas, como antes, as horas passaram sem trazer a doce visão que iluminava, através da janela, a cela do pobre Cornelius e que, ao se retirar, tirou a luz durante a sua ausência.

Van Baerle passou a noite em um verdadeiro desespero. No dia seguinte, Gryphus parecia mais feio, mais brutal, mais desesperado que o habitual. Havia lhe passado pela mente, ou melhor, pelo coração, a esperança de que fosse ele quem impedisse Rosa de vir.

Ele teve um desejo feroz de estrangular Gryphus; mas se Gryphus fosse estrangulado por Cornelius, todas as leis divinas e humanas proibiriam Rosa de ver Cornelius novamente.

O carcereiro escapou, sem suspeitar, de um dos maiores riscos que já correra na vida.

A noite chegou e o desespero se transformou em melancolia; essa melancolia era ainda mais sombria porque, infeliz Van Baerle, as lembranças de sua pobre tulipa se confundiam com a dor que ele sentia. Chegávamos na época de abril em que os jardineiros mais experientes indicam como o ponto preciso do plantio de tulipas. Ele havia dito a Rosa:

– Irei lhe dizer o dia em que você deve colocar o dente na terra.

No dia seguinte, decidiria que a data correta era no anoitecer posterior. O tempo estava bom, a atmosfera, embora ainda um pouco úmida, estava começando a ser temperada por aqueles pálidos raios do sol de abril que, vindos antes, pareciam mais suaves, apesar de sua palidez. Se Rosa deixasse passar o tempo de plantio! À dor de não ver a jovem se somava a de ver o dente abortar, por ter sido plantado tarde demais ou mesmo por não ter sido plantado!

Com essas duas dores reunidas, era certo que não quisesse beber e comer.

Assim chegou o quarto dia.

Era lamentável ver Cornelius, mudo de dor e pálido pela fome, a olhar para fora da janela gradeada, correndo o risco de não ser capaz de retirar a cabeça de entre as barras, para tentar ver o pequeno jardim à esquerda que Rosa havia mencionado, e cujo muro ladeava, segundo ela, o rio, na esperança de descobrir, com os primeiros raios do sol de abril, a jovem ou a tulipa, seus dois amores perdidos.

À noite, Gryphus recolheu o almoço e o jantar de Cornelius, que mal os tocara.

No dia seguinte, não tocou em nada, e Gryphus levou para baixo os comestíveis destinados a essas duas refeições perfeitamente intactos.

Cornelius não tinha se levantado o dia todo.

– Muito bem – disse Gryphus, ao descer depois dessa última visita – Acho que iremos nos livrar do cientista.

Rosa assustou-se.

– Bah! – disse Jacob – Como assim?

– Ele não bebe mais, não come mais, não se levanta mais – disse Gryphus. – Como o sr. Grotius, ele sairá daqui em um baú, só que esse baú será um caixão.

Rosa ficou pálida como a morte.

– Oh! – ela sussurrou – eu entendi, ele está preocupado com sua tulipa.

E levantando-se bastante deprimida, voltou para o seu quarto, onde pegou uma pena e um pouco de papel, e durante toda a noite praticou a escrita de cartas.

O dia seguinte, ao se levantar para se arrastar até a janela, Cornelius viu um papel que tinha sido empurrado sob a porta.

Ele correu para o papel, abriu-o e leu, em uma escrita que mal reconheceu como a de Rosa, pois ela havia melhorado na ausência:

"Fique tranquilo, sua tulipa está indo bem." Embora esse pequeno recado de Rosa tenha acalmado uma parte da dor de Cornelius, ele não foi menos sensível à ironia. Então era isso, Rosa não estava doente, Rosa estava ferida; não foi à força que Rosa deixou de vir, foi voluntariamente que se afastou de Cornelius.

Rosa era livre e encontrou na sua vontade a força para não ver quem morria de dor por não a ter visto.

Cornelius tinha o papel e o lápis que Rosa trouxera para ele. Ele percebeu que a menina estava esperando por uma resposta, mas que só buscaria a resposta à noite. Assim, escreveu em papel parecido com o que havia recebido:

"Não é a ansiedade por minha tulipa que me deixa doente; é a dor com que lamento não te ver."

Depois, Gryphus saiu, depois, a noite chegou, e ele enfiou o jornal por baixo da porta, onde ficou à escuta.

Mas, com toda a atenção em seus ouvidos, não escutou nem os passos nem o farfalhar do vestido dela.

Ele ouviu apenas uma voz fraca como uma respiração e suave como uma carícia, que lhe lançou essas duas palavras através da portinhola:

– Até amanhã.

Amanhã seria o oitavo dia. Durante oito dias, Cornelius e Rosa não tinham se visto.

XX

O QUE TINHA ACONTECIDO DURANTE ESSES OITO DIAS

E realmente, no dia seguinte, na hora de costume, Van Baerle ouviu alguém arranhando a portinhola, como Rosa costumava fazer nos bons dias de sua amizade.

Desconfiamos que Cornelius não estava muito longe da porta, na frente da grade por onde iria finalmente ver o belo rosto desaparecido por muito tempo.

Rosa, que o esperava com o lampião na mão, não se conteve ao ver o prisioneiro tão triste e pálido.

– Você não está bem, sr. Cornelius? – ela perguntou.

– Não, senhorita – respondeu Cornelius. – Não estou bem nem na mente nem no corpo.

– Vi, senhor, que não come mais – disse Rosa. – Meu pai me disse que você não se levanta mais; então, eu lhe escrevi para tranquilizá-lo sobre o destino do precioso item que o preocupa.

– E eu respondi – disse Cornelius. – Ao ver você voltar, querida Rosa, achei que tinha recebido minha carta.

– É verdade, recebi.

– Dessa vez, não pode usar a desculpa de não saber ler. Você não apenas está fluente na leitura, mas também melhorou enormemente do ponto de vista da escrita.

– Na verdade, não apenas recebi, mas li sua mensagem. Por isso que eu vim verificar se não há alguma maneira de restaurar sua saúde.

– Restaurar minha saúde! – exclamou Cornelius – Mas você tem boas notícias para me contar?

Ao falar assim, o jovem lançou seus olhos brilhantes de esperança para Rosa.

Ou ela não entendeu esse olhar ou não quis entendê-lo, pois a jovem respondeu gravemente:

– Só lhe preciso falar sobre a tulipa, que é, eu sei, a preocupação mais séria que você tem.

Rosa disse essas poucas palavras com um tom frio que fez Cornelius tremer.

O zeloso tulipeiro não entendia tudo o que escondia, sob o véu da indiferença, a pobre jovem ainda lutando com sua rival, a tulipa negra.

– Ah! – murmurou Cornelius – Ainda isso, ainda! Rosa, não falei, meu Deus, que só pensei em você, que só me arrependi por você, só senti falta de você, você que, com a sua ausência, me privou do ar, do dia, do calor, da luz, da vida.

Rosa sorriu melancolicamente.

– Ah! – ela disse – Mas sua tulipa correu um perigo tão grande.

Cornelius deu um pulo, apesar de si mesmo, e se permitiu ser pego na armadilha, se é que era uma.

– Um perigo tão grande! – exclamou, trêmulo – Meu Deus, o quê?

Rosa o olhou com terna compaixão, sentindo que o que queria estava acima das forças desse homem, e ela teria de aceitar sua fraqueza.

– Sim – ela disse – você estava certo, o admirador e pretendente, Jacob, não vem por mim.

– E para que vem, então? – perguntou Cornelius, ansioso.

– Ele estava vindo pela tulipa.

– Oh! – disse Cornelius, empalidecendo com a notícia mais do que empalideceu quando Rosa, enganada, anunciou quinze dias antes que Jacob vinha por ela.

Rosa viu esse terror, e Cornelius, percebendo na expressão em seu rosto que ela pensara no que acabamos de dizer.

– Oh! me perdoe, Rosa – disse ele – Conheço você, a bondade e a honestidade do seu coração. A você, Deus deu a razão, o julgamento, força e o movimento para se defender, mas para minha pobre tulipa ameaçada, Deus não deu nada disso.

Rosa não respondeu a essa desculpa do prisioneiro e continuou:

– A partir do momento em que esse homem, que me seguiu no jardim e que eu conhecia por Jacob, preocupou você, preocupou-me muito mais. Então fiz o que você me disse, desde o dia seguinte ao dia em que o vi pela última vez e você me disse...

Cornelius a interrompeu.

– Perdão, mais uma vez, Rosa! – ele exclamou. – O que eu disse a você, errei ao fazê-lo. Já pedi perdão por essa fala fatal. Eu o pedirei novamente. Será, portanto, sempre em vão?

– No dia depois daquele dia – disse Rosa – Me lembrei do que você me disse... o truque para me certificar se era a mim ou a tulipa que esse homem odioso seguia...

– Sim, odioso... Pois é – disse ele – Você odeia mesmo esse homem.

– Sim, eu o odeio – disse Rosa – porque ele é a causa do meu grande sofrimento por oito dias!

– Ah! Você também sofreu assim? Obrigado por essa palavra gentil, Rosa.

– No dia depois daquele dia infeliz, – continuou Rosa – desci para o jardim, e caminhei em direção ao limite, onde iria plantar a tulipa, sempre olhando para trás para ver se, como da outra vez, estava sendo seguida...

– Então? – perguntou Cornelius.

– Então, a mesma sombra deslizou entre a porta e o muro e desapareceu novamente atrás dos sabugueiros.

– Você fingiu não o ver, não é? – Cornelius perguntou, lembrando em todos os detalhes o conselho que ele tinha dado a Rosa.

– Sim, e eu me inclinei sobre o canteiro de flores que cavei com uma pá como se estivesse plantando o dente.

– E ele... ele... durante esse tempo?

– Eu vi seus olhos de fogo como os de um tigre brilhando através dos galhos das árvores.

– Viu? Viu? – disse Cornelius.

– Então, terminei esse fingimento e me retirei.

– Mas só para trás do portão do jardim, certo? Para poder ver o que ele iria fazer pelas fendas ou pela fechadura da porta.

– Ele esperou um momento, sem dúvida para se certificar de que eu não voltaria, saiu furtivamente de seu esconderijo, aproximou-se do canteiro por um longo desvio e finalmente chegou ao seu objetivo, bem na frente do lugar onde a terra tinha sido recentemente mexida. Parou com ar indiferente, observou de todos os lados, questionou cada canto do jardim, perguntou a cada janela das casas vizinhas, questionou a terra, o céu, o ar, e acreditando que estava sozinho, bem isolado, bem fora da vista de todos o mundo, correu até o canteiro, mergulhou as duas mãos na terra fofa, retirou um pedaço que delicadamente apertou entre as mãos para ver se o dente estava lá, iniciou a mesma ação três vezes, e cada vez com mais fúria, até que, por fim começando a entender que poderia ter se enganado, acalmou a agitação que o devorava, pegou o ancinho, nivelou o terreno para deixá-lo no mesmo estado em que se encontrava antes de revirá-lo, e, bastante envergonhado e frustrado, voltou para a porta, assumindo o ar inocente de um caminhante comum.

– Oh, o desgraçado – Cornelius sussurrou, enxugando as gotas de suor que escorriam de sua testa. Oh, o desgraçado! Eu sabia. Mas o dente, Rosa, o que você fez com ele? Ai de mim, que já está um pouco tarde para o plantio.

– O dente está no solo há seis dias.

– Como assim? O que você quer dizer? – gritou Cornelius. – Oh, meu Deus, que imprudência! Onde ele está? Em que terra? Está bem ou mal exposto? Será que não corre risco de ser roubado por aquele Jacob?

– Não corre o risco de ser roubado de nós, a menos que Jacob force a porta do meu quarto.

– Ah! ele está com você, está no seu quarto – disse Cornelius, um pouco mais tranquilo. – Mas em que terra, em que recipiente? Você não o faz germinar na água, como as boas mulheres de Harlem e Dordrecht insistem em acreditar que a água pode substituir a terra, como se a água, que é composta de trinta e três partes de oxigênio e sessenta e seis partes de hidrogênio, pudesse... Mas o que estou te dizendo, Rosa!

— Sim, é um pouco demais para mim — respondeu a jovem sorrindo — irei me contentar em lhe assegurar que o seu dente não está na água.

— Ah! Posso respirar.

— Está em um bom vaso de pedra, da largura do jarro onde você tinha enterrado o seu. Está em uma terra que consiste em três quartos de terra comum pega no melhor lugar do jardim e um quarto de terra da rua. Oh! Já ouvi tantas vezes de você e daquele infame Jacob, como você o chama, em que terra a tulipa deve crescer que a conheço como o melhor jardineiro de Harlem!

— Ah! Só falta a exposição. Como está exposto a luz, Rosa?

— Agora tem sol o dia todo, nos dias em que tiver sol. Mas quando sair da terra e sol estiver mais quente, farei o que você fez aqui. Vou expô-la em minha janela do nascente, das 8h da manhã até às 11h, e na minha janela do poente, das 3h da tarde às 5h.

— Oh, é isso, é isso! — gritou Cornelius — Você é uma jardineira perfeita, minha linda Rosa. Mas, pensando bem, cultivar minha tulipa vai tomar todo o seu tempo.

— Sim, é verdade. — disse Rosa — Mas não importa; sua tulipa é minha filha. Dou a ela o tempo que daria ao meu filho se eu fosse mãe. Talvez me tornando sua mãe, — disse Rosa sorrindo — possa deixar de ser sua rival.

— Boa e querida Rosa! — murmurou Cornelius, lançando um olhar para a jovem em que havia mais do amante do que do horticultor, e que consolou Rosa um pouco.

No final de um momento de silêncio, durante o tempo que Cornelius procurara entre as aberturas da grade a mão fugitiva de Rosa:

— Então, — Cornelius disse — já faz seis dias que o dente está na terra?

— Seis dias, sim, sr. Cornelius — retomou a jovem.

— E ele ainda não apareceu?

— Não, mas eu acho que amanhã ele irá aparecer.

— Amanhã à noite, você irá me dar notícias dele quando me der as suas, não? Estou muito preocupado com a criança, como disse; mas estou mais interessado na mãe.

— Amanhã — disse Rosa, olhando para Cornelius de lado. — Amanhã, eu não sei se eu vou poder.

— Oh, meu Deus! — disse Cornelius — Por que você não pode amanhã?

— Sr. Cornelius, tenho mil coisas a fazer.

— Enquanto eu só tenho uma — sussurrou Cornelius.

— Sim — Rosa respondeu — amar sua tulipa.

— Amar você, Rosa.

Rosa balançou a cabeça. Surgiu um novo silêncio.

— Enfim, — Van Baerle continuou, interrompendo este silêncio — tudo muda na natureza: às flores da primavera se sucedem outras flores, e vemos as abelhas, que ternamente acariciavam as violetas e os goiveiros, pousam o mesmo amor na madressilva, nas rosas, nos jasmins, nos crisântemos e nos gerânios.

— O que isso significa? — Rosa perguntou.

— Isso significa, senhorita, que você gostou de ouvir a história de minhas alegrias e tristezas; você acariciou a flor da nossa mútua juventude; mas a minha tem desbotado na sombra. O jardim de esperanças e prazeres de um prisioneiro tem apenas uma estação. Não são como aqueles lindos jardins ao ar livre e ao sol. Uma vez a colheita de maio feita, seu produto recolhido, as abelhas como você, Rosa, abelhas de fina cintura, antenas douradas e com asas diáfanas, passam entre as grades, abandonando o frio, a solidão, a tristeza, para ir a outro lugar encontrar os perfumes e as exalações cálidas... a felicidade, enfim!

Rosa olhou para Cornelius com um sorriso que ele não viu, pois tinha os olhos no céu. Ele continuou com um suspiro:

– Você me abandonou, sta. Rosa, para ter suas quatro estações de prazeres. Você fez bem, não estou reclamando; que direito eu tinha de exigir sua fidelidade?

– Minha lealdade! – gritou Rosa, em lágrimas e sem se dar ao trabalho de esconder de Cornelius as pérolas de orvalho que escorriam por sua face – Minha lealdade! Não fui leal a você?

– Ai de mim! É ser leal a mim – gritou Cornelius – me abandonar, me deixar morrer aqui?

– Mas, sr. Cornelius, – disse Rosa – não estou fazendo tudo para lhe agradar? Não cuido da sua tulipa?

– Ah, que amargura, Rosa! Você me reprova pela única alegria pura que eu tinha neste mundo.

– Eu não o reprovo por nada, sr. Cornelius, exceto pela profunda tristeza que senti no dia em que foi dito no Buitenhof que você seria condenado à morte.

– Você não gosta, Rosa, minha doce Rosa, você não gosta do meu amor pelas flores.

– Não é que eu não goste que você as ame, sr. Cornelius; só me entristece que as ame mais do que ama a mim mesma.

– Ah! Minha querida, minha bem-amada – chorou Cornelius. – Olhe para minhas mãos, como tremem. Olhe meu rosto, como está pálido. Ouça, ouça o meu coração como ele bate. Oras, isso não é porque minha tulipa negra me sorri e me chama; não, é porque você sorri para mim, é porque inclina a testa na minha direção; é porque... Eu não sei se isso é verdade, mas porque parece que, mesmo fugindo, suas mãos anseiam pelas minhas, e eu sinto o calor de suas belas faces por trás da grade fria. Rosa, meu amor, quebre o dente da tulipa negra, destrua a esperança dessa flor, extinga a luz suave desse sonho casto e encantador que me habituara a ter todos os dias; de mais flores em roupas ricas, a graça elegante, os caprichos divinos, tira-me tudo, flor ciumenta de outras flores, tira-me tudo isso, mas não me prive de sua voz, de seus gestos, do som de seus passos na escada, não tire o fogo de seus olhos no corredor escuro, a certeza de seu amor que acariciava perpetuamente meu coração; ame-me, Rosa, porque sinto que só amo a você.

– Depois da tulipa negra – suspirou a garota, cujas mãos calorosas e carinhosas consentiram finalmente em se envolver através da grade de ferro aos lábios de Cornelius.

– Acima de tudo, Rosa...

– É no que você acredita?

– Como acredito em Deus.

– Mas, você não se compromete muito ao me amar?

– Muito pouco, infelizmente, querida Rosa, mas isso compromete você.

– A mim? – perguntou Rosa – Me compromete a quê?

– A não se casar primeiro.

Ela sorriu.

– Ah! É assim que vocês são, seus tiranos. Você ama uma beldade: só pensa nela, só sonha com ela; você está condenado à morte, e ao caminhar para o cadafalso irá gastar seu último fôlego, e exigirá de mim, pobre menina, o sacrifício de meus sonhos, de minha ambição.

– Mas de que beldade você está falando, Rosa? – disse Cornelius, procurando em vão em suas memórias, uma mulher a quem Rosa poderia aludir.

– A beldade negra, senhor, a bela negra com uma cintura flexível, pés delgados e uma cabeça cheia de nobreza. Estou falando sobre sua flor, enfim.

Cornelius sorriu.

– Bela imaginação, querida Rosa, enquanto você, sem contar com seu admirador, ou melhor, o admirador Jacob, está rodeada de pretendentes que lhe fazem a corte. Não se lembra, Rosa, do que você me disse sobre os alunos, os oficiais, os funcionários em Haia? Bem, em Loevestein, não há alunos, oficiais e funcionários?

– Oh, olha que há, e até muitos – disse Rosa.

– Que escrevem?

– Que escrevem.

– E agora que você sabe ler...

Cornelius suspirou, pensando que era a ele, pobre prisioneiro, que Rosa devia o privilégio de ler as doces notas que recebia.

– Oras! – disse Rosa – Parece-me, sr. Cornelius, que ao ler as notas que me foram escritas, ao examinar os galantes que se apresentam, estou apenas seguindo suas instruções.

– Como assim, minhas instruções?

– Sim, suas instruções. Você se esqueceu – continuou Rosa, suspirando por sua vez – do testamento escrito por você, sobre a Bíblia do sr. Corneille de Witt. Eu não esqueci, e agora que posso ler, releio todos os dias, ou melhor ainda, releio duas vezes por dia. Então, nesse testamento, você pediu que amasse e se casasse com um homem jovem e bonito, entre 26 e 28 anos de idade. Estou procurando por ele, esse jovem, e como todo o meu dia é dedicado à sua tulipa, você deve me deixar à noite para encontrá-lo.

– Ah! Rosa, o testamento foi feito antevendo a minha morte, e, graças a Deus, estou vivo.

– Oras, portanto, não procurarei mais esse belo jovem entre 26 e 28 anos de idade e virei vê-lo.
– Ah, sim, Rosa, venha! Venha!
– Mas com uma condição.
– Aceito com antecedência!
– Por três dias não haverá mais nenhuma conversa sobre a tulipa negra.
– Não haverá mais nenhuma conversa sobre ela, nunca, se você exigir, Rosa.
– Ah! – disse a jovem – Não é preciso pedir o impossível.

E, como que por engano, ergueu a bochecha fria, tão perto da grade que Cornelius conseguiu tocá-la com os lábios.

Rosa deu um pequeno grito cheio de amor e desapareceu.

XXI

O SEGUNDO DENTE

A noite foi boa, e o dia seguinte melhor ainda.

Durante os dias anteriores, a prisão tinha ficado mais pesada, mais sombria, mais opressora; pesava com todo o seu fardo sobre o pobre prisioneiro. As paredes eram escuras, o ar estava frio, as grades estavam cerradas, mal deixando passar a luz do dia.

Mas quando Cornelius acordou, um raio de sol da manhã brincava nas grades; os pombos fendiam o ar com suas asas estendidas, enquanto outros arrulhavam amorosamente no telhado perto da janela ainda fechada.

Cornelius correu para essa janela e a abriu; pareceu-lhe que a vida, a alegria, quase a liberdade, entravam com esse raio de sol no quarto escuro.

Era o amor florescendo e florindo tudo ao seu redor: amor, flor do céu mais radiante, mais perfumada do que todas as flores da terra.

Quando Gryphus entrou no quarto do prisioneiro, em vez de encontrá-lo moroso e prostrado como nos outros dias, encontrou-o de pé e cantando um pouco de ópera.

– Huh! – disse este.

– Como estamos esta manhã? – disse Cornelius.

Gryphus o olhou de lado.

– O cachorro, e Jacob, e nossa linda Rosa, como estão todos?

Gryphus cerrou os dentes.

– Aqui está sua refeição – disse ele.

– Obrigado, amigo Cérbero – disse o prisioneiro – Chegou na hora certa, porque estou com muita fome.

– Ah! Você está com fome? – disse Gryphus.

– Sim, por que não estaria? – perguntou Van Baerle.

– É, parece que a conspiração está em marcha – Gryphus disse.

– Que conspiração? – perguntou Van Baerle.

– Boa! Sei o que disse, mas irei vigiar, senhor erudito; fique tranquilo, pois irei vigiar.

– Vigie, amigo Gryphus! – disse Van Baerle – Vigie! Minha conspiração, assim como minha pessoa, está inteiramente a seu serviço.

– Veremos isso ao meio-dia – disse Gryphus. E saiu.

– Ao meio-dia – repetiu Cornelius – O que ele quis dizer? De qualquer forma, vamos esperar até o meio-dia; ao meio--dia veremos.

Foi fácil para Cornelius esperar pelo meio-dia: Cornelius estava esperando pelas 9 horas.

O meio-dia soou e se ouviu sobre as escadas não só Gryphus, mas três ou quatro soldados subindo com ele.

A porta se abriu, Gryphus entrou, conduziu os homens e fechou a porta atrás deles.

– Agora, revistem.

Procuraram nos bolsos de Cornelius, entre o paletó e o colete, entre o colete e a camisa, entre a camisa e a pele; não se encontrou nada.

Procuraram nas cortinas, na colcha, no colchão da cama; não se encontrou nada.

Foi então que Cornelius se felicitou por não ter aceitado o terceiro dente. Gryphus, naquela revista, teria o encontrado com certeza, por mais bem escondido que estivesse, e o teria tratado como ao primeiro.

Curiosamente, jamais um prisioneiro assistiu com rosto mais sereno a uma busca feita em sua cela.

Gryphus retirou-se com o lápis e as três ou quatro folhas de papel que Rosa tinha dado ao Cornelius, o único troféu da expedição.

Às 6 horas, Gryphus voltou, mas sozinho; Cornelius queria amansá-lo, mas Gryphus rosnou, mostrou uma presa que tinha no canto da boca e recuou, como um homem com medo de ser forçado.

Cornelius começou a rir.

O que fez com que Gryphus, que conhecia os autores, gritasse pela grade:

– Então, então, quem ri por último ri melhor.

Quem riu por último, pelo menos naquela noite, foi Cornelius, pois Cornelius esperava Rosa.

Rosa chegou às 9 horas; mas veio sem lanterna. Rosa não precisava mais de luz, ela sabia ler.

A luz poderia denunciar Rosa, espionada mais do que nunca por Jacob.

E na luz também se veria a vermelhidão quando Rosa corava.

Sobre o que os dois jovens conversaram naquela noite? Sobre as coisas que falam os enamorados entre uma porta na França, entre duas varandas na Espanha, entre o térreo e o terraço no Oriente.

Eles falaram das coisas que colocam as asas no pé das horas, que colocam penas nas asas do tempo.

Eles falaram de tudo, exceto da tulipa negra.

Então, às 10 horas, como de costume, eles se separaram.

Cornelius estava feliz, tão completamente feliz quanto pode ser um tulipeiro a quem não se falou sobre sua tulipa.

Achava Rosa tão bonita como todos os amores da terra; achava que era boa graciosa, encantadora.

Mas por que Rosa proibiu-os de falarem sobre a tulipa?

Era um grande defeito que Rosa tinha ali.

Cornelius disse a si mesmo, com um suspiro, que a mulher não era perfeita.

Por uma parte da noite, meditou sobre essa imperfeição. Isso quer dizer que, enquanto vigiou, pensou em Rosa.

Ao adormecer, sonhou com ela.

Mas a Rosa dos sonhos era muito mais perfeita do que a Rosa da realidade. Não só falava sobre a tulipa, ainda trouxe para Cornelius uma magnífica tulipa negra florescendo em um vaso de porcelana.

Cornelius acordou todo trêmulo de alegria e sussurrando:

– Rosa, Rosa, eu te amo.

E, como já era dia, Cornelius nem pensou em dormir de novo.

Portanto, passou o dia todo com o pensamento que tivera ao acordar.

Ah! Se Rosa falasse sobre a tulipa, Cornelius teria preferido Rosa a rainha Semíramis, a rainha Cleópatra, a rainha Elizabeth, a rainha Anne da Áustria, ou seja, as maiores ou mais belas rainhas do mundo.

Mas Rosa tinha proibido sob pena de não voltar, Rosa tinha proibido que falassem da tulipa por três dias.

Seriam setenta e duas horas dadas ao amante, é verdade; mas setenta e duas horas tiradas do horticultor.

Era verdade que dessas setenta e duas horas, trinta e seis já haviam passado.

As outros trinta e seis passariam muito rapidamente, dezoito para esperar, dezoito para lembrar.

Rosa voltou na mesma hora; Cornelius suportou heroicamente sua penitência. Cornelius teria sido um pitagórico muito distinto, e desde que lhe fosse permitido pedir uma vez por dia notícias de sua tulipa, teria permanecido cinco anos, segundo os estatutos da ordem, sem não falar de outra coisa.

De resto, a bela visitante entendia bem que, ao exigir de um lado, deveria ceder de outro. Rosa deixou Cornelius passar os dedos pela grade; Rosa deixou Cornelius beijar seu cabelo através da grade.

Pobre criança! Todos esses doces de amor eram muito mais perigosos para ela do que falar de tulipas.

Ela entendeu isso quando chegou ao quarto, o coração aos pulos, as bochechas queimando, os lábios secos e os olhos úmidos.

Assim, na noite seguinte, após as primeiras palavras trocadas, após as primeiras carícias dadas, ela olhou para Cornelius através da grade e para a noite, com o olhar distante, que parece não enxergar:

– Então, ela se levantou!

– Ela se levantou! O quê? Quem? – perguntou Cornelius, não ousando acreditar que Rosa encurtaria sozinha a duração de sua penitência.

– A tulipa – disse Rosa.

– O quê! – exclamou Cornelius – você permite...?

– Sim – disse Rosa com o tom de uma mãe terna que permite uma alegria ao filho.

– Ah! Rosa! – disse Cornelius, esticando os lábios através da cerca, na esperança de tocar uma bochecha, uma mão, um rosto, algo, enfim.

Ele tocou melhor do que tudo isso, tocou dois lábios entreabertos.

Rosa deu um pequeno grito.

Cornelius sabia que tinha de se apressar para prosseguir a conversa, pois sentira que o contato inesperado havia aterrorizado muito Rosa.

– Levantou-se reta, certo? – ele perguntou.

– Reta como um fuso da Frísia – disse Rosa.

– E é muito alta?

– Pelo menos cinco centímetros de altura.

– Oh! Rosa, cuide bem dela e verá que vai crescer rápido.

– Como posso ter mais cuidado? – disse Rosa. – Só sonho com isso.

– Com ela, Rosa? Cuidado, sou eu quem vai ficar com ciúme dessa vez.

– Ei, você sabe muito bem que pensar nela é pensar em você. Eu não a perco de vista. Da minha cama eu a vejo; quando acordo, é o primeiro objeto que vejo; ao adormecer, o último objeto que perco de vista. Durante o dia, eu sento e trabalho perto dela, porque como ela está no meu quarto, nunca saio de lá.

– Você tem razão, Rosa, é seu dote, sabe.

– Sim, e graças a ela poderei me casar com um jovem entre 26 ou 28 anos que amarei.

– Cale-se, danadinha!E Cornelius conseguiu agarrar os dedos da jovem menina, o que causava, se não uma mudança de assunto, o silêncio do diálogo.

Naquela noite, Cornelius foi o mais feliz dos homens. Rosa deu-lhe a mão o tanto quanto ele pode segurá-la, e ele falou da tulipa à vontade.

A partir daquele momento, cada dia trouxe um progresso na tulipa e no amor dos dois jovens. Um dia foram as folhas se abrindo, outra vez foi a própria flor mesmo que se formara.

A essa notícia, a alegria de Cornelius foi grande, e suas perguntas sucederam com uma rapidez que mostrou sua importância.

– Formada! – gritou Cornelius – Ela está amarrada?

– Está formada – repetiu Rosa.

Cornelius cambaleou de alegria e foi forçado a se apoiar na portinhola.

– Ah, meu Deus! – ele exclamou. Em seguida, voltou-se para Rosa:

– O oval é regular? O cilindro está cheio? Os picos estão bem verdes?

– A forma oval tem quase 2,5 centímetros e se afunila como uma agulha, o cilindro infla seus lados, as pontas estão prontas a se entreabrir.

Naquela noite, Cornelius dormiu pouco: foi um momento supremo este em que as pontas estão prestes a se entreabrir.

Dois dias mais tarde, Rosa anunciou que estavam entreabertas.

– Entreaberto, Rosa! – gritou Cornelius – O invólucro está entreaberto! Mas então vemos, podemos já distinguir...?

E o prisioneiro parou de ofegar.

– Sim – respondeu Rosa. – Sim, percebe-se um filete de outra cor, fino como um fio de cabelo.

– E a cor? – disse Cornelius, tremendo.

– Ah! – Rosa respondeu – Ele é muito escuro.

– Marrom!

– Oh, mais escuro.

– Mais escuro, boa Rosa, mais escuro! Obrigado. Escuro como ébano, escuro como...

– Escuro como a tinta com a que lhe escreve.

Cornelius soltou um grito de alegria louca. Então, de repente, parou.

– Oh! – disse ele, apertando as mãos – Oh! Não há anjo que se compare a você, Rosa.

– Realmente! – Rosa disse, sorrindo com essa euforia.

– Rosa, você trabalhou tanto, Rosa, você fez tanto por mim; Rosa, minha tulipa vai florescer, e minha tulipa vai florescer negra! Rosa, Rosa, você é o que Deus criou de mais perfeito na terra!

– Após a tulipa, não?

– Ah! cale a boca, sua malvada, cale-se! Tenha pena e não estrague a minha alegria! Mas, diga-me, Rosa, se a tulipa está nesse ponto, no mais tardar em dois ou três dias irá florescer?

– Amanhã ou depois de amanhã, sim.

– Oh, e eu não vou vê-la – gritou Cornelius, inclinando-se para trás – E eu não vou beijá-la como uma maravilha de Deus para ser adorada, como beijo suas mãos, Rosa, o seu cabelo, as suas bochechas, quando por acaso, eles estão ao meu alcance.

Rosa aproximou sua bochecha, não por acaso, mas por vontade; os lábios da jovem ali se juntaram com avidez.

– Nossa, eu irei colhê-la se você quiser – disse Rosa.

– Ah! Não! Não, assim que abrir, coloque-a bem na sombra, Rosa, e nesse momento, no mesmo instante, envie mensagem a Harlem avisando o presidente da Sociedade de Horticultura que a grande tulipa negra floresceu. É longe, bem sei, Harlem, mas com dinheiro irá encontrar um mensageiro. Você tem algum dinheiro, Rosa?

Rosa sorriu.

– Oh sim! – ela disse.

– Quanto? – perguntou Cornelius.

– Tenho 300 florins.

– Oh, se você tem 300 florins, não é um mensageiro que você deve mandar, é você, Rosa, que deve ir a Harlem.

– Mas durante esse tempo, a flor...?

– Oh! A flor, você vai levá-la. Entenda que não deve se separar dela por um momento.

– Mas, ao não me separar dela, estou me separando de você, sr. Cornelius – disse Rosa entristecida.

– Ah! é verdade, minha querida, minha querida Rosa. Meu Deus! Quão perversos são os homens! O que eu fiz para eles? Por que me privaram da liberdade? Tem razão, Rosa, eu não poderia viver sem você. Então, você vai mandar alguém para Harlem, aí está; a minha fé é que o milagre seja grande o suficiente para o presidente se mexer; ele mesmo virá a Loevestein para procurar a tulipa.

Em seguida, parou tudo e em uma voz trêmula:

– Rosa! – murmurou Cornelius – Rosa! Se ela não for negra?

– Nossa, você vai saber amanhã ou no dia seguinte, à noite.

– Esperar até a noite para saber, Rosa! Vou morrer de impaciência. Não poderíamos concordar com um sinal?

– Eu farei melhor.

– O que você vai fazer?

– Se essa for a noite em que ela abrir, eu venho, vou lhe contar eu mesma. Se for durante o dia, virei à porta e colocarei um bilhete ou por baixo da porta ou pela portinhola, entre a primeira e a segunda inspeção do meu pai.

– Oh! Rosa, é isso! Uma palavra sua anunciando essa notícia para mim, isto é uma dupla felicidade.

– Já são 10 horas – disse Rosa – Devo ir.

– Sim! Sim! – disse Cornelius, sim! Vamos, Rosa, vamos!

Rosa se retirou quase triste.

Cornelius quase a mandara embora.

Verdade que foi para cuidar da tulipa negra.

XXII

Florescimento

A noite passou muito doce, mas ao mesmo tempo bem agitada para Cornelius. A cada momento parecia-lhe que a voz suave de Rosa o chamava; ele acordou com um sobressalto, foi até a porta e trouxe seu rosto mais perto da portinhola; a portinhola estava deserta, o corredor estava vazio.

Sem dúvida, Rosa estava velando por ela ao seu lado; mais feliz do que ele, ela cuidava da tulipa; tinha a nobre flor diante de seus olhos, aquela maravilha das maravilhas, não apenas ainda desconhecida, mas considerada impossível.

O que o mundo diria quando soubesse que a tulipa negra havia sido encontrada, que existia e que foi Van Baerle, o prisioneiro, quem a encontrou?

Como Cornelius teria mandado para longe dele um homem que lhe ofereceria a liberdade em troca de sua tulipa!

O dia chegou sem novidades. A tulipa ainda não havia florescido.

O dia passou como a noite.

A noite chegou, e com a noite uma Rosa alegre, uma Rosa leve como um pássaro.

– Então, então? – perguntou Cornelius.

– Oras, tudo está indo maravilhosamente bem. Esta noite, sem falta, sua tulipa vai florescer!

– E florescerá negra?

– Negra como o corvo.

– Sem uma única mancha de outra cor?

– Sem um único ponto.

– Deus do céu! Rosa, eu passei a noite em sonhos, com você em primeiro lugar...

Rosa fez um pequeno sinal de descrença.

– Em seguida, com o que devemos fazer.

– E então?

– Bem, isso é o que decidi. A tulipa, quando conferirmos que é negra, e completamente negra, você deve encontrar um mensageiro.

– Se for apenas isso, já tenho um mensageiro.

– Um mensageiro seguro?

– Um mensageiro com quem me correspondo, um de meus admiradores.

– Espero que não seja Jacob.

– Não, fique tranquilo. É o barqueiro de Loevestein, um jovem atento, que tem uns 25, 26 anos.

– Diabo!

– Calma! – disse Rosa rindo – Ele ainda não tem idade, pois você mesmo fixou a idade entre 26 e 28.

– Por fim, você acha que pode contar com esse jovem?

– Como contaria comigo; ele lançaria seu barco no Waal ou no Meuse, o que eu escolhesse, se eu mandasse.

– Bem, Rosa, em dez horas esse menino pode estar em Harlem. Me dê lápis e papel, melhor ainda seria pena e tinta, e eu escreverei, ou melhor, você escreverá. Se for eu, pobre prisioneiro, talvez visse, como seu pai vê, uma conspiração. Você vai escrever para o presidente da sociedade de horticultura, e tenho certeza de que o presidente virá.

– Mas e se ele atrasar?

– Suponha que demore um dia, até dois; mas é impossível, um amante de tulipas como ele não levará uma hora, nem um minuto, nem um segundo para vir ver a oitava maravilha do mundo. Mas, como disse, se demorar um dia, se demorar dois, a tulipa ainda estará em toda a sua glória. Com a tulipa vista pelo presidente, a ata feita por ele, tudo é dito, você fica com uma cópia da ata, Rosa, e lhe dará a tulipa. Ah, se pudéssemos levá-la nós mesmos, Rosa, ela só deixaria os meus braços para passar aos seus; mas é um sonho em que não se deve pensar – continuou Cornelius, suspirando – Outros olhos a verão florir. Oh, acima de tudo, Rosa, antes da chegada do presidente, não o deixe que ninguém a veja. A tulipa negra, meu Deus, se alguém a vir, irá roubá-la!

– Oh!

– Você mesma não me disse que teme aquele seu admirador, Jacob? Quando se rouba um florim, por que não roubar 100 mil?

– Irei ficar atenta, fique calmo.

– E se durante o tempo em que você está aqui, ela abrir?

– Aquela caprichosa é perfeitamente capaz disso – disse Rosa.

– E se você a encontrar aberta ao chegar em seu quarto?

– E daí?

– Ah, Rosa, no momento em que ela abrir, lembre-se: não haverá tempo a perder para avisar o presidente.

– E avisar você. Sim, eu entendo.

Rosa suspirou, mas sem amargura como uma mulher que começava a compreender a fraqueza, se não até se acostumar.

– Voltarei para perto da tulipa, sr. Van Baerle, e uma vez aberta, você será avisado; assim que você for notificado, o mensageiro partirá.

– Rosa, Rosa, não sei mais com que maravilha do céu ou da terra posso compará-la.

– Compare-me com a tulipa negra, sr. Cornelius, e ficarei muito lisonjeada, juro. Então, temos de nos despedir, sr. Cornelius.

– Oh, então diga: Adeus, meu amigo.

– Adeus, meu amigo – disse Rosa um pouco consolada.

– Diga: Meu amigo amado.

– Oh, meu amigo...

– Amado, Rosa, eu lhe peço, amado, amado... não é?

– Amado, sim, amado – respondeu Rosa emocionada, embriagada, extasiada.

– Então, Rosa, já que disse amado, diga também abençoado, diga abençoado como nunca homem jamais foi e bendito pelo céu. Só me falta uma coisa, Rosa.

– O quê?

– Sua bochecha, sua bochecha fria, sua bochecha rosada, sua bochecha aveludada. Oh! Rosa, por sua vontade, não mais de surpresa, não mais por acaso, Rosa. Ah!

O prisioneiro terminou sua oração com um suspiro; acabara de encontrar os lábios da moça, não mais por acaso, não mais por surpresa, como cem anos mais tarde Saint-Preux iria encontrar os lábios de Julie.

Rosa fugiu.

Cornelius permaneceu com a alma suspensa nos lábios, o rosto colado à portinhola.

Cornelius estava sufocando de alegria e felicidade, abriu a janela e olhou por um longo tempo, com o coração inchado de alegria, para o azul sem nuvens do céu, a lua que prateava os dois rios, fluindo por entre as colinas. Ele enche os pulmões com o ar generoso e puro, o espírito de doces ideias, a alma de gratidão e admiração religiosa.

– Oh, você ainda está aí em cima, meu Deus! – ele gritou, prostrado, os olhos ansiosamente atento às estrelas – Perdoe-me por quase ter duvidado de você nesses últimos dias; escondeu-se por trás das nuvens, e por um momento parei de vê-lo, bom Deus, Deus eterno, Deus misericordioso! Mas hoje, mas esta noite, mas esta noite, ah, vejo-o por inteiro no espelho de seus céus e acima de tudo no espelho do meu coração.

Ele estava curado, o pobre doente, ele estava livre, o pobre prisioneiro!

Por uma parte da noite Cornelius ficou pendurado nas barras de sua janela, ouvindo atentamente, focando seus sentidos em apenas um, ou melhor, apenas dois: olhou e escutou.

Ele olhou para o céu, ele ouviu a terra.

Seus olhos se voltavam de vez em quando para o corredor:

– Lá – disse ele – está Rosa, a Rosa que vela como eu, como eu espera minuto a minuto. Lá, sob os olhos de Rosa, está a flor misteriosa, que vive, que boceja, que se entreabre; talvez neste mesmo momento Rosa tenha o caule da tulipa entre seus dedos delicados e aquecidos. Toque esse caule suavemente, Rosa. Talvez ela toque o cálice entreaberto com os lábios. Toque com cuidado, Rosa. Rosa, seus lábios estão queimando. Talvez neste momento, meus dois amores se acariciem sob o olhar de Deus.

Nesse momento, uma estrela acendeu-se no Sul, cruzou todo o espaço que separava o horizonte da fortaleza e desabou sobre Loevestein.

Cornelius espantou-se.

– Ah! – ele disse – Aqui está Deus enviando uma alma para a minha flor.

E como se tivesse adivinhado, quase no mesmo instante, o prisioneiro ouviu no corredor sem luz os passos ligeiros, como os de uma sílfide, o farfalhar de um vestido que parecia a vibração de asas e uma voz bem conhecida que disse:

– Cornelius, meu amigo, meu querido e muito feliz amigo, venha, venha logo.

Cornelius foi da janela para a portinhola em um pulo. Desta vez, seus lábios se encontraram novamente com os lábios sussurrantes de Rosa, que lhe disse num beijo:

– Ela se abriu, ela é negra, aconteceu!

– Como é isso! – clamou Cornelius, descolando seus lábios dos lábios da jovem.

– Sim, devemos correr um pequeno risco para dar uma grande alegria; e agora, ei-la aqui.

E, com uma das mãos, ela ergueu até a altura da portinhola, uma pequena lanterna discreta, que ela acabara de acender; enquanto na mesma altura erguia a miraculosa tulipa com a outra.

Cornelius soltou um grito e pensou que ia desmaiar.

– Oh! – ele sussurrou – Meu Deus! Meu Deus, você me compensa pela minha inocência e pelo meu cativeiro, pois fez crescer estas duas flores na portinhola da minha prisão.

– Beije-a – disse Rosa – como eu a beijei mais cedo.

Cornelius prendendo a respiração tocou a ponta dos lábios na ponta da flor, e nunca beijo dado aos lábios de uma mulher, até mesmo os lábios de Rosa, entrou tão profundamente em seu coração.

A tulipa era linda, esplêndida, magnífica; seu caule tinha mais de 45 centímetros de altura e surgia do seio de quatro folhas verdes, liso, reto como pontas de lança; toda a sua flor era negra e brilhante como azeviche.

– Rosa – disse Cornelius, ofegante –, não há tempo a perder, você tem de escrever a carta.

– Está escrita, meu amado Cornelius – disse Rosa.

– Verdade?

– Quando a tulipa estava se abrindo, eu escrevi, pois não queria perder nem um momento. Veja a carta, e me diga se está boa.

Cornelius pegou a carta e leu, em um escrito que tivera ainda um grande progresso desde que recebera a breve mensagem de Rosa:

"Senhor presidente,

A tulipa negra abrirá em uns dez minutos. Assim que abrir, irei enviar um mensageiro para pedir-lhe vir em pessoa até a fortaleza de Loevestein. Sou filha do carcereiro Gryphus, quase tão prisioneira quanto os prisioneiros de meu pai. Portanto, não poderei levar essa maravilha até vocês. É por isso que ouso implorar que venha pessoalmente.

Meu desejo é que o nome dela seja Rosa Baerlensis.

Acabou de abrir; é perfeitamente negra... Venha sr. presidente, venha.

Tenho a honra de ser sua humilde serva.

ROSA GRYPHUS"

– É isso, é isso, querida Rosa. Esta carta é maravilhosa. Eu não a teria escrito com essa simplicidade. No congresso, você fornecerá todas as informações que lhe forem solicitadas. Saberão como a tulipa foi criada, quantos cuidados, vigílias e medos ela causou; mas, agora, Rosa, não há tempo a perder... O mensageiro! O mensageiro!

– Qual é o nome do presidente?

– Colocarei o endereço. Ah, ele é bem conhecido. É . o mestre Van Herysen, o prefeito de Harlem... Dê aqui, Rosa, dê.

E, com a mão trêmula, Cornelius escreveu sobre a carta:

"*Ao.mestre Peters van Herysen, prefeito e presidente da Sociedade de Horticultura de Harlem.*" – E agora vá, Rosa, vá – disse Cornelius – e nos coloquemos sob a proteção de Deus, que até agora nos protegeu tão bem.

XXIII

Os invejosos

Na verdade, os pobres jovens precisavam muito da proteção direta do Senhor.

Nunca estiveram tão perto do desespero como no exato momento em que acreditavam estar certos de sua felicidade.

Não vamos duvidar da inteligência de nosso leitor, pois este com certeza reconheceu em Jacob o nosso velho amigo, ou melhor, o nosso antigo inimigo, Isaac Boxtel.

O leitor, portanto, adivinhou que Boxtel tinha seguido, de Buitenhof até Loevestein, o objeto de seu amor e o objeto de seu ódio:

A tulipa negra e Cornelius Van Baerle.

Tudo o que qualquer outro tulipeiro, um invejoso ainda por cima, não seria capaz de descobrir, ou seja, a existência dos dentes e as ambições do prisioneiro, a inveja tinha feito Boxtel, se não descobrir, pelo menos adivinhar.

Vimos que fez, com mais sucesso sob o nome de Jacob do que com o nome de Isaac, fazer amizade com Gryphus, a quem regou o reconhecimento e a hospitalidade por alguns meses com o melhor gim já feito por Texel em Antuérpia.

Adormeceu suas suspeitas; como nós já vimos, o velho Gryphus estava desconfiado; adormeceu suas suspeitas, como dissemos, ao tentar se unir a Rosa.

Ele acariciou seus instintos de carcereiro, já tendo lisonjeado seu orgulho de pai. Acariciou seus instintos de carcereiro pintando com as cores mais sombrias o prisioneiro erudito que Gryphus mantinha fechado e que, de acordo com o falso Jacob, havia feito um pacto com Satanás para interferir com Sua Alteza o príncipe de Orange.

Tinha inicialmente sido tão bem-sucedido em relação a Rosa, não em inspirar sentimentos amigáveis, pois Rosa sempre gostou pouco do mestre Jacob, mas ao lhe falar de casamento e paixão louca, afastou todas as suspeitas que ela tinha tido.

Nós já vimos como sua imprudência de acompanhar Rosa no jardim o havia denunciado aos olhos da menina, e como os medos instintivos de Cornelius tinha colocado os dois jovens em guarda contra ele.

O que mais preocupou o prisioneiro, e nosso leitor deve se lembrar disso, foi a grande raiva que Jacob sentira contra Gryphus pelo dente esmagado.

Neste momento, essa raiva só não foi muito maior porque Boxtel suspeitava que Cornelius tivesse um segundo dente, com quase toda a certeza.

Foi então que passou a espionar Rosa e a seguiu, não só até o jardim, mas também pelos corredores.

E, como desta vez que a seguiu de noite e descalço, ele não foi visto, nem ouvido, só uma vez, quando Rosa pensou ter visto uma sombra sobre as escadas.

Mas era tarde, pois Boxtel tinha descoberto, pela boca do prisioneiro mesmo, a existência do segundo dente.

Depois da astúcia de Rosa, que tinha fingindo enterrá-lo no canteiro, e ele não duvidava que essa pequena comédia tivesse sido para forçá-lo a se trair, ele redobrou a precauções e pôs em jogo todos os truques de sua mente para manter-se espionando os outros sem ser espionado também.

Ele viu Rosa transportando um grande vaso de porcelana da cozinha de seu pai para seu quarto.

Ele viu Rosa lavar, com abundância de água, as belas mãos cheias da terra que tinha amassado para preparar a melhor cama possível para a tulipa.

Por fim, alugou, em um sótão, uma pequena sala em frente à janela de Rosa, longe o suficiente para que ela não pudesse reconhecê-lo a olho nu, mas perto o suficiente para que, com a ajuda do telescópio, pudesse acompanhar tudo o que estava acontecendo em Loevestein no quarto da jovem, como seguia em Dordrecht tudo o que acontecera no secador de Cornelius.

Estava apenas a três dias em seu sótão quando não teve mais dúvidas.

Na parte da manhã, ao nascer do sol, o vaso estava na janela, e, como aquelas adoráveis mulheres de Mieris e Metsu[7], Rosa apareceu na janela emoldurada pelos primeiros ramos verdejantes da videira e da madressilva.

Rosa olhou para o vaso com um olhar que denunciou a Boxtel o verdadeiro valor do objeto ali contido.

O que estava contido no pote, era, portanto, o segundo dente, ou seja, a suprema esperança do prisioneiro.

Quando as noites ameaçavam ser muito frias, Rosa recolhia o vaso.

---

[7] Frans van Mieris, o Velho (1635-1681), foi um pintor retratista holandês; Gabriel Metsu (1629-1667) pintava cenas históricas e retratos. Ambos de Leiden, Países Baixos.

Era isso: ela estava seguindo as instruções de Cornelius, que temia que o dente congelasse.

Quando o sol ficou mais quente, Rosa colocava o vaso para fora das 11h da manhã às 2h da tarde.

Era mesmo isso: Cornelius temia que a terra secasse.

Mas, quando a ponta da flor saiu do chão, Boxtel ficou completamente convencido; não era a altura de um polegar, mas, graças ao seu telescópio, o invejoso não tinha dúvidas.

Cornelius tinha dois dentes, e o segundo dente foi confiado ao amor e aos cuidados de Rosa.

Porque se pensarmos bem, o amor nascido entre os dois jovens não passou despercebido a Boxtel.

Era, pois, esse segundo dente que precisava afastar dos cuidados de Rosa e do amor de Cornelius.

Só que não foi fácil.

Rosa cuidava de sua tulipa como uma mãe cuidaria de seu filho; melhor do que isso, como uma pomba choca seus ovos.

Rosa não saia do quarto o dia todo; e ainda mais estranho, Rosa nunca saía de seu quarto à noite.

Durante sete dias, Boxtel espiou Rosa em vão; Rosa não saiu do quarto.

Isso foi durante os sete dias de afastamento que deixou Cornelius tão infeliz, desprovido de Rosa e de sua tulipa.

Rosa ficaria de mal para sempre com Cornelius? Isso teria tornado o roubo mais difícil do que pensara mestre Isaac.

Nós dizemos roubo porque Isaac tinha acabado de pensar nesse projeto de roubar a tulipa; e, como ela crescera no mais profundo mistério, com os dois jovens escondendo sua existência de todo o mundo, iriam acreditar nele, um tulipeiro reconhecido, ou em uma jovem menina alheia a todos os detalhes de horticultura ou em um prisioneiro condenado pelo crime de alta traição, guardado, vigiado, espionado e que a reivindicaria das profundezas de sua masmorra. Além disso, como ele seria o possuidor da tulipa e, para móveis e outros objetos transportáveis, a posse implica a propriedade, ele certamente receberia o prêmio e seria coroado no lugar de Cornelius, e a tulipa, em vez de ser chamada de *tulipa nigra Baerlensis,* seria chamada de *tulipa nigra Boxtellensis* ou *Boxtellea.*

Mestre Isaac não decidira qual desses dois nomes daria à tulipa negra; mas como os dois significavam a mesma coisa, não era um ponto importante.

O importante era roubar a tulipa.

Mas, para que Boxtel pudesse roubar a tulipa, era preciso que Rosa saísse de seu quarto.

Assim, foi com verdadeira alegria que Jacob ou Isaac, como quisermos, viu os encontros noturnos habituais serem retomados.

Começou aproveitando a ausência de Rosa para estudar sua porta.

A porta fechava-se bem e com duplo giro, por meio de uma fechadura simples, mas que só Rosa tinha a chave.

Boxtel teve a ideia de roubar a chave de Rosa, mas isso também não seria fácil mexer no bolso da jovem e se Rosa percebesse que perdera sua chave mudaria a fechadura e não sairia de seu quarto até a troca da fechadura, e Boxtel teria cometido um crime desnecessário.

Era melhor usar outro meio. Boxtel reuniu todas as chaves que pode encontrar e, enquanto Rosa e Cornelius passavam uma de suas ricas horas, testou todas.

Duas entraram na fechadura, uma deu a primeira volta e só parou na segunda.

Portanto, precisava fazer pouco com essa chave.

Boxtel a cobriu com uma leve camada de cera e repetiu o experimento.

O obstáculo que a chave havia encontrado na segunda rodada deixou a sua marca na cera.

Boxtel só precisou seguir essa impressão com a mordida de uma lima de lâmina tão estreita quanto a de uma faca. Com mais dois dias de trabalho, Boxtel fabricou a sua chave à perfeição.

A porta da Rosa se abriu sem barulho, sem esforço, e Boxtel se viu no quarto da jovem, cara a cara com a tulipa.

A primeira ação repreensível de Boxtel tinha sido pular o muro para desenterrar a tulipa; a segunda foi penetrar no secador de Cornelius por uma janela aberta; a terceira foi se introduzir no quarto de Rosa com uma falsa chave.

Como vimos, a inveja fez Boxtel avançar a passos largos na carreira do crime.

Boxtel encontrava-se, portanto, sozinho com a tulipa.

Um ladrão comum teria colocado o vaso debaixo do braço e o levado.

Mas Boxtel não era um ladrão comum, ele refletiu.

Ele pensou olhando para a tulipa, com sua lanterna abafada, que ainda não estava suficientemente avançada para ter a certeza de que floresceria negra, embora parecesse muito provável.

Ele pensou que se não florescesse negra, ou que, se florescesse, tivesse uma mancha, teria feito um roubo inútil.

Pensou que o rumor desse roubo iria se espalhar, iriam suspeitar do ladrão pelo que tinha acontecido no jardim, que iriam investigar, e que, de qualquer modo que escondesse a tulipa, iriam encontrá-lo.

Pensou que, se escondesse a tulipa de maneira a não ser encontrada, ele poderia, em todos os transportes que teria de se submeter, machucá-la.

Por fim, pensou que era melhor, já que ele tinha a chave do quarto de Rosa e poderia usá-la sempre que quisesse, pensou que era melhor esperar o florescer, para levá-lo uma hora antes ou uma hora depois de abrir, e partir no mesmo momento sem demora para Harlem, onde antes mesmo que reclamassem, a tulipa estaria ante dos juízes.

Portanto, seria à quem reclamasse que Boxtel acusaria de roubo.

Foi um plano bem concebido e digno em todos os sentidos de quem o concebeu.

Então, todas as noites, durante as doces horas que os jovens passavam na portinhola da prisão, Boxtel entrava no quarto da jovem rapariga, não para violar o santuário da virgindade, mas para monitorar o progresso da tulipa negra em sua floração.

Na noite em que chegamos, ele viria como nas outras noites; mas, como nós já vimos, os jovens trocaram apenas algumas palavras, e Cornelius tinha mandado Rosa embora para vigiar a tulipa.

Vendo Rosa entrar em seu quarto dez minutos depois de sair, Boxtel percebeu que a tulipa tinha florescido ou iria florescer.

Seria, portanto, durante a noite que a grande partida iria acontecer; então Boxtel se apresentou a Gryphus com um suprimento de gim dobrado, isto é, com uma garrafa em cada bolso.

Gryphus caído, Boxtel se tornaria senhor da casa em pouco tempo.

Por volta das 11 horas, Gryphus estava completamente bêbado. Às 2 horas da manhã, Boxtel viu Rosa sair de seu quarto, mas, obviamente, ela estava segurando em seus braços um objeto que carregava com cuidado.

Esse objeto era sem dúvida a tulipa negra que acabara de florescer.

Mas o que estava indo fazer com ela?

Iria para Harlem com ela agora?

Não era possível que uma jovem fizesse aquela viagem sozinha à noite.

Ela iria apenas mostrar a tulipa a Cornelius? Era provável.

Ele seguiu Rosa, descalço e sobre a ponta dos pés.

Ele a viu se aproximar da portinhola. Ele a ouviu chamar Cornelius.

Pela luz da lanterna abafada viu a tulipa aberta, negra como a noite em que estava escondida.

Ele ouviu todo o plano de Cornelius e Rosa para enviar um mensageiro a Harlem.

Viu os lábios dos dois jovens se tocarem e ouviu Cornelius enviar Rosa de volta.

Ele viu Rosa apagar a lanterna e voltar para seu quarto.

Viu quando entrou de volta em seu quarto.

Então ele a viu, dez minutos depois, sair de seu quarto e cuidadosamente trancar a porta com a chave dupla.

Por que ela estava fechando aquela porta com tanto cuidado? É porque atrás da porta trancara a tulipa negra.

Boxtel, que viu tudo isso escondido no patamar do piso superior ao quarto de Rosa, descia um degrau a cada um que Rosa descia.

Assim, quando Rosa tocou o último degrau da escada, seus pés leves, Boxtel, com a mão mais leve ainda tocou a fechadura do quarto de Rosa com a sua mão.

Nessa mão, devemos entender que estava a chave mestra que abria a porta da Rosa, nem mais nem menos facilmente do que a verdadeira.

Eis porque dissemos no início do presente capítulo que os pobres jovens tinham muita necessidade da proteção direta do Senhor.

XXIV

Onde a tulipa negra troca de mestre

Cornelius ficou no lugar onde o deixara Rosa, quase desnecessariamente buscando forças para suportar o duplo fardo da sua felicidade.

A meia hora passou.

Já os primeiros raios do dia vinham, azulados e frios, em meio às barras da janela da prisão de Cornelius quando ele se assustou de repente, com os passos que subiam as escadas e os gritos que se aproximavam dele.

Quase ao mesmo tempo, seu rosto encontrou o rosto pálido e triste de Rosa.

Ele deu um passo para trás, empalidecendo de medo.

– Cornelius! Cornelius! – choramingou Rosa, ofegante.

– O que foi? Por Deus! – perguntou o prisioneiro.

– Cornelius! A tulipa...

– Sim?

– Como posso dizer isso?

– Diga, diga, Rosa.

– Nós a perdemos, fomos roubados.

– Nós a perdemos, fomos roubados! – gritou Cornelius.

– Sim – Rosa disse, apoiando-se na porta para não cair. – Sim, perdida, roubada!

E, apesar disso, as pernas lhe falharam, ela escorregou e caiu de joelhos.

– Mas como assim? – perguntou Cornelius. – Diga-me, explique-me...

– Oh, não foi minha culpa, meu amigo.

Pobre Rosa! Ela não ousava dizer: meu amado.

– Você a deixou sozinha? – disse Cornelius com tom de lamento.

– Um único momento, para avisar o nosso mensageiro que fica a cinquenta passos de distância na borda do Waal.

– E durante esse tempo, apesar das minhas recomendações, você deixou a chave na porta, criança infeliz?

– Não, não, não, a chave não me deixou; fico com ela constantemente em minha mão, apertada como se eu tivesse medo de que ela escapasse.

– Mas então como foi feito?

– Como vou saber? Eu havia entregado a carta ao meu mensageiro; meu mensageiro partiu antes; eu entrei, a porta estava fechada; tudo estava em seu lugar no meu quarto, exceto a tulipa que havia desaparecido. Era preciso que alguém tivesse pegado uma chave para meu quarto, ou fizeram uma falsa.

Ela se engasgou, as lágrimas cortando suas palavras.

Cornelius, imóvel, suas feições transtornadas, ouvia quase sem entender, apenas murmurando:

– Roubada, roubada, roubada! Estou perdido.

– Oh! sr. Cornelius, perdão! Perdão! – Rosa chorou – Vou morrer.

Diante dessa ameaça de Rosa, Cornelius agarrou-se às grades da portinhola e as abraçou com fúria:

– Rosa – gritou ele – Fomos roubados, é verdade, mas será que devemos nos desesperar? Não, o infortúnio é grande, mas talvez reparável, Rosa; nós conhecemos o ladrão.

– Ai de mim! Como você quer que eu pense positivamente?

– Oh! Estou te dizendo, foi aquele infame do Jacob. Vamos deixá-lo levar para Harlem o fruto do nosso trabalho, o fruto da nossa vigília, o filho do nosso amor. Rosa, devemos persegui-lo, devemos encontrá-lo!

– Mas como fazer tudo isso, meu amigo, sem contar a meu pai que tínhamos um acordo? Como eu, uma mulher tão pouco livre, tão pouco habilidosa, como irei atingir esse objetivo, que talvez você mesmo não alcançasse?

– Rosa, Rosa, abra essa porta para mim e você vai ver se eu não consigo alcançá-lo. Vai ver se eu não encontro o ladrão e se não o farei confessar seu crime. Você verá se eu não o farei chorar por misericórdia!

– Ai de mim! – disse Rosa, arrebentando-se em soluços – Como posso abrir? Tenho as chaves aqui comigo? Se eu as tivesse, você já não estaria livre?

– Seu pai tem; seu infame pai, o carrasco que já me esmagou o primeiro dente da minha tulipa. Oh, o miserável, o miserável! Ele é cúmplice de Jacob.

– Mais baixo, mais baixo, em nome do Céu!

– Oh, se você não abrir para mim, Rosa, – gritou Cornelius em um paroxismo de raiva – irei forçar essa grade e matar todos que eu encontrar na prisão.

– Meu amigo, tenha piedade.

– Eu lhe digo, Rosa, que eu vou demolir esse calabouço pedra por pedra.

E o desafortunado, com suas duas mãos, que a raiva deu dez vezes mais força, sacudiu a porta com barulho, sem perceber os lampejos de sua voz que trovejavam ao pé da escada em espiral.

Rosa, apavorada, tentou em vão acalmar essa furiosa tempestade.

– Digo que vou matar o infame Gryphus – gritou Van Baerle – Digo que vou derramar o seu sangue, como derramou o da minha tulipa negra.

O infeliz estava começando a ficar louco.

– Bem, sim – disse Rosa, nervosa. – Sim, sim, mas acalme-se, sim, vou pegar as chaves, sim, e vou abri-la para você; sim, mas acalme-se, meu Cornelius.

Ela não terminou, um uivo proferido antes interrompeu sua frase.

– Meu pai! – Rosa exclamou.

– Gryphus! – rugiu Van Baerle – Ah! Vilão!

O velho Gryphus, com todo aquele barulho, tinha subido sem que ninguém pudesse ouvi-lo.

Ele agarrou sua filha na altura do pulso.

– Ah, você vai pegar minhas chaves – ele disse em uma voz embargada pela raiva. – Ah, este infame, este monstro, este conspirador que merece a forca é o seu Cornelius! Ah, você é conivente com os presos do Estado. Isso é bom!

Rosa o golpeou com as duas mãos em desespero.

– Oh! – Gryphus continuou passando da ênfase febril da raiva para a ironia fria do vencedor. Ah, o senhor tulipeiro inocente! Ah, o senhor gentil erudito! Ah, você vai me massacrar! Vai beber meu sangue! Muito bom! Só isso! E em cumplicidade com minha filha! Jesus! Mas estou, portanto, em um covil de ladrões; estou, portanto, em uma caverna de ladrões! Ah! O sr. governador saberá de tudo nesta manhã, e Sua Alteza, o *stadhouder* vai saber de tudo amanhã. Conhecemos a lei: "Quem se rebela na prisão (artigo 6)". Vamos dar-lhe uma segunda edição de Buitenhof, senhor, e a edição certa desta vez. Sim, sim, morda seus punhos como um urso enjaulado, e você, bela, coma seu Cornelius com os olhos. Eu vou adverti-los, meus cordeiros, que não vão mais ter a felicidade de conspirar juntos. Aqui, vamos descer, filha desnaturada. E você, senhor estudioso, adeus; fique calmo e adeus!

Rosa, louca de terror e desespero, mandou um beijo ao amigo; então, sem dúvida, iluminada por uma ideia repentina, lançou-se pela escada dizendo:

– Nem tudo está perdido ainda, conte comigo, meu Cornelius.

Seu pai a seguia aos gritos.

Quanto ao pobre tulipeiro, ele soltou gradualmente as grades que estavam segurando seus dedos convulsivos; sua cabeça pesava, seus olhos vacilavam em suas órbitas, e ele caiu pesadamente sobre o piso de seu quarto murmurando:

– Roubada, ela foi roubada de mim!

Enquanto isso, Boxtel deixou o castelo pela porta que a própria Rosa havia aberto. Boxtel, a tulipa negra envolta em uma grande capa, Boxtel se jogou em uma carroça que o esperava em Gorcum e desapareceu, sem ter, como podemos imaginar, avisado seu amigo Gryphus de sua partida apressada.

E agora que o vimos entrar em seu carro, vamos segui-lo, se o leitor concordar, até o final de sua jornada.

Ele avançava devagar; não se faz uma tulipa negra correr impunemente.

Mas Boxtel, temendo não chegar cedo o bastante, fabricou em Delft uma caixa toda forrada com espuma macia, na qual aninhou sua tulipa; a flor estava tão bem acomodada por todos os lados, só com o ar por cima, que a carroça poderia seguir a galope sem prejuízo.

Ele chegou na manhã seguinte a Harlem, exausto, mas triunfante, mudou a tulipa de vaso, removeu todos os vestígios do roubo, quebrou o vaso de porcelana e jogou os cacos em um canal, escreveu uma carta ao presidente da Sociedade de Horticultura em que anunciava que tinha acabado de chegar a Harlem com uma tulipa perfeitamente negra, mudou-se para uma boa hospedaria com sua flor intacta.

E lá esperou.

XXV

O presidente Van Herysen

Rosa, ao deixar Cornelius, tinha tomado uma decisão.

Iria devolver-lhe a tulipa roubada por Jacob, ou não o veria mais.

Ela tinha visto o desespero do pobre prisioneiro, um desespero duplo e incurável.

Na verdade, por um lado, era uma separação inevitável, pois Gryphus tinha descoberto o segredo do seu amor e dos seus encontros.

Por outro lado, foi a derrubada de todas as esperanças de ambição de Cornelius Van Baerle, esperanças alimentadas por sete anos.

Rosa era uma daquelas mulheres que não se abatem por nada, mas que, cheia de força contra um infortúnio supremo, encontrava nesse mesmo infortúnio a energia para combatê-lo ou o recurso que pode corrigi-lo.

A menina foi para casa, deu uma última olhada em seu quarto para ver se ela não havia se enganado, se a tulipa não estava em algum canto onde escapara de seus olhares. Mas Rosa procurou em vão, a tulipa ainda estava ausente, a tulipa ainda estava perdida.

Rosa fez um pequeno pacote de roupas necessárias, pegou seus 300 florins de poupança, ou seja, toda a sua fortuna, atrapalhou-se com a renda onde afundara o terceiro dente, escondeu o tesouro em seu peito, fechou a porta com duas voltas para demorar o máximo de tempo para abri-la quando sua fuga fosse descoberta, desceu as escadas, saiu da prisão pela porta que, uma hora antes, tinha dado saída para Boxtel, foi até um lugar onde se alugavam cavalos e pediu para alugar uma carruagem.

O locatário de cavalos tinha apenas uma carroça, exatamente aquela que Boxtel havia alugado no dia anterior e com a qual corria a caminho de Delft.

Dizemos na estrada para Delft, porque era necessário fazer um grande desvio para ir de Loevestein a Harlem; em voo de pássaro, a distância não teria sido a metade.

Mas só as aves podem viajar em linha reta na Holanda, o país mais cortado por rios, riachos, canais e lagos que existe no mundo.

Rosa foi forçada, portanto, a levar um cavalo, que lhe foi confiado facilmente: o locatário de cavalos sabia que Rosa era a filha do zelador da fortaleza.

Rosa tinha uma esperança, de encontrar o mensageiro, um bom e corajoso rapaz quem a levaria com ele e que lhe serviria de guia e apoio.

Na verdade, ela não tinha andado uma légua antes de vê-lo se esticando em um dos corredores de uma estrada charmosa que corria ao longo do rio.

Ela pôs o cavalo a trotar e juntou-se a ele.

O bom sujeito ignorava a importância de sua mensagem, mas estava indo tão bem como se soubesse disso. Em menos de uma hora, ele tinha já feito uma légua e meia.

Rosa levou de volta a nota que havia se tornado inútil e explicou-lhe a necessidade de que ela tinha dele. O barqueiro se colocou à sua disposição, prometendo ir tão rápido quanto o cavalo, se Rosa lhe permitisse descansar a mão, quer na garupa do animal ou na cernelha.

A jovem permitiu-lhe descansar a mão onde quisesse, desde que não se atrasasse.

Os dois viajantes já tinham saído há cinco horas e viajado mais de oito léguas, e o pai Gryphus ainda não suspeitava que a jovem tinha deixado a fortaleza.

Além disso, o carcereiro, homem de coração muito perverso, gostava do prazer de inspirar profundo terror à filha.

Mas enquanto ele se congratulava por ter uma bela história para o companheiro Jacob, Jacob também estava na estrada para Delft.

Só que, graças à sua carroça, já estava quatro léguas à frente de Rosa e do barqueiro.

Enquanto ele pensava que Rosa estava com medo ou zangada em seu quarto, Rosa estava ganhando o chão.

Ninguém, exceto o prisioneiro, estava onde Gryphus achava que estava.

Rosa tinha aparecido tão pouco nos aposentos de seu pai desde que começara a cuidar da tulipa, que só na hora da refeição, ou seja, ao meio-dia, que Gryphus notou que, considerando seu apetite, sua filha tinha ficado de mau humor por muito tempo.

Ele a chamou por um de seus carcereiros; em seguida, como o último desceu, anunciando que ele a tinha procurado e chamado em vão, resolveu procurá-la ele mesmo.

Ele começou indo direto ao seu quarto; mas por mais que batesse, Rosa não respondeu.

Mandou chamar o serralheiro da fortaleza; o serralheiro abriu a porta, mas Gryphus não encontrou Rosa assim como Rosa não tinha encontrado a tulipa.

Rosa, no presente momento, chegava a Rotterdam.

Assim, Gryphus não a encontrou na cozinha nem em seu quarto, muito menos no jardim.

Podemos imaginar a raiva do carcereiro quando, depois de ter procurado pela vizinhança, soube que sua filha havia alugado um cavalo, e como Bradamante ou Clorinda, partiu como uma verdadeira buscadora de aventuras, sem dizer para onde ia.

Gryphus subiu furioso até Van Baerle, ofendeu-o, ameaçou-o, sacudiu todos os seus poucos móveis, prometeu o calabouço, prometeu o fundo das catacumbas, ele prometeu fome e pauladas.

Cornelius, sem sequer ouvir o que dizia o carcereiro, deixou-se maltratar, insultar, ameaçar, permanecendo embotado, imóvel, oprimido, insensível a todas as emoções, morto a todos os medos.

Depois de procurar Rosa por todos os lados, Gryphus procurou Jacob, e como não o encontrou como não havia encontrado sua filha, suspeitou naquele momento, que Jacó a tinha levado.

No entanto, a jovem, depois de parar por duas horas em Rotterdam, estava a caminho novamente. Na mesma noite, dormiu em Delft e, no dia seguinte, chegou a Harlem, quatro horas depois de o próprio Boxtel chegar lá.

Rosa se fez levar imediatamente até o presidente da Sociedade Horticultora, o mestre Van Herysen.

Ela encontrou o cidadão digno em uma situação que não podemos deixar de descrever, sem falhar em todos os nossos deveres como pintor e historiador.

O presidente escrevia um relatório para o conselho da sociedade.

Esse relatório estava em papel grande e com a melhor caligrafia do presidente.

Rosa se fez anunciar com seu nome simples de Rosa Gryphus; mas esse nome, por mais sonoro que fosse, era desconhecido do presidente, e Rosa foi recusada. É difícil forçar as instituições na Holanda, país de diques e eclusas.

Mas Rosa não foi desencorajada, ela tinha uma missão e prometera a si mesma não se intimidar nem pelas recusas, nem pela brutalidade, nem por insultos.

– Diga ao senhor presidente – disse ela – que vim falar com ele sobre a tulipa negra.

Essas palavras, não menos mágicas que as famosas: *Abre-te, Sésamo* das *Mil e Uma Noites,* serviram de passaporte. Com essas palavras, ela entrou no escritório do presidente Van Herysen, que ela encontrou galantemente a caminho de encontrá-la.

Era um homenzinho de corpo pequeno, representando quase exatamente a haste de uma flor cuja cabeça formaria o cálice, dois braços longos e moles simulariam a folha oblonga dupla da tulipa, um certo balanço que lhe era costumeiro completava a sua semelhança com a flor quando se curva sob o sopro do vento.

Já dissemos que se chamava sr. Van Herysen.

– Senhorita – exclamou – você vem falar da parte da tulipa negra?

Para o presidente da Sociedade de Horticultura, a *tulipa nigra* era uma potência de primeira ordem, que poderia bem, em sua capacidade como rainha das tulipas, enviar embaixadores.

– Sim, senhor – respondeu Rosa – pelo menos eu vim para falar sobre ela.

— Ela está bem? – disse Van Herysen com um sorriso de terna reverência.

— Ai de mim, senhor, não sei – disse Rosa.

— Como? Já aconteceu algum infortúnio com ela?

— Muito grande, sim, senhor, não para ela, mas para mim.

— Qual?

— Ela foi roubada de mim.

— Eles roubaram a tulipa negra de você?

— Sim, senhor.

— Você sabe quem?

— Oh! Provavelmente, mas ainda não ouso acusar.

— Mas é fácil de verificar.

— Como assim?

— Depois que você foi roubada, o ladrão não deve estar longe.

— Por que não?

— Porque eu a vi não faz duas horas.

— Você viu a tulipa negra? – exclamou Rosa, avançando em direção ao sr. Van Herysen.

— Como eu a vejo, senhorita.

— Mas onde isso?

— Na casa do seu mestre, aparentemente.

— Do meu mestre?

— Sim. Você não está a serviço do sr. Isaac Boxtel?

— Eu?

— Sim, você.

— Mas por quem me toma, senhor?

– Mas por quem você me toma?

– Senhor, eu o tomo por quem você é, ou seja, pelo honorável sr. Van Herysen, prefeito de Harlem e presidente da Sociedade de Horticultura.

– E você veio falar comigo?

– Vim lhe dizer, senhor, que minha tulipa foi roubada de mim.

– Sua tulipa é a do sr. Boxtel. Então, você está se explicando mal, minha filha; não foi de você, mas do sr. Boxtel que roubaram a tulipa.

– Repito, senhor, não sei quem é o sr. Boxtel e que esta é a primeira vez que ouço falar dele.

– Você não sabe quem é o sr. Boxtel, e também tem uma tulipa negra?

– Mas há outra? – Rosa perguntou, tremendo.

– A do sr. Boxtel, sim.

– Como ela é?

– Negra, por Deus!

– Sem mancha?

– Sem uma única mancha, sem o menor ponto.

– E você tem essa tulipa? Ela está alojada aqui?

– Não, mas vai ficar aqui, porque tenho que mostrá-la ao comitê antes do prêmio ser concedido.

– Senhor – gritou Rosa – esse sr. Boxtel, esse sr. Isaac Boxtel, que diz ser o proprietário da tulipa negra...

– E o é de fato.

– Senhor, ele não é um homem magro?

– Sim.

– Careca?

– Sim.

– Com um olho caído?

– Eu acho que sim.

– Inquieto, curvado, pernas dobradas?

– Na verdade, você pinta o retrato, traço a traço, do sr. Boxtel.

– Senhor, a tulipa está em um pote de cerâmica azul e branco com flores amareladas que representa uma cesta nos três lados do pote?

– Ah! Quanto a isso, tenho menos certeza, olhei mais para a flor do que para o vaso.

– Senhor, é a minha tulipa, é a que foi roubada de mim; senhor, ela é minha propriedade; senhor, vim reivindicá-la aqui na sua frente.

– Oh! Oh! – disse o sr. Van Herysen, olhando para Rosa. – O quê? Você veio aqui para reivindicar a tulipa do sr. Boxtel? Por Deus, você é uma mentirosa ousada.

– Senhor, – disse Rosa, um pouco incomodada com essa descrição – não disse que vim reivindicar a tulipa do sr. Boxtel, disse apenas que vim reclamar a minha.

– Sua?

– Sim, a que eu plantei e criei eu mesma.

– Bem, vá encontrar o sr. Boxtel na Hospedaria do Cisne Branco e chegue a um acordo com ele; quanto a mim, como o caso parece-me tão difícil de julgar quanto o que foi trazido perante o falecido rei Salomão, e como não tenho a pretensão de achar que tenho sua sabedoria, contentar-me-ei em fazer o meu relatório, comprovando a existência da tulipa negra e recomendando o pagamento dos 100 mil florins ao seu inventor. Adeus, minha menina.

– Oh! Senhor, senhor! – Rosa insistiu.

– Apenas, minha menina – continuou Van Herysen – como você é bonita e jovem, e como ainda não foi pervertida, receba meu conselho. Tenha cuidado com este assunto, porque temos um tribunal e uma prisão em Harlem; e, ainda por cima, extremamente sensíveis sobre a honra de tulipas. Vamos, minha jovem, vamos. Sr. Isaac Boxtel, Hospedaria do Cisne Branco.

E o sr. Van Herysen, pegando sua bela pena, continuou seu relatório interrompido.

XXVI

Um membro da Sociedade de Horticultura

Rosa, desnorteada, quase louca de alegria e medo por saber que a tulipa negra foi encontrada, tomou o caminho da Hospedaria do Cisne Branco, sempre seguida pelo barqueiro, um forte jovem frísio, capaz devorar sozinho dez Boxtels.

Durante o trajeto, o barqueiro foi posto a par de tudo e não recuou da luta, caso esta houvesse; apenas, neste caso, tinha ordens para poupar a tulipa.

Mas, chegando ao Mercado Groote, Rosa parou de repente. Foi tomada por uma ideia súbita, semelhante à da Minerva de Homero, que agarrou os cabelos de Aquiles, quando a raiva iria ganhar.

– Meu deus! – ela sussurrou – Cometi um grave erro, posso ter perdido Cornelius, a tulipa e a mim! Acusei, levantei suspeitas. Eu sou apenas uma mulher, esses homens podem se unir contra mim, então estarei perdida... Oh! Eu, perdida, ninguém seria por Cornelius e pela tulipa!

Ela se recolheu por um momento.

– Se eu vou até Boxtel e não o reconhecer, se esse Boxtel não for Jacob, se for um outro amador que também descobriu a tulipa negra, ou se minha tulipa tiver sido roubada por outra pessoa e não por meu suspeito, ou se já passou por outras mãos, se eu não reconhecer o homem, mas unicamente a tulipa, como posso provar que a tulipa é minha? Por outro lado, se eu reconhecer esse Boxtel como o falso Jacob, quem sabe o que vai acontecer? Enquanto brigarmos, a tulipa vai morrer! Oh! Inspira-me, Virgem Santíssima! É sobre o meu destino na vida, é sobre o pobre prisioneiro que pode estar morrendo agora.

Feita a oração, Rosa esperou piedosamente pela inspiração que pedira do céu.

No entanto, um grande barulho borbulhou no fundo do mercado. As pessoas corriam, as portas se abriam; só Rosa estava alheia a todo esse movimento da população.

– Devo voltar ao presidente – murmurou ela.

– Vamos voltar – disse o barqueiro.

Eles pegaram a pequena rua de La Paille, que os levou direto para a casa de sr. Van Herysen, que, em sua mais bela caligrafia e com sua melhor pena continuava a trabalhar em seu relatório.

Em toda parte, ao passar, Rosa não ouvia nada além da tulipa negra e o prêmio de 100 mil florins; a notícia já corria pela cidade.

Rosa não teve problemas para entrar de novo na sala do sr. Van Herysen, que, como na primeira vez, ficou tocado com a palavra mágica da tulipa negra.

Mas, quando reconheceu Rosa, a quem ele tinha como louca ou pior, a raiva o tomou e a quis expulsar.

Mas Rosa juntou as mãos, e com o tom da verdade honesta que penetra nos corações:

– Senhor, – ela disse – em nome do céu! Não me expulse, em vez disso ouça o que vou lhe dizer, e se o senhor não puder me fazer justiça, pelo menos não será reprovado diante de Deus como cúmplice de uma má ação.

Van Herysen tremia de impaciência; era a segunda vez que Rosa o incomodava no meio da escrita em que colocava a dupla vaidade do prefeito e do presidente da Sociedade de Horticultura.

– Mas meu relatório! – ele gritou – Meu relatório sobre a tulipa negra!

– Senhor, – continuou Rosa, com a firmeza da inocência e da verdade – Senhor, o seu relatório sobre a tulipa negra vai se basear, se não me ouvir, em atos criminosos ou fatos errados. Peço-lhe, senhor, traga aqui, diante de você e de mim, esse sr. Boxtel, que sustento ser o sr. Jacob, e juro por Deus que lhe deixo a propriedade de sua tulipa, se eu não só reconhecer e a tulipa e seu dono.

– Por Deus, a beldade avança! – diz Van Herysen.

– O que você quer dizer?

– Eu lhe pergunto o que será provado quando você o reconhecer?

– Mas, afinal, – disse Rosa em desespero – o senhor é um homem honesto, senhor. Agora, se o senhor desse o prêmio a um homem por uma obra que ele não fez, e ainda por cima é uma obra roubada.

Talvez o tom de Rosa tivesse trazido alguma convicção ao coração de Van Herysen e ele fosse responder mais gentilmente à pobre menina, quando se ouviu um barulho alto na rua, que parecia pura e simplesmente ser o aumento do barulho que Rosa já ouvira, mas sem dar importância, no mercado de Groote, e que não a despertou de sua oração fervorosa.

Aplausos altos balançaram a casa.

O sr. Van Herysen ficou escutando os elogios, que Rosa primeiro achara que era um barulho qualquer, e mantinha essa opinião, de ser um barulho comum.

– O que é isso? – gritou o burgomestre – O que é isso? É possível que eu tenha ouvida corretamente?

E correu para a antessala, sem se preocupar mais com Rosa, que deixou em seu escritório.

Assim que chegou à sua antessala, o sr. Van Herysen soltou um grito alto ao ver o espetáculo de sua escada invadida até o vestíbulo.

Acompanhando, ou melhor seguindo a multidão, um jovem vestido de forma simples, com uma veste roxa de veludo bordada com prata, subia com nobre lentidão os degraus de pedra, brilhantes de brancura e limpeza.

Atrás dele andavam dois oficiais, um da marinha, o outro da cavalaria.

Van Herysen, colocando-se entre seus serviçais assustados, inclinou-se, prostrando-se quase antes do recém-chegado, que estava causando todo aquele barulho.

– Meu senhor, – gritou ele – Meu senhor, Vossa Alteza em minha casa! Uma honra brilhante jamais dada ao meu humilde lar.

– Caro senhor Van Herysen – disse Guilherme de Orange com uma serenidade que, nele, substituiu o sorriso – Sou um verdadeiro holandês, adoro a água, a cerveja e as flores, às vezes até o queijo que os franceses apreciam; entre as flores, as que prefiro são naturalmente as tulipas. Eu ouvi em Leiden que a cidade de Harlem finalmente conseguiu a tulipa negra, e depois de ter certeza de que era verdade, apesar de inacreditável, eu vim para pedir notícias ao presidente da Sociedade de Horticultura.

– Oh, meu senhor, meu senhor – disse Van Herysen, encantado – Que glória para a Sociedade se seu trabalho agrada a Vossa Alteza.

– Você tem a flor aqui? – disse o príncipe, que sem dúvida já se arrependia de ter falado tanto.

– Infelizmente, não, meu senhor, eu não a tenho aqui.

– E onde ela está?

– Com seu dono.

– Quem é esse dono?

– Um tulipeiro corajoso de Dordrecht.

– De Dordrecht?

– Sim.

– E o nome dele?

– Boxtel.

– Onde ele se hospeda?

– No Cisne Branco; mandarei chamá-lo. E se Vossa Alteza desejar me dar a honra de entrar no salão, ele se apressará, sabendo que o senhor está aqui, para trazer sua tulipa ao senhor.

– Isso é bom, pode chamá-lo.

– Sim, Sua Alteza. Somente...

– O quê?

– Oh! Nada importante, meu senhor.

– Tudo é importante neste mundo, sr. Van Herysen.

– Bem, senhor, surgiu uma dificuldade.

– Qual?

– A tulipa já está sendo reivindicada por usurpadores. É verdade que vale 100 mil florins.

– Verdade!

– Sim, meu senhor, por usurpadores, por falsificadores.

– Isso é um crime, sr. Van Herysen.

– Sim, Vossa Alteza.

– E você tem as evidências desse crime?

– Não, meu senhor, a culpada...

– A culpada, senhor?

– Quero dizer, aquela que reivindica a tulipa, senhor, está lá, na sala ao lado.

– Aí está! E o que você acha, sr. Van Herysen?

– Acho, senhor, que a isca dos 100 mil florins a terá tentado.

– E ela reivindica a tulipa?

– Sim, meu senhor.

– E o que ela diz, de sua parte, como prova?

– Eu estava prestes a questioná-la quando Vossa Alteza entrou.

– Vamos ouvir, sr. Van Herysen, vamos ouvir; eu sou o magistrado chefe do país, vou ouvir o caso e fazer justiça.

– Aqui encontrei o meu Rei Salomão – disse Van Herysen, curvando-se e mostrando o caminho ao príncipe.

Este iria na frente do seu interlocutor, mas parou de repente:

– Vá em frente – disse ele – e me chame de senhor.

Eles entraram no estúdio.

Rosa ainda estava no mesmo lugar, encostada na janela e olhando através das vidraças para o jardim.

– Ah! Uma frísia – disse o príncipe, percebendo o chapéu dourado e as saias vermelhas de Rosa.

Ela se virou com o barulho, mas mal conseguia ver o príncipe, que estava sentado no canto mais obscuro do aposento.

Toda a sua atenção, entende-se, foi para essa importante pessoa chamado Van Herysen, e não para esse humilde estranho que estava seguindo o mestre da casa, e que provavelmente não se chamava de senhor.

O humilde estranho tomou um livro na biblioteca e fez sinais para Van Herysen começar o interrogatório.

Van Herysen, ainda a convite do jovem de veste púrpura, sentou-se por sua vez, feliz e orgulhoso da importância que lhe era conferida:

– Minha jovem, – ele disse – você me promete a verdade, toda a verdade sobre essa tulipa?

– Prometo.

– Bem! Fale então na frente deste senhor, ele é um dos membros da Sociedade de Horticultura.

– Senhor, – disse Rosa – o que devo dizer que ainda não tenha dito?

– Então?

– Portanto, repito a vocês o pedido que fiz.

– Qual?

– Que o sr. Boxtel viesse aqui com sua tulipa; se não a reconhecer como minha, direi francamente; mas se eu a reconhecer, irei reclamá-la, mesmo que precise ir até Sua Alteza, o próprio *stadhouder*, minhas provas na mão!

– Portanto você tem provas, minha bela jovem?

– Deus, que conhece bem o meu direito, as fornecerá.

Van Herysen trocou um olhar com o príncipe, que, desde as primeiras palavras de Rosa, remexia suas memórias, como se não fosse a primeira vez que essa voz suave tinha atingido seus ouvidos.

Um oficial saiu para buscar Boxtel. Van Herysen continuou o questionamento.

– E em que – disse ele – você baseia essa afirmação de ser a dona da tulipa negra?

– Em uma coisa muito simples, eu que a plantei e cultivei em meu quarto.

– Em seu quarto, e onde fica seu quarto?

– Em Loevestein.

– Você está em Loevestein?

– Eu sou a filha do carcereiro da fortaleza.

O príncipe fez um pequeno movimento que queria dizer:

– Ah, é ela, agora lembro.

E enquanto fingia ler, olhava para Rosa com mais atenção ainda do que antes.

– E você gosta de flores? – Van Herysen continuou.

– Sim, senhor.

– Então, você é uma florista experiente?

Rosa hesitou um momento, então com um tom saído do fundo de seu coração:

– Senhores, eu falo com pessoas de honra? – ela disse.

O tom foi tão verdadeiro que Van Herysen e o príncipe responderam simultaneamente com um aceno afirmativo.

– Bem, não, não sou uma florista experiente, não! Sou uma mulher pobre do povo, uma camponesa pobre da Frísia, que três meses atrás ainda não sabia nem ler nem escrever. Não! A tulipa não foi criada por mim.

– E por quem foi?

– Por um pobre prisioneiro de Loevestein.

– Por um prisioneiro de Loevestein? – disse o príncipe.

Ao som daquela voz, foi Rosa que estremeceu.

– Ou seja, um prisioneiro de Estado – continuou o príncipe – Porque em Loevestein só há prisioneiros de Estado, certo?

Ele voltou a ler, ou ao menos a fingir que voltava a ler.

– Sim – Rosa sussurrou tremendo. – Sim, por um prisioneiro de Estado.

Van Herysen empalideceu ao ouvir uma confissão semelhante perante uma testemunha semelhante.

– Continue – Guilherme disse friamente ao presidente da Sociedade de Horticultura.

– Oh! senhor – disse Rosa, dirigindo-se para o homem que ela acreditava ser seu verdadeiro juiz – O que irei falar vai me incriminar muito a sério.

– Na verdade, – diz Van Herysen – os prisioneiros de estado devem ficar em segredo em Loevestein.

– Ai de mim, senhor.

– E pelo que você disse, parece que você teria se aproveitado de sua posição de filha do carcereiro e teria se comunicado com ele para cultivar as flores?

– Sim, senhor – murmurou Rosa, perturbada – Sim, tenho de admitir, eu o via todos os dias.

– Infeliz! – gritou o sr. Van Herysen.

O príncipe ergueu a cabeça ao observar o medo de Rosa e a palidez do presidente.

– Isso – disse ele em sua voz clara e tom firme – não é da conta dos membros dessa sociedade hortícola; eles têm de julgar a tulipa negra e não conhecem sobre crimes políticos. Continue, jovem, continue.

Van Herysen, com um olhar eloquente, agradeceu ao novo membro da sociedade de horticultura em nome das tulipas.

Rosa, tranquilizada por esse incentivo dado pelo desconhecido, relatou tudo o que havia acontecido naqueles três meses, tudo o que ela havia feito, tudo que havia sofrido. Ela falou da dureza da Gryphus, da destruição do primeiro dente, da dor do prisioneiro, das precauções tomadas de modo que o segundo dente brotasse bem, da paciência do prisioneiro, de sua angústia durante a sua separação; como ele quase morrera de fome porque não teve notícias de sua tulipa; da alegria que ele tinha experimentado em sua reunião, e, por fim, do desespero dos dois quando descobriram que a tulipa que acabara de florir tinha sido roubada uma hora após a sua floração.

Tudo isso foi dito com um tom de verdade que deixou o príncipe impassível, pelo menos em aparência, mas que não deixou de ter efeito no sr. Van Herysen.

– Mas – disse o príncipe – não faz muito tempo que você conhece o prisioneiro.

Rosa abriu os grandes olhos e olhou para o desconhecido, que se afundava nas sombras, como se quisesse fugir desse olhar.

– Por que diz isso, senhor? – ela perguntou.

– Porque faz apenas quatro meses que o carcereiro Gryphus e sua filha estão em Loevestein.

– É verdade, senhor.

– E, a menos que você tenha pedido a mudança de seu pai para seguir algum prisioneiro que foi transportado de Haia para Loevestein...

– Senhor! – disse Rosa, corando.

– Termine – disse Guilherme.

– Admito que conheci o prisioneiro em Haia.

– Prisioneiro feliz! – disse, sorrindo, Guilherme.

Nesse momento, o oficial enviado para pegar Boxtel voltou e disse ao príncipe que ele o seguia com sua tulipa.

XXVII

O TERCEIRO DENTE

O anúncio da volta de Boxtel mal havia sido feito quando Boxtel entrou na sala de estar do sr. Van Herysen em pessoa, seguido por dois homens carregando o precioso fardo em uma caixa, colocada sobre uma mesa.

O príncipe, advertido, deixou o estúdio, foi para a sala de visitas, admirou-a em silêncio, e assim voltou para tomar o seu lugar no canto escuro onde ele próprio tinha colocado sua cadeira.

Rosa, emocionada, pálida, cheia de terror, esperava que a chamassem para vê-la por sua vez.

Ela ouviu a voz de Boxtel.

– É ele! – ela exclamou.

O príncipe fez sinal para que fosse olhar a sala pela porta entreaberta.

– É a minha tulipa – gritou Rosa – É ela, eu a reconheço. Ó, meu pobre Cornelius.

E ela começou a chorar.

O príncipe se levantou, foi até a porta, onde ficou um momento sob a luz.

Os olhos de Rosa pousaram nele. Mais do que nunca, ela estava certa de que não era a primeira vez que tinha visto aquele estranho.

– Sr. Boxtel, – disse o príncipe – entre aqui.

Boxtel correu com entusiasmo e deu de cara com Guilherme de Orange.

– Vossa Alteza! – ele gritou, dando um passo para trás.

– Vossa Alteza! – Rosa repetiu, atordoada.

Quando essa exclamação foi feita à sua esquerda, Boxtel se virou e viu Rosa.

Nesse golpe de vista, o corpo do invejoso estremeceu como se tocasse uma pilha de Volta[8].

– Ah! – murmurou o príncipe, falando para si mesmo – Isso o perturbou.

Mas Boxtel, com um poderoso esforço sobre si mesmo, já havia se recuperado.

– Sr. Boxtel, – disse Guilherme – parece que encontrou o segredo da tulipa negra?

– Sim, meu senhor – respondeu Boxtel, com uma voz que deixava passar um pouco da sua inquietação.

É verdade que essa perturbação poderia da emoção que o tulipeiro sentiu ao reconhecer Guilherme.

– Mas – continuou o príncipe – aqui está uma jovem que afirma tê-la encontrado também.

---

[8] A pilha de Volta, também conhecida como pilha voltaica ou pilha galvânica, foi a primeira bateria elétrica construída em 1800 pelo físico italiano Alessandro Volta (1745-1827).

Boxtel sorriu com desdém e encolheu os ombros.

Guilherme acompanhou todos os seus movimentos com um interesse de notável curiosidade.

– Então, você não conhece esta jovem? – disse o príncipe.

– Não, meu senhor.

– E você, jovem senhora, você conhece o sr. Boxtel?

– Não, não conheço o sr. Boxtel, mas conheço o Sr. Jacob.

– O que você quer dizer?

– Eu quero dizer que, em Loevestein, aquele que aqui é chamado Isaac Boxtel dizia se chamar sr. Jacob.

– O que você diz disso, sr. Boxtel?

– Eu digo que esta jovem está mentindo, meu senhor.

– Você nega ter estado em Loevestein?

Boxtel hesitou; o olhar fixo e penetrante do príncipe o impediu de mentir.

– Não posso negar ter estado em Loevestein, senhor, mas nego ter roubado a tulipa.

– Você a roubou de mim, do meu quarto! – gritou Rosa, indignada.

– Eu nego.

– Escute, você nega ter me seguido até o jardim no dia em que preparei o canteiro de flores onde deveria enterrá-la? Você nega ter me seguido até o jardim onde fingi plantá-la? Você ter se apressado, após a minha saída, até onde você esperava encontrar o dente? Você nega ter vasculhado a terra com as mãos, mas desnecessariamente, graças a Deus, por que era apenas uma artimanha para conhecer suas intenções? Diga, você nega tudo isso?

Boxtel achou por bem não responder a essas várias questões. Mas deixou a discussão com Rosa e se voltou para o príncipe:

– Há vinte anos, senhor – disse ele –, cultivo tulipas em Dordrecht. Cheguei até a adquirir certa reputação nessa arte: um dos meus híbridos tem um nome ilustre no catálogo. Eu o dediquei ao rei de Portugal. Agora, aqui está a verdade. Esta jovem sabia que eu tinha encontrado a tulipa negra, e em conjunto com um certo amante que ela tem na fortaleza de Loevestein, esta menina formou o plano para me arruinar apropriando-se do valor de 100 mil florins que vou ganhar, espero, graças à sua justiça.

– Oh! – gritou Rosa, indignada de raiva.

– Silêncio – disse o príncipe.

Então, voltando-se para Boxtel:

– E quem é – diz ele – esse prisioneiro que você diz ser o amante desta jovem?

Rosa quase desmaiou, pois o prisioneiro era considerado pelo príncipe como um grande culpado.

Nada seria mais agradável para Boxtel do que essa questão.

– Quem é esse prisioneiro? – ele repetiu.

– Esse prisioneiro, meu senhor, é um homem cujo nome por si só irá revelar a Sua Alteza se pode ter fé em sua integridade. Esse prisioneiro é um criminoso de Estado, condenado uma vez à morte.

– E que se chama...

Rosa escondeu a cabeça com as duas mãos em um movimento desesperado.

– Que se chama Cornelius van Baerle – diz Boxtel – e que é afilhado do vilão Corneille de Witt.

O príncipe se espantou. Seu olhar calmo lançou uma chama, e o frio da morte se espalhou em seu rosto imóvel.

Ele se aproximou de Rosa e fez um gesto para que ela afastasse as mãos do rosto.

Rosa obedeceu, como teria feito sem ver uma mulher submetida a um poder magnético.

– Então foi para seguir esse homem que você veio me pedir em Leiden pela mudança de seu pai?

Rosa abaixou a cabeça e desabou, esmagada, murmurando:

– Sim, meu senhor.

– Continue – disse o príncipe a Boxtel.

– Nada tenho a dizer. – continuou este – Vossa Alteza sabe de tudo. Ora, eis o que eu fiz e não queria para não fazer esta menina corar por sua ingratidão. Fui para Loevestein porque meu negócio me chamou lá; conheci o velho Gryphus, eu me apaixonei por sua filha e a pedi em casamento, e como eu não era rico, imprudente que fui estava, eu lhe confiei a minha esperança de ganhar 100 mil florins; e para justificar essa esperança, mostrei a ela a tulipa negra. Então, como seu amante, em Dordrecht, para poder esconder os complôs que trama, fingia cultivar tulipas, todos os dois têm planejado a minha queda. Na véspera do desabrochar da flor, a tulipa foi retirada de minha casa por esta jovem, levada para seu quarto, onde tive a sorte de pegá-la de volta quando ela teve a audácia de mandar um mensageiro para anunciar aos senhores membros da Sociedade de Horticultura que havia encontrado a tulipa negra; mas ela não desanimou com isso. Sem dúvida, durante as poucas horas que ela a manteve em seu quarto, deve tê-la mostrado para algumas pessoas a quem irá chamar como testemunhas? Mas, felizmente, meu senhor, você está agora avisado contra esse complô e suas testemunhas.

– Oh, meu Deus! Meu Deus! Que infame! – Rosa gemeu em lágrimas, atirando-se aos pés do *stadhouder*, que, mesmo acreditando em sua culpa, teve pena de sua terrível angústia.

– Você agiu mal, mocinha, – disse ele – e seu amante será punido por tê-la aconselhado assim; como você é muito jovem e tem o ar de ser honesta, quero crer que o mal vem dele e não de você.

– Meu Senhor! Meu Senhor! – gritou Rosa – Cornelius não é culpado.

Guilherme fez um movimento.

– Não é culpado de aconselhar você. É isso que quer dizer, não é?

– Quero dizer, senhor, que Cornelius não é culpado do segundo crime que lhe imputa como também não é do primeiro.

– Do primeiro? E você sabe qual foi o primeiro crime? Você está ciente do que ele foi acusado e condenado? Ter, como cúmplice de Corneille de Witt, escondido a correspondência do grande pensionário e do marquês de Louvois.

– Oras, meu senhor, ele não sabia que estava com essa correspondência; ele o ignorava inteiramente. Ah, por Deus, ele teria me contado. Será que este coração de diamante poderia ter um segredo escondido? Não, não, senhor, repito, mesmo que eu incorra em sua raiva, Cornelius não é mais culpado do primeiro crime do que do segundo, e do segundo do que do primeiro. Oh, se você conhecesse meu Cornelius, meu senhor!

– Um De Witt! – exclamou Boxtel. – Ah, o senhor realmente não conhece, pois lhe concedeu a graça da vida por uma vez.

– Silêncio – disse o príncipe. – Todas essas coisas de estado, como eu já disse, não são de responsabilidade da Sociedade de Horticultura de Harlem.

Então, carrancudo:

– Quanto à tulipa, fique descansado, sr. Boxtel – ele acrescentou – a justiça será feita.

Boxtel curvou-se com o coração cheio de alegria e recebeu os parabéns do presidente.

– Você, jovem, – continuou Guilherme d'Orange –quase cometeu um crime, não irei puni-la por isso; mas o verdadeiro culpado vai pagar por vocês dois. Um homem com seu nome pode conspirar, até trair... mas não deve roubar.

– Roubar! – gritou Rosa – Roubar! Ele, Cornelius, oh, senhor, tome cuidado; ele morreria se ouvisse suas palavras! Suas palavras o mataria com mais certeza do que a lâmina do carrasco em Buitenhof. Se tem sido um roubo, meu senhor, eu juro, este é o homem que cometeu.

– Prove – disse Boxtel friamente.

– Bem, sim. Com a ajuda de Deus, eu provarei – disse a frísia com energia.

Em seguida, voltando-se para Boxtel:

– A tulipa era sua?

– Sim.

– Quantos dentes ela tinha?

Boxtel hesitou um momento; mas entendeu que a jovem não faria essa pergunta se só existissem dois dentes.

– Três – disse ele.

– O que foi feito destes? – Rosa perguntou.

– O que foi feito?... Um falhou, o outro deu a tulipa negra...

– E o terceiro?

– O terceiro?

– O terceiro, cadê?

– O terceiro está em minha casa – disse Boxtel, confuso.

– Em sua casa? Onde? Em Loevestein ou em Dordrecht?

– Em Dordrecht – disse Boxtel.

– Você está mentindo! – Rosa exclamou. – Meu senhor – disse ela, virando-se para o príncipe, a verdadeira história desses três dentes quem irá contar serei eu. O primeiro foi esmagado pelo meu pai no quarto do prisioneiro, e este homem sabe, porque ele esperava agarrá-lo, e quando ele viu suas esperanças frustradas, ele quase brigou com meu pai. O segundo, cuidado por mim, virou a tulipa negra, e o terceiro, o último, (a menina o tirou do peito), o terceiro está aqui, no mesmo papel que envolvia com os dois outros quando, no momento de subir ao cadafalso, Cornelius van Baerle me deu os três. Aqui, meu senhor, aqui.

E Rosa, retirando o dente do papel que o envolvia, estendeu-o para o príncipe, que o tirou de suas mãos e examinou-o.

– Mas, senhor, essa jovem não poderia tê-lo roubado como a tulipa? – gaguejou Boxtel, assustado com a atenção com que o príncipe examinava o dente e principalmente com a que Rosa lia alguns traços desenhados no papel que ficou nas suas mãos.

De repente, os olhos da jovem pegaram fogo, ela releu de um só fôlego este papel misterioso, e, proferindo um grito, entregou o papel para o príncipe:

– Oh! leia, senhor – ela disse – Em nome do céu, leia!

Guilherme passou o terceiro dente ao presidente, pegou o papel e leu.

Guilherme apenas jogou os olhos sobre a folha e cambaleou; sua mão tremia como se fosse deixar cair o papel; seus olhos assumiram uma expressão assustadora de dor e pena.

Esta folha, que lhe veio da mão de Rosa, era a página da Bíblia que Corneille tinha enviado para Dordrecht por Craeke, o mensageiro de seu irmão Jean, rogando a Cornelius que queimasse a correspondência do grande pensionário com Louvois.

Esta mensagem, como devemos lembrar, foi concebida assim:

"Caro afilhado,

Queime o pacote que lhe dei, queime-o sem vê-lo, sem abri-lo, de modo que permaneça desconhecido para si mesmo. Os segredos que contém são do tipo que matam quem os guarda. Queime-o e você vai ter salvo Jean e Corneille.

Adeus e me ame.

20 de agosto de 1672.

CORNEILLE DE WITT."

Essa folha era ao mesmo tempo a evidência da inocência de Van Baerle e seu título de propriedade do dente da tulipa.

Rosa e o *stadhouder* trocaram um único olhar.

O de Rosa dizia: "Veja bem!"

O do *stadhouder* significava: "Faça silêncio e espere!"

O príncipe enxugou uma gota de suor frio que acabara de escorrer da sua testa até a bochecha. Ele lentamente dobrou o papel, deixando seu olhar mergulhar com seu pensamento naquele abismo sem fundo e indefeso chamado de arrependimento e vergonha do passado.

Logo, levantou a cabeça com esforço:

– Vamos, senhor Boxtel, – disse ele – a justiça será feita, como prometi.

Em seguida, para o presidente:

– Você, meu caro sr. Van Herysen, – acrescentou – mantenha aqui esta jovem e a tulipa. Adeus.

Todos se curvaram, e o príncipe saiu curvado sob o enorme barulho de vivas dos populares.

Boxtel voltou ao Cisne Branco, muito atormentado. O papel que Guilherme tinha recebido das mãos de Rosa, que tinha lido, dobrado e colocado em seu bolso com tanto cuidado, esse papel o preocupava.

Rosa foi até a tulipa, beijando religiosamente a folha, e se confiou por inteiro a Deus, murmurando:

– Meu Deus! Sabia então o propósito para meu bom Cornelius me ensinar a ler?

Sim, Deus sabia, já que é ele quem pune e que recompensa os homens de acordo com seus méritos.

XXVIII

A CANÇÃO DAS FLORES

Enquanto transcorriam os acontecimentos que acabamos de descrever, o infeliz Van Baerle, esquecido no quarto da fortaleza de Loevestein, sofreu de Gryphus tudo que um prisioneiro poderia sofrer quando o carcereiro resolve se transformar em carrasco.

Gryphus não recebeu nenhuma notícia de Rosa, nenhuma notícia de Jacob, Gryphus estava convencido de que tudo que lhe aconteceu era obra do diabo, e que o dr. Cornelius van Baerle era o enviado do diabo na terra.

Como resultado, em uma bela manhã, era o terceiro dia desde o desaparecimento de Jacob e de Rosa, ele foi até o quarto de Cornelius mais furioso do que de costume.

Este último, com ambos os cotovelos descansando sobre a janela, com a cabeça apoiada nas duas mãos, o olhar perdido no horizonte enevoado onde os moinhos de vento de Dordrecht batiam suas asas, inalou o ar para reprimir as lágrimas e evitar que sua filosofia evaporasse.

Os pombos ainda estavam lá, mas a esperança se fora; e o futuro estava perdido.

Ai dele! Rosa, vigiada, não podia mais vir. Só podia escrever, e se ela escrevia, como poderia entregar suas cartas?

Não. Ele tinha visto fúria e malignidade demais nos olhos do velho Gryphus para que sua vigilância se amenizasse por um momento, e então, além da prisão, além da ausência, ela talvez tivesse sofrido piores tormentos. Esse brutal, esse patife, esse bêbado, não se vingaria à maneira dos pais do teatro grego? Quando o gim lhe subia ao cérebro, não dava ao seu braço, bem consertado por Cornelius, a força dos dois braços e uma vara?

Essa ideia, de que Rosa talvez tenha sido maltratada, exasperou Cornelius.

Sentiu sua inutilidade, sua impotência, seu nada. Ele se perguntou se Deus achava justo tantos males para duas criaturas inocentes. E certamente nesses momentos ele duvidou. O infortúnio não o tornou crédulo.

Van Baerle tinha bem planejada a ideia de escrever a Rosa. Mas onde estava Rosa?

Ele teve a ideia de escrever a Haia para evitar que Gryphus provavelmente arranjasse com uma denúncia novas tempestades sobre a cabeça.

Mas com o que escrever? Gryphus lhe tinha tomara lápis e papel. Além disso, se os tivesse, certamente não seria Gryphus que iria cuidar da sua carta.

Então, Cornelius passou e repassou sua cabeça todos os truques empregados pelos prisioneiros.

Ele pensou em uma fuga, algo que ele ainda não tinha pensado, não enquanto podia ver Rosa todos os dias. Porém, quanto mais pensava nisso, mais impossível parecia. Era uma daquelas naturezas eleitas que têm horror ao ordinário, que muitas vezes perdem todas as boas oportunidades da vida, por não ter trilhado o caminho do vulgar, esse grande caminho dos medíocres, e que os leva a tudo.

"Como poderia – disse Cornelius a si mesmo – escapar de Loevestein, de onde o sr. De Grotius fugiu? Desde essa fuga não previram tudo? As janelas não estão protegidas? As portas não são duplas ou triplas? Os guardas não são dez vezes mais vigilantes?

E, além das janelas, das portas, dos guardas, não tenho um infalível Argos, um Argos ainda mais perigoso pois vê com os olhos do ódio, Gryphus?

E, por fim, não há uma circunstância que me paralisa? A ausência de Rosa. Quando utilizo dez anos da minha vida para fazer uma lima para serrar as minhas grades, trançar as cordas para descer através da janela, ou colocar minhas asas sobre os meus ombros para voar longe como Dédalos... Mas estou em um período de má sorte! A lima ficará sem corte, a corda se partirá, minhas asas derreterão ao sol. Eu vou me ferir gravemente. Ficarei coxo, maneta, sem pernas. Eles vão me classificar no museu de Haia entre o gibão manchado com o sangue de Guilherme, o Taciturno, e a mulher marinha recolhida em Stavoren, e minha tentativa terá como resultado me dar honra de fazer parte das curiosidades da Holanda.

Mas não, e isso é melhor, um belo dia, Gryphus vai me enlouquecer. Estou perdendo a paciência, desde que perdi minha alegria e a companhia de Rosa e, principalmente, depois que perdi minhas tulipas. Não há dúvida de que um dia qualquer, Gryphus me atacará de forma sensível à minha vaidade, ao meu amor e à minha segurança pessoal. Tenho sentido, desde meu confinamento, um vigor estranho, ranzinza e insuportável. Tenho ânsia de lutar, apetite para a batalha, uma sede incompreensível de conflito. Irei saltar na garganta desse velho vilão, e irei estrangulá-lo!"

Cornelius, com essas últimas palavras, parou por um momento, sua boca contraída, seus olhos fixos.

Voltou ansiosamente em sua mente a um pensamento que lhe sorriu.

"Ei! – continuou Cornelius – Com Gryphus estrangulado, por que não pegar as chaves? Por que não descer as escadas como se tivesse acabado de cometer uma ação das mais virtuosas? Por que não explicar a ela o que aconteceu e pularmos a janela para o Wahal? Certamente posso nadar muito bem por nós dois. Rosa! Mas, meu Deus, esse Gryphus é seu pai; ela nunca irá me aprovar, matará qualquer afeto que tenha por mim ao lhe estrangular o pai, por mais brutal e pior que fosse. Precisaríamos ter uma conversa, e durante essa, algum subordinado terá encontrado Gryphus ainda ofegante ou asfixiado por completo, e irá colocar a mão no meu ombro. Vou então retornar a Buitenhof e ao brilho daquela espada má, que dessa vez não será impedida e irá conhecer o meu pescoço. Nada disso, Cornelius, meu amigo; esse é um jeito ruim! Mas então o que fazer? Como encontrar Rosa?"

Tais foram as reflexões de Cornelius três dias após a cena desastrosa de separação entre Rosa e seu pai, no momento em que mostramos ao leitor Cornelius encostado em sua janela.

Nesse mesmo momento, Gryphus entrou.

Ele segurava um bastão enorme na mão, os olhos brilhando, com pensamentos malignos; um sorriso perverso contraiu seus lábios; um tremor malvado agitou seu corpo e toda sua figura taciturna transpirava más intenções.

Cornelius quebrado, como acabamos de ver, pela necessidade de paciência, necessidade que o raciocínio tinha levado quase até sua condenação, Cornelius o ouviu entrar, adivinhou quem era, mas nem sequer se virou.

Ele sabia que a essa hora Rosa não estaria atrás dele.

Nada é mais desagradável para as pessoas que estão encolerizadas do que a indiferença de quem incorreu nessa raiva.

Queremos que nos tema, não que nos ignore.

Erguemos a cabeça, nosso sangue começa a ferver. Não vale a pena se essa ebulição não tiver a satisfação de explodir.

Qualquer malandro honesto que aguça seu gênio do mal quer pelo menos ferir alguém com ele.

Então, Gryphus, vendo que Cornelius não iria se movia, interpelou-o com um vigoroso:

– Hum! hum!

Cornelius cantou a canção das flores entre os dentes, uma canção triste, mas encantadora.

"Nós somos as filhas do fogo secreto,
Do fogo que circula nas veias da terra;
Nós somos as filhas da aurora e do orvalho,
Nós somos as filhas do ar,
Nós somos as filhas da água;
Mas, acima de tudo, somos as filhas do céu."

Essa canção, cujo ar calmo e doce, aumentava a plácida melancolia, exasperava Gryphus.

Ele atingiu o piso com seu bastão, gritando:

– Ei, senhor cantor, não está me ouvindo?

Cornelius se virou.

– Olá – disse ele.

E ele retomou sua música.

"*Os homens nos contaminam e nos matam nos amando.*
Estamos ligadas à terra por um fio.
Esse fio é a nossa raiz, isto é, a nossa vida.
Mas iremos erguer o mais alto possível nossos braços para o céu."

– Ah, maldito feiticeiro, acho que está rindo de mim – gritou Gryphus.

Cornelius continuou:

"*É que o céu é nossa pátria,*
A nossa verdadeira pátria, pois de lá nossa alma vem,
Pois para lá nossa alma retorna,
Nossa alma é o nosso perfume."

Gryphus se aproximou do prisioneiro:

– Mas não viu que peguei o meio certo para acabar com você e forçá-lo a confessar seus crimes para mim?

– Você está louco, meu caro sr. Gryphus? – questionou Cornelius ao se virar.

E, ao dizer isso, viu o rosto alterado, os olhos brilhantes e a boca espumante do velho carcereiro:

– Diabo! – ele disse – Estamos mais do que loucos, parece que estamos furiosos!

Gryphus balançou o seu bastão. Mas, sem se mover:

– Assim, mestre Gryphus – disse Van Baerle, cruzando os braços – Parece que você está me ameaçando?

– Oh! sim, estou! – gritou o carcereiro.

– E de quê?

– Primeiro, olhe para o que tenho na mão.

– Creio que é um bastão – disse Cornelius com calma. – E é mesmo um grande bastão; mas não acho que esteja me ameaçando com isso.

– Ah, não acha! E por quê?

– Porque, qualquer carcereiro que agride um prisioneiro está sujeito a duas penas; o primeiro, art. 9 do Regulamento de Loevestein:

"Será conduzido qualquer carcereiro, inspetor ou chaveiro que colocar a mão em um prisioneiro de Estado."

– A mão – disse Gryphus, lívido de raiva – Mas do bastão... Ah, do bastão, o regulamento não fala.

– O segundo – continuou Cornelius – O segundo, que não está incluído no regulamento, mas que encontramos no Evangelho, o segundo diz o seguinte:

"Quem golpeia com a espada perecerá com a espada. Quem tocar com o bastão levará uma surra de bastão."

Gryphus, cada vez mais exasperado com o tom calmo e sentencioso de Cornelius, brandiu seu bastão; mas quando o ergueu, Cornelius correu até ele, arrancou de suas mãos e o colocou debaixo do braço.

Gryphus estava gritando de raiva.

– Calma, calma, meu bom homem – disse Cornelius – Não se arrisque a perder o seu lugar.

– Ah, feiticeiro, eu vou pegar você, ah, vou! – Gryphus rugiu.

– Na hora certa.

– Você vê que minha mão está vazia?

– Sim, vejo e até com satisfação.

– Sabe que ela geralmente não está quando subo aqui de manhã.

– Ah, é verdade, você costuma me trazer a pior sopa ou a mais lamentável refeição que se possa imaginar. Mas isso não é um castigo para mim; eu só me alimento de pão, e o pão, quanto pior é para o seu gosto, Gryphus, melhor para o meu.

– Melhor para o seu?

– Sim.

– Por que o motivo?

– Oh, é muito simples.

– Diga, então.

– Felizmente, eu sei que ao me dar o pão ruim, você pensa em me fazer sofrer.

– A verdade é que não o estou dando a você para agradá-lo, bandido.

– Ora! Como sou um feiticeiro, como você sabe, transformo o seu pão ruim em um pão excelente, que me encanta mais que bolos, e, assim tenho o duplo prazer, de comer o que gosto em primeiro lugar, e, depois, de o enfurecer.

Gryphus uivou de raiva.

– Ah! Então você admite que você é um feiticeiro! – ele disse.

– Mas, então! Sim, eu sou. Não digo isso na frente do mundo, porque poderia me levar à estaca como Gaufredy ou Urbain Grandier; mas entre nós dois, não vejo objeção.

– Bom, bom, bom – disse Gryphus. – Mas se um feiticeiro fez pão branco com pão preto, o feiticeiro não irá morrer de fome se não tiver pão nenhum?

– Ei! – disse Cornelius.

– Então, não lhe trarei mais pão e vamos ver o resultado em oito dias.

Cornelius ficou pálido.

– E isso – continuou Gryphus – a partir de hoje. Já que é tão bom feiticeiro, veja, transforme a mobília do seu quarto em pão. Quanto a mim, vou ganhar todos os dias os 18 centavos que me dão para alimentá-lo.

– Mas isso é assassinato! – clamou Cornelius, levado por um momento de terror bem compreensível, e que lhe foi inspirado por esse tipo horrível de morte.

– Bem – continuou Gryphus, provocador – Como você é um feiticeiro, você vai viver apesar de tudo.

Cornelius retomou seu ar de riso e encolheu os ombros:

– Você não me viu trazendo os pombos de Dordrecht para cá?

– E...? – disse Gryphus.

– Oras, pombo fica ótimo assado; um homem que comesse um pombo todos os dias não morreria de fome, não é?

– E fogo? – disse Gryphus.

– Fogo! Mas você sabe muito bem que fiz um pacto com o diabo. Você acha que o diabo me deixaria faltar fogo se fogo é o seu elemento?

– Um homem, por mais robusto que seja, não pode comer um pombo todos os dias. Já houve até apostas de fato e os apostadores desistiram.

– Oras! – disse Cornelius – Quando me cansar dos pombos, vou trazer os peixes do Wahal e do Mosa.

Gryphus arregalou os olhos, assustado.

– Gosto muito de peixe – continuou Cornelius – E você nunca os traz. Então, vou aproveitar a sua vontade de me matar de fome para comer peixe.

Gryphus quase desmaiou de raiva e até de medo.

Mas mudando de ideia:

– Oras! – disse ele, colocando a mão no bolso – Você me forçou a isso.

E ele puxou uma faca e a abriu.

– Ah! uma faca! – disse Cornelius, defendendo-se com seu bastão.

XXIX

Onde Van Baerle, antes de deixar Loevestein, acerta as contas com Gryphus

Os dois pararam por um momento; Gryphus na ofensiva, Van Baerle na defensiva.

Como a situação poderia continuar indefinidamente, Cornelius perguntou sobre o motivo desse surto de raiva em seu antagonista:

– Bem, – ele perguntou – e o que você quer, enfim?

– Eu vou lhe dizer o que eu quero – respondeu Gryphus. – Eu quero que você me devolva minha filha Rosa.

– Sua filha! – gritou Cornelius.

– Sim, Rosa! Rosa que você tirou com sua arte de demônio. Vamos lá, você vai me dizer onde ela está?

E a atitude de Gryphus foi ficando cada vez mais ameaçadora.

– Rosa não está em Loevestein? – gritou Cornelius.

– Você sabe muito bem disso. Mais uma vez, você vai me devolver Rosa?

– Bem, – disse Cornelius – é uma armadilha que você está armando para mim.

– Pela última vez, você vai me dizer onde está minha filha?

– Adivinhe então, canalha, já que não sabe.

– Espere – Gryphus rosnou, pálido, os lábios agitados pela loucura que começava a invadir seu cérebro. – Ah! Você não vai dizer nada? Muito bem! Vou afrouxar seus dentes.

Ele deu um passo em direção a Cornelius e mostrou-lhe a arma que brilhava em sua mão:

– Vê essa faca? – ele disse –- Matei mais de cinquenta galos negros com ela. Eu vou matar seu mestre, o diabo, assim como eu os matei, só espere!

– Mas, patife – disse Cornelius, – você realmente quer me assassinar!

– Eu quero abrir o seu coração, para ver o lugar onde você esconde minha filha.

E, enquanto falava no delírio da febre, Gryphus avançou contra Cornelius, que só teve tempo de se jogar para trás de sua mesa e evitar o primeiro golpe.

Gryphus brandiu sua grande faca, proferindo ameaças horríveis.

Cornelius viu que, se ele estava fora do alcance da mão, não estava fora do alcance da arma; arremessada, a arma poderia cruzar o espaço e se alojar em seu peito. Assim, não perdeu tempo, e com o bastão que tinha cuidadosamente mantido, atingiu o pulso que segurava a faca com um vigoroso golpe.

A faca caiu por terra e Cornelius pressionou o pé sobre ela.

Então, como Gryphus parecia querer uma luta onde a dor do golpe e a vergonha de ter sido desarmado duas vezes o teria tornado impiedoso, Cornelius arriscou-se.

Golpeou seu carcereiro com a frieza mais heroica, escolhendo bem o local onde o terrível bastão caía a cada vez.

Gryphus não demorou muito a implorar por misericórdia.

Mas, antes de pedir misericórdia, ele havia chorado, e muito; seus gritos foram ouvidos e tinha criado um tumulto entre todos os funcionários da casa. Dois chaveiros, um inspetor e três ou quatro guardas apareceram todos de uma vez, surpreendendo Cornelius usando o bastão com a mão, prendendo a faca com o pé.

À vista de todas essas testemunhas do malfeito que acabara de cometer, cujas circunstâncias atenuantes, como dizemos hoje, eram desconhecidas, Cornelius sentiu-se perdido e sem recursos.

Na verdade, todas as aparências estavam contra ele.

Em um golpe, Cornelius foi desarmado; e Gryphus foi levantado e sustentado, assim pôde contar, rugindo de raiva, os hematomas que inchavam seus ombros e sua coluna, como colinas pontuando o pico de uma montanha.

Uma ata foi elaborada imediatamente sobre a violência exercida pelo prisioneiro em seu guarda, e a ata feita por Gryphus não poderia ser acusada de indiferença; o que aconteceu foi nada menos do que uma tentativa de assassinato, preparada por um longo tempo e cometida contra o carcereiro, com premeditação, e em rebelião aberta.

Embora se colocasse contra Cornelius, a informação dada por Gryphus tornava sua presença desnecessária, e os dois carcereiros o desceram para sua masmorra, ao som de golpes e gemidos.

Durante esse tempo, os guardas que tinham apreendido Cornelius ocupavam-se instruindo-o caridosamente sobre os hábitos e costumes de Loevestein, coisa que ele sabia tão bem quanto eles, pois lera o regulamento no momento da sua entrada na prisão, e alguns artigos do regulamento estavam gravados na sua memória.

Eles lhe disseram que aquela adição ao presente regulamento tinha sido feita por causa de um prisioneiro chamado Mathias, que, em 1668, ou seja, cinco anos antes, tinha cometido um ato de rebelião bem mais trivial do que o que cometera Cornelius.

Achou que sua sopa estava muito quente e a tinha atirado na cabeça do chefe dos guardas, que, como resultado dessa ablução, arrancara um pedaço da pele ao enxugar o rosto.

Mathias em doze horas foi sido tirado de seu quarto; depois levado para a prisão, onde foi registrado como deixando Loevestein; em seguida, conduzido à esplanada, cuja vista é muito bonita e abrange onze léguas de extensão. Lá, suas mãos foram amarradas e os olhos vendados, recitou três orações.

Então, ele foi convidado a se ajoelhar; e cada guarda de Loevestein, em número de doze, ao sinal feito por um sargento, alojou com habilidade um tiro de mosquete no corpo. Desse modo , Mathias morreu na hora.

Cornelius ouviu com a maior atenção essa história desagradável.

Então, depois de ouvi-la:

– Ah! – ele disse – Em doze horas, você diz?

– Sim, creio que a décima segunda hora não tinha soado ainda – disse o narrador.

– Obrigado – disse Cornelius.

O guarda não tinha acabado o sorriso gracioso que pontuava sua história quando passos sonoros ecoaram na escada.

Esporas soaram nas bordas desgastadas dos degraus.

Os guardas afastaram-se para deixar um oficial passar.

Este último entrou no quarto de Cornelius quando o escriba de Loevestein estava falando de novo.

– Este aqui é o nº 11? – ele perguntou.

– Sim, coronel – respondeu um suboficial.

– Então, aqui é o quarto do prisioneiro Cornelius van Baerle?

– Precisamente, Coronel.

– Onde está o prisioneiro?

– Aqui estou, senhor – respondeu Cornelius, empalidecendo um pouco apesar de toda a sua coragem.

– Você é o sr. Cornelius van Baerle? – perguntou ele, dessa vez dirigindo-se ao próprio prisioneiro.

– Sim, senhor.

– Então me siga.

– Oh! Oh! – disse Cornelius, cujo coração se sobressaltou, pressionado pelas primeiras dores da morte. – Como se trabalha rápido na fortaleza de Loevestein, e o tonto me falando de doze horas!

– Hein, o que eu lhe falei? – disse o historiador da guarda ao ouvido do paciente.

– Uma mentira.

– Como assim?

– Você me prometeu doze horas.

– Ah! sim. Mas enviaram um ajudante-de-campo de Sua Alteza, um dos seus mais próximos, o sr. Van Deken. Praga! Tal honra não foi feita ao pobre Mathias.

– Vamos, vamos! – disse Cornelius, enchendo o peito com a maior quantidade de ar possível – Mostra a essas pessoas o que um burguês, afilhado de Corneille de Witt, pode aguentar sem careta tantas balas de mosquete quanto o tal Mathias.

E passou com orgulho pelo escriba que, interrompido em suas funções, se aventurou a dizer ao oficial:

– Mas, coronel Van Deken, a ata não terminou ainda.

– Não precisa terminar – respondeu o oficial.

– Bem! – respondeu o escrivão, filosoficamente fechando seus papéis e sua pena em uma pasta surrada e suja.

"Estava escrito – pensou o pobre Cornelius – que não darei meu nome neste mundo a uma criança, ou a uma flor, ou a um livro, essas três necessidades das quais Deus impõe pelo menos uma a qualquer homem organizado que se digna a deixar gozar na terra a propriedade de uma alma e o usufruto de um corpo."

E ele seguiu o oficial com o coração decidido e a cabeça erguida.

Cornelius contou os graus que levavam à esplanada, arrependido de não ter perguntado ao guarda quantos eles eram então; na sua complacência não oficial, certamente não deixaria de dizê-lo.

O que mais temia o paciente nesse trajeto, que lhe parecia ser a que lhe levaria em definitivo ao fim da grande viagem, era ver Gryphus e não ver Rosa. Que satisfação, de fato, iria brilhar sobre o rosto do pai! Que dor no rosto da menina!

Como Gryphus iria aplaudir esse tormento, esse tormento, a vingança selvagem de um ato eminentemente justo que Cornelius tinha a consciência de ter cumprido como um dever!

Mas Rosa, a pobre menina, se não a visse mais, se ele ia morrer sem lhe dar um último beijo ou pelo menos um último adeus; se ele estava indo para morrer sem ter qualquer notícia da tulipa negra, e acordar lá em cima sem saber para que lado se virar para encontrá-la!

Na verdade, para não se derreter em lágrimas naquele momento, o pobre tulipeiro tinha mais de *aes triplex* em torno do coração que Horácio atribuía ao navegador que primeiro visitou as armadilhas infames acrocerraunianas.

Cornelius olhou bem para a direita, Cornelius olhou bem para a esquerda, e chegou à esplanada sem ter visto Rosa, sem ter visto Gryphus.

Era quase uma compensação.

Cornelius chegou à esplanada, procurou corajosamente os olhos dos guardas, seus executores, e de fato viu uma dúzia de soldados reunidos e conversando; mas reunidos e conversando sem mosquetes, reunidos e conversando sem estar alinhados; mesmo sussurrando entre si, apenas conversavam, conduta que parecia a Cornelius indigna da gravidade que geralmente presidia a tais eventos.

Nesse momento, Gryphus, mancando, cambaleando, apoiado em uma muleta, apareceu fora da prisão. Ele deixara para um último olhar de ódio todo o fogo em seus velhos olhos de gato cinza. Então, começou a vomitar contra Cornelius tal torrente de imprecações abomináveis que Cornelius, dirigindo-se ao oficial:

– Senhor, – ele disse – acho que não é uma boa postura me deixar ser tão insultado por esse homem, e especialmente em um momento como este.

– Mas, então, – disse o oficial, rindo – é natural que este bravo homem esteja irritado, parece que você o espancou.

– Mas, senhor, foi defendendo meu corpo.

– Bah! – disse o coronel, imprimindo um gesto eminentemente filosófico aos seus ombros – Deixe-o falar. Que isso importa agora?

Um suor frio passou sobre a testa de Cornelius com essa resposta, parecia uma ironia brutal, especialmente por parte de um funcionário que disseram ser ligado à pessoa do príncipe.

O infeliz percebeu que não tinha recursos, não tinha mais amigos, e se resignou.

– De qualquer maneira, – ele sussurrou, abaixando a cabeça – fizemos muito pior a Cristo, e por mais inocente que seja, não posso me comparar a ele. O próprio Cristo se deixou bater por seu carcereiro e não se abateu.

Então, voltando-se para o oficial, que parecia esperar complacentemente até que ele terminasse suas reflexões:

– Vamos, senhor, – perguntou ele – para onde estou indo?

O oficial lhe mostrou um carro puxado por quatro cavalos, que se parecia muito com o veículo que em uma circunstância como aquela tinha dado lembranças a Buitenhof.

– Entre aí – ele disse.

– Ah! – murmurou Cornelius – Parece que não me farão as honras da esplanada!

Ele pronunciou essas palavras alto o bastante para que o historiador, que parecia apegado à sua pessoa, pudesse ouvir.

Sem dúvida, pensou que era seu dever dar a nova informação para Cornelius, pois se aproximou da portaria e, enquanto o oficial dava algumas ordens já com o pé no degrau, ele disse em um sussurro:

– Vimos homens condenados irem para a sua cidade, para o exemplo ser maior, sofrendo seus tormentos em frente à porta da própria casa. Isso depende.

Cornelius fez um sinal de agradecimento. Então para si mesmo:

– Bem – ele disse – Em boa hora! Eis aqui um rapaz que não deixa de consolar quando a oportunidade surge. Minha fé, meu amigo, estou muito grato a você. Adeus!

O carro foi embora.

– Ah! Vilão! Ah! Salteador! – rugiu Gryphus, mostrando o punho para a vítima que lhe escapou. – E pensar que vai embora sem devolver minha filha!

– Se me levarem para Dordrecht – disse Cornelius –, quando passarem na frente da minha casa, verei se meus pobres canteiros foram muito devastados.

XXX

Onde se começa a duvidar do castigo reservado a Cornelius van Baerle

O carro rodou durante todo o dia. Ele deixou Dordrecht pela esquerda, cruzou Rotterdam, chegou a Delft. Às 5 horas da tarde, já tinha viajado pelo menos vinte léguas.

Cornelius dirigiu algumas perguntas ao oficial que servia como guarda e como seu companheiro; mas, por mais circunspectos que fossem seus pedidos, ele lamentava vê-los ficar sem resposta.

Cornelius lamentou não ter mais a seu lado aquele guarda tão prestativo que falava sem ser perguntado.

Provavelmente teria oferecido a ele durante essa estranheza que ocorreu em sua terceira aventura, detalhes tão elegantes e explicações tão precisas quanto as duas primeiras.

Passaram a noite no carro. No dia seguinte, ao despontar do dia, Cornelius se encontrava além de Leiden, com o mar do Norte à sua esquerda e o mar de Harlem à sua direita.

Três horas depois, entrou em Harlem. Cornelius não sabia o que tinha acontecido em Harlem, e vamos deixá-lo nessa ignorância até que seja retirado dela.

Mas isso não seria para o leitor, que tem o direito de ser informado sobre as coisas antes mesmo de nosso herói.

Vimos que Rosa e a tulipa, como duas irmãs e como duas órfãs, tinham sido deixadas, pelo príncipe de Orange, aos cuidados do presidente Van Herysen.

Rosa não recebeu notícias do *stadhouder* até a noite do dia em que o encontrara.

Perto do anoitecer, um oficial foi até Van Herysen; vinha da parte de Sua Alteza convidar Rosa para encontrá-lo na Prefeitura.

Lá, no grande gabinete de deliberações onde ela foi introduzida, encontrou o príncipe escrevendo.

Ele estava sozinho e a seus pés um grande sabujo frísio que o olhava fixamente, como se o fiel animal quisesse tentar o que homem nenhum poderia fazer, ler o pensamento de seu mestre.

Guilherme continuou a escrever por mais um momento. Então, levantando os olhos e vendo Rosa parada perto da porta:

– Venha, senhorita – disse ele sem deixar o que estava escrevendo.

Rosa deu alguns passos em direção à mesa.

– Senhor – ela disse, parando.

– Está tudo bem – disse o príncipe. – Sente-se.

Rosa obedeceu, pois o príncipe estava olhando para ela. Mas assim que o príncipe colocou os olhos no papel, ela se encolheu de vergonha.

O príncipe estava terminando sua carta.

Durante esse tempo, o cão ficou na frente de Rosa e a examinou e a acariciou.

– Ah! – disse Guilherme ao seu cachorro – Você bem viu que ela é uma compatriota; você a reconheceu.

Então, voltando-se para Rosa e fixando nela seu olhar escrutinador e velado ao mesmo tempo:

– Vamos, minha filha – disse ele.

O príncipe mal tinha 23 anos, Rosa tinha 18 ou 20; teria feito melhor dizendo "Minha irmã".

– Minha filha – disse ele, com aquele tom estranhamente imponente que congelava todos que se aproximavam dele. – Estamos só nós dois, conversando.

Rosa começou a tremer em todos os seus membros, e ainda não havia nada além de bondade no semblante do príncipe.

– Senhor – ela gaguejou.

– Você tem um pai em Loevestein?

– Sim, meu senhor.

– E você não o ama?

– Eu não o amo, pelo menos, meu senhor, como uma garota deveria amar.

– É errado não amar seu pai, minha filha, mas é bom não mentir para seu príncipe.

Rosa baixou os olhos.

– E por que razão você não gosta de seu pai?

– Meu pai é mau.

– De que maneira se manifesta essa maldade?

– Meu pai maltrata os prisioneiros.

– Todos?

– Todos.

– Mas você não o culpa por maltratar alguém em especial?

– Meu pai maltrata especialmente o sr. Van Baerle, que...

– Que é o seu amante. Rosa deu um passo para trás.

– Que eu amo, senhor – ela respondeu com orgulho.

– Há muito tempo? – perguntou o príncipe.

– Desde o dia em que o vi.

– E você viu...?

– No dia depois do grande pensionista Jean e seu irmão Corneille terem sido mortos de forma tão terrível.

Os lábios do príncipe se contraíram, sua testa se estreitou, suas pálpebras caíram para esconder seus olhos por um momento. Após um momento de silêncio, ele retomou:

– Mas de que lhe serve amar um homem destinado a viver e morrer na prisão?

– Irá me servir, meu senhor, se ele vive e morre na prisão, para ajudá-lo a viver e morrer.

– E você aceitaria a posição de ser a esposa de um prisioneiro?

– Serei a mais orgulhosa e feliz das criaturas humanas sendo a esposa do sr. Van Baerle; mas...

– Mas o quê?

– Não me atrevo a dizer, senhor.

– Há esperança em seu tom; o que você está esperando?

Ela levantou seus belos olhos para Guilherme, olhos límpidos e com uma inteligência penetrante que procuravam a clemência adormecida na parte inferior daquele coração sombrio, em um sono que assemelhava à morte.

– Ah! Eu entendo.

Rosa sorriu, apertando as mãos.

– Você espera por mim – disse o príncipe.

– Sim, meu senhor.

– Hum!

O príncipe selou a carta que acabara de escrever e chamou um de seus oficiais.

– Van Deken – disse ele – Leve até Loevestein esta mensagem; você vai ler as ordens que dou ao governador e, no que diz respeito a você, vai cumpri-las.

O oficial fez uma reverência, e nós ouvimos ressoar pela construção o galope de um cavalo.

– Minha filha – continuou o príncipe –, no domingo será a Festa da Tulipa, e domingo é depois de amanhã. Fique bela com estes 500 florins aqui; porque quero que esse dia seja uma grande celebração para você.

– Como Vossa Alteza quer que eu me vista? – Rosa sussurrou.

– Use o vestido das noivas frísias – disse Guilherme – Irá servir muito bem.

XXXI

HARLEM

Harlem, onde chegamos há três dias com Rosa, onde acabamos de entrar com o prisioneiro, é uma bonita cidade, que possui o direito de ser a mais sombreada da Holanda.

Enquanto os outros colocam sua vaidade para brilhar em arsenais e fortes, em lojas e bazares, Harlem coloca toda a sua glória acima das cidades dos Estados em seus belos olmos espessos, seus choupos crescentes, e especialmente por seus passeios sombreados, acima dos quais arredondam-se em abóbada o carvalho, a tília e o castanheiro.

Harlem, vendo que Leyden, seu vizinho, e Amsterdã, sua rainha, tomaram, um, o caminho para se tornar uma cidade da ciência, e o outro para se tornar uma cidade de comércio, Harlem queria ser uma cidade agrícola, ou melhor, hortícola.

Na verdade, bem fechada, bem ventilada, bem aquecida ao sol, dava aos jardineiros garantias que qualquer outra cidade, com seus ventos marítimos ou seus sóis nas planícies, não poderia oferecer.

Então, haviam se estabelecido em Harlem esses espíritos tranquilos que possuíam o amor da terra e de seus bens, como se contentava em Roterdã e em Amsterdam todas as mentes ansiosas e inquietas, com amor por viagens e comércio, como se contentavam em Haia todos os políticos e os mundanos.

Já dissemos que Leyden tinha sido a conquista de estudiosos.

Harlem tomou, portanto, o gosto por coisas doces, música, pintura, pomares, caminhadas, bosques e canteiros.

Harlem ficava louco com flores e, dentre as flores, as tulipas. Harlem tinha proposto o prêmio em honra das tulipas, e chegamos assim, tão naturalmente como acabamos de ver, a falar do prêmio que a cidade ofereceu, a 15 de maio de 1673, em honra da grande e impecável tulipa negra e sem manchas, que traria 100 mil florins a seu inventor.

Harlem colocou luz sobre sua especialidade, Harlem mostrou seu gosto por flores em geral, e especialmente tulipas, em um tempo em que tudo estava em guerra ou revolta, Harlem teve o grande prazer de ver florir o ideal de suas pretensões e se dava a honra de ver florescer tulipas ideais, Harlem, a bela cidade cheia de madeira e sol, sombra e luz, Harlem queria fazer dessa cerimónia de entrega do prêmio uma festa que duraria eternamente na memória dos homens.

E ela tinha tanto mais direito de fazê-lo porque a Holanda é o país dos festivais; a natureza mais preguiçosa não mostrava mais ânsia chorando, cantando e dançando como os bons republicanos das Sete Províncias por ocasião do entretenimento.

Em vez disso, olhe para as pinturas dos dois Teniers.

É certo que os preguiçosos são, de todos os homens, os mais ávidos para se cansar, não quando se põem a trabalhar, mas quando se dedicam ao prazer.

Harlem tinha, portanto, ficado triplamente alegre, pois ia celebrar uma tripla solenidade: a tulipa negra tinha sido descoberta; e o príncipe Guilherme de Orange participaria da cerimônia, bom holandês que era; e, por fim, era por honra dos Estados para mostrar aos franceses, depois de uma guerra tão desastrosa como tinha sido a de 1672, que o solo da república batava era sólido nesse ponto, que se podia dançar com o acompanhamento do canhão das frotas.

A Sociedade Horticultora de Harlem provou ser digna disso ao doar 100 mil florins por uma tulipa. A cidade não quis ficar para trás e votou por uma verba semelhante, que foi entregue a seus notáveis para festejar esse prêmio nacional. Então havia, nesse domingo fixado para a cerimônia, uma tal ânsia da multidão, um tal entusiasmo entre os cidadãos, que não poderíamos nos impedir, mesmo com aquele sorriso de franceses que riem de tudo e de todos, de admirar o caráter desses bons holandeses, pronto para gastar o seu dinheiro tanto para construir um navio destinado a lutar contra o inimigo, isto é, para apoiar a honra da nação, quanto para recompensar a invenção de uma flor nova destinada a brilhar um dia, destinada a entreter durante este dia as mulheres, os estudiosos e os curiosos.

À frente dos notáveis e do comitê de horticultura, brilhava o sr. Van Herysen, vestido com suas roupas mais ricas.

O digno homem tinha feito todos os seus esforços para se parecer com a sua flor favorita, na elegância sóbria e severa de suas roupas, e nos apressemos a dizer, para sua glória, que foi perfeitamente bem-sucedida.

Preto azeviche, veludo escabioso, a seda, essa era, com um linho de brancura deslumbrante, a vestimenta cerimonial do presidente, que caminhava à frente de sua comissão, com um enorme buquê semelhante ao que o senhor de Robespierre carregaria, duzentos e vinte e um anos depois, na festa do Ser Supremo.

Mas o bravo presidente, no lugar daquele coração inchado com ódio e ressentimentos invejosos do tribuno francês, tinha em seu peito uma flor não menos inocente do que a mais inocente de quem ele tinha na mão.

Atrás dessa comissão, aparados como um gramado, perfumados como a primavera, podiam ser vistos os intelectuais da cidade, os magistrados, os soldados, os nobres e os camponeses.

As pessoas, mesmo entre os senhores republicanos das Sete Províncias, não tinham seu lugar nessa ordem de marcha; só a cercavam.

Ou seja, de resto, o melhor de todos os lugares para ver... e para ter.

É lugar das multidões assistir, por filosofia de Estado, que os triunfos desfilem, para saber que devem nos dizer, e às vezes o que fazer com isso.

Mas, dessa vez, o assunto não era um triunfo de Pompeu ou de César. Dessa vez, não se celebrava nem a derrota de Mitrídates nem a conquista da Gália. A procissão era suave como a passagem de um rebanho de ovelhas pela terra, inofensiva como o voo de um grupo de pássaros no ar.

O Harlem não tinha outros triunfos além de seus jardineiros. Adorando as flores, Harlem divinizou a floricultura.

No centro da pacífica e perfumada procissão, podíamos ver a tulipa negra, levada em uma maca coberta com veludo branco e franjas douradas. Quatro homens carregavam a maca e eram substituídos por outros, assim como Roma eram substituídos aqueles que levavam a mãe Cibele quando ela entrou na Cidade

Eterna, trazida da Etrúria ao som de trombetas e ao culto de todo um povo.

Essa exposição da tulipa era uma homenagem feita por um povo sem cultura e sem gosto, ao gosto e à cultura dos líderes famosos e piedosos que sabiam derramar sangue no pavimento lamacento do Buitenhof, e mais tarde registrar os nomes de suas vítimas na pedra mais fina do panteão holandês.

Foi combinado que o príncipe *stadhouder* daria ele mesmo o prêmio de 100 mil florins, o que interessava a todos, e que talvez fizesse um discurso, o que particularmente interessava a seus amigos e a seus inimigos.

Com efeito, nos discursos mais indiferentes de políticos, amigos ou inimigos desses homens sempre os querem ver brilhar e acreditam que podem sempre interpretar um fragmento de seu pensar.

Como se o chapéu do político não fosse um alqueire destinado a interceptar toda a luz.

Enfim, o muito esperado dia 15 de maio de 1673 chegou, e o Harlem todo reforçou seu entorno, colocando uma longa fileira de lindas árvores do bosque, com a boa resolução de não aplaudir dessa vez os conquistadores da guerra ou da ciência, mas apenas aqueles da natureza, que vinham ajudar essa inesgotável mãe no parto, julgado impossível, da tulipa negra.

Mas nada se aplica menos entre o povo do que a resolução de aplaudir apenas tal e tal coisa. Quando uma cidade está no processo de bater palmas é como se estivesse no processo se assobiar, jamais sabe onde vai parar.

Portanto, primeiro se aplaudiu Van Herysen e seu buquê, aplaudiu suas corporações, aplaudiu a si mesma; e por fim, com toda a justiça dessa vez, convenhamos, ela aplaudiu a excelente música que os músicos da cidade esbanjavam generosamente a cada parada.

Todos os olhos estavam procurando a heroína do festival, a tulipa negra, e o herói da festa, que, é claro, era o autor dessa tulipa.

Esse herói apareceria depois do discurso que vimos o bom Van Herysen desenvolver com tanta consciência, esse herói tinha produzido, certamente, mais efeito do que o próprio *stadhouder*.

Mas, para nós, o interesse do dia não é nesse venerável discurso de nosso amigo Van Herysen, eloquente como era, nem nos jovens aristocratas em seus melhores trajes, comendo grandes bolos, nem nos pobres plebeus, quase nus, mordiscando enguias defumadas semelhantes a palitos de baunilha. O interesse não está nem nessas lindas holandesas, de tez rosada e seios brancos, nem nos gordos e atarracados mestre que nunca saíam de casa, nem nos viajantes magros e amarelos que chegavam do Ceilão ou de Java. Nem na população alterada que engolia como petisco o pepino preservado na salmoura. Não, para nós, o interesse da situação, o interesse poderoso, o interesse dramático não está aí.

O interesse está em um rosto radiante e animado no meio dos membros do comitê de horticultura, o interesse é nesse personagem com flores no cinto, penteado, suavizado, todo vestido de vermelho, destacando seu cabelo preto e sua tez amarela.

Esse radiante e intoxicado vencedor, esse herói do dia destinado a grande honra de fazer as pessoas esquecerem o discurso de Van Herysen e a presença do *stadhouder*, era Isaac Boxtel, que via marchar à sua frente, a sua direita, sobre uma almofada de veludo, a tulipa negra, sua pretensa filha; à sua esquerda, em uma grande bolsa, os 100 mil florins em belas moedas de ouro reluzente e cintilante, que decidiu seguir atrás deles para não os perder de vista nem por um momento.

De vez em quando, Boxtel se apressava a esfregar o cotovelo no de Van Herysen. Boxtel pegava um pouco do valor de todos, para ele ter algum valor, assim como roubou a tulipa de Rosa para ter sua glória e sua fortuna.

Mais um quarto de hora, porém, e o príncipe chegará, a procissão irá parar no último altar, a tulipa será colocada sobre seu trono, o príncipe, que dá lugar a sua rival em adoração pública, pegará um pergaminho lindamente iluminado no qual está escrito o nome do autor, e proclamará em voz alta e inteligível que foi descoberta uma maravilha; que a Holanda, por meio dele, Boxtel, forçou a natureza a produzir uma flor negra, e que essa flor será doravante chamada de *tulipa nigra Boxtellea*.

De vez em quando, porém, Boxtel tirava os olhos da tulipa e da bolsa por um momento e olhava timidamente para a multidão, pois nessa multidão ele temia, mais do que tudo, ver o rosto pálido da bela frísia.

Seria um espectro que perturbaria a sua festa, nem mais nem menos que o espectro do Banco perturbou a festa de Macbeth.

E, vamos nos apressar a dizer, esse desgraçado, que atravessou um muro que não era seu, que subiu por uma janela para entrar na casa de seu vizinho, que, com uma chave falsa, violou o quarto de Rosa, esse homem, que, enfim, roubou a glória de um homem e o dote de uma mulher, esse homem não se considerava um ladrão.

Ele estava tão certo dessa tulipa, ele a seguiu tão ardentemente desde a gaveta do secador de Cornelius para o cadafalso de Buitenhof, do cadafalso de Buitenhof para a prisão da fortaleza de Loevestein, ele a viu nascer e crescer pela janela de Rosa, tantas vezes aqueceu o ar ao seu redor com sua respiração, que ninguém era mais autor que ele mesmo, ninguém naquele momento poderia a esse tempo que levaria a tulipa negra para roubá-lo.

Mas ele não viu Rosa.

Como resultado, a alegria de Boxtel não foi perturbada.

A procissão parou no centro de uma rotunda em que as belas árvores foram decoradas com guirlandas e inscrições; a procissão parou ao som de música alta, e as jovens do Harlem apareceram para escoltar a tulipa até o assento alto que ela ocuparia no estrado, ao lado da cadeira dourada de Sua Alteza, o *stadhouder*.

E a orgulhosa tulipa, içada em seu pedestal, logo dominou a assembleia, que bateu palmas e fez ecoar seus aplausos por Harlem.

XXXII

Uma última oração

Neste momento solene, quando esses aplausos se faziam ouvir, uma carruagem passava pela estrada que margeava a floresta, e lentamente seguiu seu caminho por causa das crianças no meio da avenida de árvores pelo ajuntamento de homens e mulheres.

Essa carruagem, empoeirada, cansada, chorando em seus eixos, continha o infeliz Van Baerle, para quem, através da abertura de porta, começava a se oferecer o espetáculo que temos tentado, muito imperfeitamente sem dúvida, colocar perante os olhos dos leitores.

A multidão, o barulho, o cintilar de todos os esplendores naturais e humanos deslumbrou o prisioneiro como um brilho que entrava em sua cela.

Apesar do pouco entusiasmo demonstrado por seu companheiro em sua resposta quando ele tinha perguntado sobre seu destino, arriscou-se a perguntar-lhe algo por uma última vez, sobre todo aquele tumulto que, em um primeiro momento, ele podia e tinha achado muito estranho.

— O que é isso, eu lhe pergunto, senhor tenente? – perguntou ele ao oficial encarregado da escolta.

— Como você pode ver, senhor, – respondeu este – é uma festa.

— Ah! uma festa! – disse Cornelius com o tom indiferente e melancólico de um homem que não tinha alegria neste mundo há muito tempo.

Então, após um momento de silêncio e como a carruagem havia avançado um pouco:

— A festa patronal de Harlem? – ele perguntou – Posso ver flores.

— É realmente uma festa onde as flores desempenham o papel principal, senhor.

— Oh! Que aromas doces! Oh! Que lindas cores! – gritou Cornelius.

— Paro para o senhor poder ver – disse, com um daqueles movimentos de suave piedade que só se encontra no militar, o oficial ao soldado encarregado da função de postilhão.

— Oh! Obrigado, senhor, por sua gentileza – respondeu Van Baerle, melancólico – Mas é uma alegria muito dorolosa, me poupe dela, eu lhe imploro.

— À sua vontade; vamos então. Eu tinha ordenado que parássemos porque você perguntou e, também, porque dizem que você ama flores, especialmente aquelas que celebramos hoje.

— E que flores famosas celebra esta festa de hoje, senhor?

— As tulipas.

— As tulipas! – gritou Van Baerle – Hoje é a Festa das Tulipas?

— Sim senhor; mas como esse espetáculo é desagradável para você, vamos seguir.

E o oficial se preparou para dar a ordem de continuar.

Mas Cornelius o deteve; uma dúvida dolorosa passou por sua mente.

– Senhor, – perguntou ele com a voz trêmula – é hoje que entregam o prêmio?

– O prêmio da tulipa negra, sim.

As bochechas de Cornelius coraram, um estremecimento percorreu seu corpo, o suor brotou em sua testa.

Então, refletindo que, estando ele e sua tulipa ausentes, a festa sem dúvida acabaria por falta de um homem e de uma flor para coroar.

– Ai de mim! – disse ele – Todas essas boas pessoas ficarão tão infelizes quanto eu, pois não verão essa grande solenidade para a qual foram convidadas, ou pelo menos a verão incompleta.

– O que quer dizer, senhor?

– Quero dizer que nunca ninguém, – disse Cornelius, atirando-se de volta para o fundo da carruagem – exceto por alguém que conheço, irá encontrar a tulipa negra.

– Então, senhor, – disse o oficial – aquele alguém que você conhece a encontrou; porque toda Harlem contempla, neste momento, a flor que você crê impossível.

– A tulipa negra! – gritou Van Baerle, jogando a metade de seu corpo pela porta. – Onde? Onde?

– Lá no trono, você a vê?

– Vejo!

– Vamos lá, senhor! – disse o oficial – Agora, precisamos ir.

– Oh, por piedade, por graça, senhor! – disse Van Baerle. – Oh! Não me leve! Deixe-me vê-la de novo! Como, o que eu vejo ali é a tulipa negra, bem negra... isso é possível? Oh, senhor, você a viu? Deve ter manchas, deve ser imperfeita, pode ser apenas tingida de preto; Oh! se eu estivesse lá, saberia dizer, senhor, deixe-me descer, deixe-me vê-la de perto, eu imploro.

– Você está louco, senhor? Como posso?

– Eu imploro.

– Mas esqueceu que você é um prisioneiro?

– Sou um prisioneiro, é verdade, mas sou um homem de honra; e por minha honra, senhor, não vou fugir; não tentarei fugir; deixe-me apenas observar a flor!

– Mas, minhas ordens, senhor?

O oficial fez um novo movimento para ordenar ao soldado a seguir caminho.

Cornelius o deteve novamente.

– Oh, seja paciente, seja generoso, toda a minha vida está suspensa em um movimento de sua piedade. Ai de mim! Minha vida, senhor, provavelmente não será mais muito longa agora. Ah! Você não sabe, senhor, o que eu sofro; você não sabe, senhor, tudo o que está lutando em minha cabeça e em meu coração; afinal – continuou Cornelius em desespero – se esta for a minha tulipa, se for a que foi roubada de Rosa. Oh, senhor, você entende bem o que é ter encontrado a tulipa negra, tê-la visto por um momento, reconhecido que era perfeita, que era ao mesmo tempo uma obra-prima da arte e da natureza e perdê-la, perdê-la, para sempre? Oh! Devo vê-la, mate-me depois, se você quiser, mas eu a verei, eu a verei.

– Cale a boca, infeliz, e volte rapidamente para sua carruagem, pois aqui está a escolta de Sua Alteza, o *stadhouder*, que cruza seu caminho, e se o príncipe notar um escândalo, ouvir um barulho, estaria tudo acabado para você e para mim.

Van Baerle, temendo mais por seu companheiro do que por si mesmo, se jogou no carro, mas não conseguiu se segurar por meio minuto. Os vinte primeiros cavaleiros haviam acabado de passar, e ele se jogou na porta, gesticulando e implorando a atenção do *stadhouder* quando ele passou.

Guilherme, impassível e simples como sempre, estava ali para cumprir seu dever de presidente. Ele tinha nas mãos o rolo de pergaminho, que, naquele dia de festa, se tornara seu bastão de comando. Vendo esse homem, que gesticulava e que implorava, e talvez reconhecendo o oficial que o acompanhava, o príncipe *stadhouder* deu a ordem para parar.

Instantaneamente, seus cavalos, tremendo em seus jarretes de aço, pararam a seis passos de Van Baerle, enjaulado em sua carruagem.

– O que é isso? – perguntou o príncipe para o oficial que, à primeira ordem do *stadhouder*, tinha saltado da carruagem e se aproximava respeitosamente.

– Senhor, – disse ele – é o prisioneiro de Estado que, por sua ordem, fui buscar em Loevestein, e que estou trazendo para Harlem, como Vossa Alteza desejou.

– O que ele quer?

– Ele pede sinceramente que lhe seja permitido parar aqui por um momento.

– Para ver a tulipa negra, senhor – gritou Van Baerle, apertando as mãos – E depois que a ver, quando eu souber o que preciso saber, morrerei, se for necessário, mas ao morrer abençoarei Vossa misericordiosa Alteza, intermediário entre a divindade e eu; Vossa Alteza, que permitirá que o meu trabalho tenha tido seu fim e sua glorificação.

Era, de fato, um espetáculo curioso o daqueles dois homens, cada um na porta de sua carruagem, cercados por seus guardas;

um, todo-poderoso, o outro, miserável; um perto de montar em seu trono, o outro pensando em subir em seu cadafalso.

Guilherme olhou friamente para Cornelius e ouviu sua oração veemente.

Então, falou com o oficial:

– Este homem – diz ele – é prisioneiro rebelde que quis matar seu carcereiro em Loevestein?

Cornelius suspirou e abaixou a cabeça. Seu rosto gentil e honesto corou e empalideceu ao mesmo tempo. Essas palavras do príncipe onipotente, onisciente, aquela infalibilidade divina que, por algum mensageiro secreto e invisível aos restantes homens, já conhecia o seu crime, prenunciava não só um castigo mais certo, mas também uma recusa. Não tentou lutar, não tentou se defender: ele ofereceu ao príncipe esse espetáculo comovente de um desespero ingênuo que era inteligível e comovente para um coração e uma mente tão grandes como aqueles que o contemplavam.

– Deixe o prisioneiro descer – disse o *stadhouder*. – E faça com que ele vá ver a tulipa negra, é bem digna de ser vista pelo menos uma vez.

– Oh! – disse Cornelius, quase desmaiando de alegria e cambaleando no degrau da carruagem. – Meu Senhor!

Ele se engasgou; e sem o braço do oficial que lhe deu apoio, seria de joelhos e com a testa na poeira que o pobre Cornelius teria agradecido a Sua Alteza.

Dada a permissão, o príncipe continuou seu caminho pela floresta em meio às aclamações mais entusiásticas.

Ele logo chegou à sua plataforma, e o canhão trovejou nas profundezas do horizonte.

XXXIII

CONCLUSÃO

Van Baerle, liderado por quatro guardas abrindo caminho na multidão, foi obliquamente até a tulipa negra, que devorava seus olhares cada vez mais próximos.

Ele viu, finalmente, a flor única, que sob combinações desconhecidas de calor, frio, sombra e luz, aparecia em um dia e desaparecia para sempre. Ele a viu de seis passos de distância, apreciou as perfeições e as graças; ele a viu por trás das meninas que formavam uma guarda de honra para essa rainha de excelência e pureza. E, no entanto, quanto mais ele averiguava com os próprios olhos que a flor era perfeita, mais seu coração se despedaçava. Olhou ao seu redor para responder a uma pergunta, uma única. Mas todos os rostos eram desconhecidos; a atenção de todos se dirigia ao trono em que o *stadhouder* acabara de se sentar.

Guilherme, que atraiu a atenção geral, levantou-se, olhou em silêncio sobre a multidão embriagada, e seu olhar penetrante descansou por sua vez em três extremidades de um triângulo formado na frente dele por três interesses e por três dramas muito diferentes.

Em um dos ângulos, Boxtel, tremendo de impaciência e devorando com toda a atenção o príncipe, os florins, a tulipa negra e a assembleia.

No outro, Cornelius, ofegante, calado, sem olhos, sem vida, sem amor, exceto pela tulipa negra, sua filha.

Finalmente, no terceiro, de pé entre as virgens de Harlem, uma bela mulher frísia vestida em fina lã vermelha bordada com prata e coberta com rendas caindo em ondas de seu chapéu dourado; Rosa, finalmente, que se apoiava, enfraquecida e de olhos úmidos, nos braços de um dos oficiais de Guilherme.

O príncipe, então, vendo todos os seus ouvintes dispostos, desenrolou lentamente o pergaminho, e com voz calma, clara, mesmo fraca, mas não se perdeu uma nota, graças ao silêncio religioso que de repente desceu sobre os cinquenta mil espectadores e colocou fôlego em seus lábios:

– Vocês sabem – disse ele – com que propósito foram reunidos aqui.

"Um prêmio de 100 mil florins foi prometido a quem encontrasse a tulipa negra.

A tulipa negra, e esta maravilha da Holanda está aí, exposta aos seus olhos, a tulipa negra foi encontrada e em todas as condições exigidas pelo programa da Sociedade Horticultura de Harlem.

A história de seu nascimento e o nome de seu autor será registrado no livro de honra da cidade.

Aproxime-se a pessoa que é dona da tulipa negra."E, enquanto pronunciava essas palavras, o príncipe, para julgar o efeito que produziriam, lançou seu olhar claro sobre as três extremidades do triângulo.

Ele viu Boxtel pular de sua posição.

Ele viu Cornelius fazer um movimento involuntário.

Finalmente, viu o oficial encarregado de zelar por Rosa, conduzindo-a, ou melhor, empurrando-a para diante de seu trono.

Um duplo grito ouviu-se à direita e à esquerda do príncipe.

Boxtel atordoado, Cornelius perturbado; ambos gritaram:

– Rosa! Rosa!

– Esta tulipa é mesmo sua, não, minha jovem? – disse o príncipe.

– Sim, meu senhor! – gaguejou Rosa, e um murmúrio universal saudou sua comovente beleza.

– Oh! – murmurou Cornelius – ela estava mentindo, então, quando disse que esta flor tinha sido roubada. Oh! Eis, portanto, porque ela deixou Loevestein! Oh! Esquecido, traído por ela, por ela que pensei ser minha melhor amiga!

– Oh! – Boxtel gemeu por seu lado – Estou perdido!

– Esta tulipa, – continuou o príncipe – vai assim ter o nome de seu inventor, e será registrada no catálogo sob o título *tulipa nigra Rosa Baerlensis,* por causa do nome Van Baerle, que é agora o nome de casada desta jovem moça.

Ao mesmo tempo, Guilherme pegou a mão de Rosa e a pôs na mão de um homem que tinha saltado, pálido, tonto, sobrecarregado de alegria, para o pé do trono, saudando seu príncipe, sua esposa e Deus, que, do fundo do céu azul, assistia com um sorriso ao espetáculo dos dois corações felizes.

Ao mesmo tempo, também, caiu aos pés do presidente Van Herysen outro homem atingido por uma emoção muito diferente.

Boxtel, oprimido pela ruína de suas esperanças, havia desfalecido.

Ergueram-no e mediram seu pulso e seu coração; ele estava morto.

Esse incidente não perturbou de forma nenhuma a festa, pois nem o presidente nem o príncipe pareceram se importar muito.

Cornelius assustou-se: em seu ladrão, no falso Jacob, reconheceu o verdadeiro Isaac Boxtel, seu vizinho, na pureza de sua alma, ele nunca tinha suspeitado que ele fizera tal ação.

Além disso, foi uma grande felicidade para Boxtel que Deus lhe tivesse enviado esse ataque relâmpago de apoplexia com tanta habilidade, que o impediu de ver mais coisas tão dolorosas para seu orgulho e sua avareza.

Depois, ao som das trombetas, a procissão retomou a marcha sem que houvesse qualquer alteração no seu cerimonial, a não ser que Boxtel estava morto e Cornelius e Rosa, triunfantes, caminhavam lado a lado e de mãos dadas.

Quando retornou ao hotel da cidade, o príncipe, apontando a bolsa com os 100 mil florins de ouro para Cornelius:

– Não sabemos quem realmente ganhou esse dinheiro – disse ele. – Se foi por você ou por Rosa; pois se você encontrou a tulipa negra, ela a ergueu e a fez florescer; então ela não a ofereceria como um dote, isso seria injusto. Além disso, é o presente da cidade do Harlem à tulipa.

Cornelius estava esperando para descobrir onde o príncipe queria chegar. Ele continuou:

– Dou a Rosa os 100 mil florins, que ela ganhou bem e que poderá oferecer a você; é o prêmio por seu amor, sua coragem e sua honestidade. Quanto a você, senhor, graças a Rosa, de novo, que trouxe a evidência de sua inocência – dizendo estas palavras (o príncipe entregou para Cornelius o famoso papel da Bíblia em que foi escrita a carta de Corneille de Witt e que tinha sido usado para embrulhar o terceiro dente. Quanto a você, percebeu-se que tinha estado preso por um crime que não cometeu. Isso é para lhe dizer não apenas que você está livre, mas também que a propriedade de um homem inocente não pode ser confiscada. Seus bens são, portanto, devolvidos a você. Sr. Van Baerle, o senhor é afilhado do sr. Corneille de Witt e amigo do sr. Jean. Permanece digno do nome que lhe foi confiado por um na pia batismal e da amizade que o outro lhe dedicou. Mantenha a tradição de seus méritos para ambos, porque esses srs. De Witt, mal julgados e mal punidos em um momento de erro popular, foram dois grandes cidadãos dos quais a Holanda hoje se orgulha.

O príncipe, após essas palavras que pronunciou com voz comovida, contra o seu hábito, estendeu as duas mãos para beijar os dois cônjuges, que se ajoelharam a seu lado.

Então, com um suspiro:

– Ai de mim! – ele disse – Você é muito afortunado, talvez conquistando a verdadeira glória da Holanda e principalmente sua verdadeira felicidade, não quis conquistar nada além de novas cores de tulipas.

E, lançando um olhar para o lado da França, como se tivesse visto novas nuvens acumulando daquele lado, entrou em sua carruagem e partiu.

Por sua vez, Cornelius, no mesmo dia, partiu para Dordrecht com Rosa, que, através da velha Zug, enviada como embaixadora, informou ao pai tudo o que tinha acontecido.

Aqueles que, graças a apresentação que temos feito, conhecem o caráter de velhos Gryphus, entendem que se reconciliou com dificuldade com seu genro. Tinha no coração os golpes de bastão recebidos, ele os contara através dos hematomas e chegaram, disse ele, a quarenta e um; mas finalmente se rendeu para não ser menos generoso, disse ele, que Sua Alteza, o *stadhouder*.

Tornou-se guardião das tulipas, depois de ter sido carcereiro, foi o mais rude carcereiro de flores jamais encontrado nos Países Baixos. Assim o viam, observando as borboletas perigosas, matando lesmas e perseguindo abelhas famintas demais.

Como soube da história de Boxtel e ficou furioso por ter sido o joguete do falso Jacob, foi ele que destruiu o observatório feito pelo invejoso por trás do sicômoro; porque o terreno de Boxtel, vendido em leilão, focava nos canteiros de Cornelius, que os arredondou de modo a desafiar todos os telescópios de Dordrecht.

Rosa, cada vez mais bela, ficava cada vez mais sábia; e, após dois anos de casamento, ela sabia ler e escrever tão bem que foi a única encarregada da educação de dois belos filhos, que lhe foram dados em maio de 1674 e 1675, como as tulipas, e que lhe tinham feito muito menos danos do que a famosa flor a quem os devia.

Nem é preciso dizer que, sendo um menino e uma menina, o primeiro recebeu o nome de Cornelius e o segundo de Rosa.

Van Baerle permaneceu fiel tanto a Rosa quanto às suas tulipas; por toda a sua vida cuidou da felicidade da esposa e do cultivo de flores, cultura graças à qual encontrou um grande número de variedades que constam do catálogo holandês.

Os dois principais ornamentos de sua sala de estar estavam em duas grandes molduras douradas, as duas folhas da Bíblia de Corneille de Witt; em um, devemos lembrar, seu padrinho lhe escrevera para queimar a correspondência do marquês de Louvois; em outro, ele legara a Rosa o dente da tulipa negra, com a condição de que, com o seu dote de 100 mil florins se casasse com um belo rapaz de 26 a 28 anos de idade, que iria amá-la e a quem ela amaria, condição que fora escrupulosamente cumprida, embora Cornelius não estivesse morto, e precisamente porque ele não estava morto.

Finalmente, para lutar contra os futuros invejosos, dos quais a Providência talvez não quisesse livrá-los como tinha feito com mestre Isaac Boxtel, ele escreveu sobre sua porta este versículo, que Grotius tinha gravado, no dia de sua fuga, sobre o muro de sua prisão:

> "Às vezes, sofremos o suficiente para ter o direito
> de jamais dizer: *Sou feliz demais.*"

Impressão e Acabamento
Gráfica Oceano